grafit

MIX
Papier aus verantwortungsvollen Quellen
FSC® C014496
www.fsc.org

Cäcilienstr. 48, D-50667 Köln
Internet: http://www.grafit.de
E-Mail: info@grafit.de

Umschlagfoto: subbotina/123rf.com
Druck und Bindearbeiten: GGP Media GmbH, Pößneck
ISBN 978-3-89425-593-0
2. Auflage 2019

Gabriella Wollenhaupt

Grappa
und
der Sonnenkönig

Kriminalroman

grafit

Die Autorin

Gabriella Wollenhaupt arbeitete viele Jahre als Fernsehredakteurin in Dortmund. Ihre freche Polizeireporterin Maria Grappa hatte 1993 ihren ersten Auftritt. Mit *Grappa und der Sonnenkönig* stellt sie zum neunundzwanzigsten Mal ihre Schlagfertigkeit unter Beweis.

Zudem hat sich die Autorin gemeinsam mit ihrem Ehemann Friedemann Grenz mit *Blutiger Sommer* auf einen Ausflug in den Vormärz und mit *Schöner Schlaf* in die Kunstszene begeben.

www.gabriella-wollenhaupt.de

Die Personen

Carsten ›Bärchen‹ Biber .... ist voll integriert
Hans Damm .... mausert sich zum guten Chef
Adalbert Engels .... ist ein Sonnenkönig mit sehr dunklen Flecken
Maria Grappa .... mag keine notorischen Grapscher
Simon Harras .... mag noch nicht mal sich selbst
Renate Kleinert .... hat wenig Freude im Leben
Friedemann Kleist .... lässt seine Beziehungen spielen
Liane Licht .... weiß keinen Ausweg mehr
Mareike .... lässt sich nicht in die Suppe spucken
Oliver ›Olli‹ Moreck .... mag originelle Lebensentwürfe
Wayne Pöppelbaum .... zaubert mit seinen Fotos
Francesca Romero .... will auf die Titelseiten
Sarah, Stella, Susi .... entwickeln sich zum Trio Infernal
Adrian Schmaus .... will nur helfen
Anneliese Schmitz ...... hilft mit gesundem Menschenverstand
Margarete Wurbel-Simonis .... muss sich durchsetzen
Udo ›Utze‹ Zorn .... liebt die Kunst aus dem Norden

Die Frauen erfinden das, weil sie tief gekränkt sind, weil sie eine Rolle nicht bekommen haben. Wenn es zu Missverständnissen gekommen ist, entschuldige ich mich dafür. Wenn ich im wahrsten Sinne des Wortes danebengegriffen habe, dann entschuldige ich mich. Ich entschuldige mich aber nicht bei jemandem, der etwas erfindet.

Gustav Kuhn,
suspendierter Leiter der Erler Festspiele im TV-Interview

Es hat sich sehr schnell gezeigt, dass das Thema sexuelle Belästigung nur die Spitze des Eisbergs ist, hinter dem sich Machtmissbrauch, vielfältige Diskriminierungserfahrungen und eine Unzufriedenheit mit dem Betriebsklima verbergen. Sexuelle Belästigung ist eine sehr hässliche Form von Machtmissbrauch.

Monika Wulf-Mathies,
Sonderermittlerin beim Westdeutschen Rundfunk

Ein schönes Lebensgefühl

»Frau Grappa, ich muss Sie unbedingt sprechen.«

Wie oft hatte ich diesen Satz in den letzten Jahren gehört?

»Um was geht es denn?«, wollte ich wissen.

»Das kann ich Ihnen am Telefon schlecht sagen«, behauptete die Männerstimme. »Aber ich weiß, dass Sie interessiert sein werden.«

»Geben Sie mir ein Stichwort«, forderte ich.

Er zögerte und sagte dann: »Der Begriff ›Me-too‹ sagt Ihnen was?«

»Sicher. Sind Sie ein Betroffener?«

»Nicht direkt. Es geht um die Bierstädter Festspiele im Sommer.«

»Den *Summer-Pott*?«

»Genau.«

»Und wer wird da von wem belästigt?«

»Das sage ich Ihnen, wenn wir uns treffen.«

»Okay. Kommen Sie in einer Stunde zum Verlagshaus und warten Sie in der Kantine auf mich. Der Pförtner zeigt Ihnen den Weg.«

Ich brauchte Infos von Wurbelchen. Kulturredakteurin Dr. Margarete Wurbel-Simonis war an diesem Morgen früher in die Redaktion gekommen, um eine Premierenkritik zu Rossinis *Barbier von Sevilla* in der Oper zu verfassen. Dazu brauchte sie Ruhe und nicht die Geräuschkulisse, die ab Mittag in dem Großraumbüro herrschte.

»Mäggi, was ist los?«, begrüßte ich sie. »Du siehst irgendwie anders aus.«

Sie blickte über den Rand des goldenen Brillengestells. »Ich war beim Friseur.«

»Das passt zum Thema«, stellte ich fest. »Nimmst du demnächst auch Flötenunterricht, bevor du Mozarts *Zauberflöte* rezensierst?«

»Sehr witzig, Grappa. Kann ich jetzt weitermachen?«

»Nein. Ich muss dich was fragen.«

Ich berichtete ihr von dem Anruf.

»Me-too beim *Summer-Pott*?«, lachte sie. »Sexuelle Übergriffe? Wer soll denn das Opfer sein?«

»Das weiß ich noch nicht.«

»Das wird den Sonnenkönig nicht freuen, wenn sein Laden in Verruf gerät«, prophezeite sie.

»›Sonnenkönig‹?«

»Adalbert Engels, der Intendant. Er hat das Festival erfunden. Ich hatte ein paar Mal mit ihm zu tun, was allerdings kein Vergnügen war. Aber seinen Spitznamen, den mag er. Streichelt seine Eitelkeit.«

»Kann ich mir vorstellen«, meinte ich. »Was weißt du noch?«

Mäggi rümpfte die Nase. »Er soll die Sänger und Schauspieler wie Untergebene behandeln. Aber das ist in der Branche üblich. Die Chefs fühlen sich alle wie Könige. Leider ist das künstlerische Angebot gar nicht königlich, sondern eher unterschichtkompatibel. Das Programm beschränkt sich auf Operettenabende, ältliche Theaterstücke und Musicalshows. Der Bierstädter Kulturverein vermarktet das Ganze im Auftrag der Stadt, karrt die meist älteren Besucher mit Bussen zu den Vorführungen in den Stadtteilen und bringt sie nachher wieder zurück. Der Sonnenkönig verantwortet von den Veranstaltungen nur das Musical *Die Schöne und das Biest,* bei dem er Regie führt, den Rest überlässt er seinen Untertanen in den Vororten. Aber das Konzept ist erfolgreich. Über magere Besucherzahlen kann sich der Verein nicht beschweren – die Vorstellungen sind meist ausverkauft. Das Musical ist in diesem Jahr natürlich der Hauptakt.«

»Dann bin ich mal gespannt, was der Anrufer auf der Pfanne hat. In der Konferenz halte ich mich aber besser noch bedeckt.«

»Gut so«, nickte Mäggi. »Damm mag solche Storys nicht.«

Verleger Hans Damm führte nach dem unschönen Sturz der letzten Redaktionsleiterin das Tagesgeschäft. Sein Bestreben war es, das *Bierstädter Tageblatt* mit harmlosen Themen zu füllen. Dabei standen der Sport und die Mitteilungen des städtischen Presseamtes im Mittelpunkt. Blaulicht, Skandale und kritische Meinungsäußerungen rangierten auf den hinteren Plätzen der Verlegergunst. Der Mantelteil mit den Ressorts Politik, Wirtschaft, überregionale Kultur und Sport wurde sowieso schon von einem anderen Verlag zugeliefert und bestand hauptsächlich aus den Meldungen der großen Presseagenturen. Den Leserinnen und Lesern schien der inhaltliche Niedergang des *Tageblattes* allerdings egal zu sein. Die Printauflage war zwar zurückgegangen, doch die Zahl der Kunden, die sich die Zeitung als ePaper ins Haus holten, stieg an.

»Guten Tag, verehrte Kolleginnen und Kollegen«, begrüßte uns Damm. »Heute ist ein wundervoller Frühlingstag und dieses Gefühl wollen wir in Schrift und Bild an unsere Leser weitergeben. Wie wäre es mit einer Bildreportage über die emsigen Kleingärtner in unserer Stadt? Laut Presseamt gibt es fast hundertzwanzig Gartenvereine in Bierstadt. Auf einer Fläche von über vier Millionen Quadratmetern Pachtfläche befinden sich über achttausend Gärten. Ist das nicht sensationell?«

Niemand in der Runde konnte Damms Begeisterung teilen. Fotograf Wayne Pöppelbaum war beim Begriff *Bildreportage* tief in seinen Stuhl gerutscht, Sekretärin Susi verdrehte die Augen, ihre Kollegin Sarah gähnte, Wurbelchen hüstelte, Simon Harras kratzte sich am Kinn, ich grinste.

Doch dann rief Bärchen Biber: »Ein gutes Thema, das prima zum Tag passt. Ich würde das gern übernehmen, Herr Damm. Die Fotos mache ich auch selbst.«

Ich applaudierte und nach und nach taten es die Kollegen mir nach. Jeder war froh, dass es ihn nicht getroffen hatte. Der kleine Schleimer hatte uns gerettet.

Doch die Show war noch nicht zu Ende. Der Verleger hatte nicht nur ein Herz für Blümchen, sondern auch für die Kultur. Das wurde von Margarete Wurbel-Simonis zwar geschätzt, aber auch gefürchtet, denn Damms Faible galt der Oper und er hielt sich für einen Experten.

»Der *Barbier von Sevilla*!«, schleuderte Damm in den Raum. »Die Premiere am Sonntag war eine Zumutung! Ich hoffe, Sie sehen das auch so, Frau Kollegin.« Er sah Mäggi direkt an.

Prompt bekam sie hektische Flecken auf dem Dekolleté – ein sicheres Zeichen für eine Widerspruchsexplosion. »Das sehe ich ganz anders, Herr Damm. Ich habe mich bestens unterhalten gefühlt und kann diese außergewöhnliche Inszenierung nur empfehlen.«

»Das war dilettantische Augsburger Puppenkiste!«, widersprach Damm. »Wie kann man Sänger an Fäden über die Bühne führen? Was soll der Blödsinn?«

»Das können Sie morgen in der Zeitung lesen, die Ihnen gehört. Und zwar im Kulturteil«, schnippte Mäggi.

»Mozart ist doch immer schön«, meinte Sportredakteur Simon Harras. »Die Melodien kann sogar ich mitsingen.«

»Rossini, Herr Kollege!«, korrigierte Damm. »Rossini!«

»Stimmt! Ich verwechsle den *Barbier* immer mit *Figaros Hochzeit.*«

»Sie sollten dringend bei Sportberichten bleiben, Herr Harras«, echauffierte sich der Verleger.

»Das sehe ich auch so«, grinste Simon. »Ich hole mir jetzt einen Kaffee und geh dann arbeiten. BVB-Pressekonferenz. Nicht Besonderes. Es geht nur um ein paar Millionen Euro für einen neuen Spieler. Lasst euch bitte nicht stören beim Kulturplausch.« Er rauschte ab.

Sarah massierte ihre Finger mit Hautcreme, Susi begann ein Spiel auf dem Handy, Bärchen Biber knibbelte an einem Pickel und unterdrückte ein Gähnen.

»Natürlich hatte ich zunächst auch Vorbehalte beim *Barbier*«, blieb Mäggi beim Thema. »Sänger und Sängerinnen als Marionetten und ein Erzähler, der die Handlung erklärt. Gewöhnungsbedürftig. Doch schon nach den ersten Minuten war ich begeistert. So muss moderne Oper sein. Ich hatte einen rundum wundervollen Abend. Und genau das werde ich schreiben, Herr Damm. Das nennt man Meinungsfreiheit.«

»Verschonen Sie mich mit Ihren Belehrungen, Frau Dr. Wurbel-Simonis«, sagte Damm mit eisigem Blick. »Hier dürfte es wohl eher um Geschmack gehen.«

»Dann schreiben Sie doch auch eine Kritik, Herr Damm«, schlug ich vor. »Pro und Kontra. Meinungsvielfalt gefällt den Lesern.«

»Dazu fehlt mir leider die Zeit«, wehrte er ab.

Mäggi warf mir einen triumphierenden Blick zu. Die erste Runde ging an sie.

»Hat sonst jemand eine Idee zur Gestaltung der morgigen Ausgabe?«

Volontärin Mareike meldete sich. »Ich hätte vielleicht ein Thema. Eine Hauptschule am Hafen schließt Schüler vom Unterricht aus, die zu spät kommen oder keinen Bock auf Schule haben. Eine erzürnte Mutter hat mir das gestern erzählt. Ihr Sohn kam erst zur zweiten Stunde und konnte gleich wieder nach Hause gehen.«

»Geht das denn so einfach?«, fragte Bärchen Biber. »Was sagt denn die Schulaufsichtsbehörde dazu?«

»Das muss ich noch recherchieren«, gab Mareike zu. »Aber über die Hauptschule weiß ich schon was. Neunzig

Prozent der Kinder haben einen Migrationshintergrund und achtzig Prozent der Familien leben von Hartz IV.«

»Bildungsferne Schichten können sich nur schwer an einen geregelten Tagesablauf gewöhnen«, nickte Damm leicht angeekelt. »Aber ein gutes Thema. Wenn Sie allein nicht klarkommen mit der Geschichte, fragen Sie mich. Ich helfe Ihnen gern. Meine Tür steht offen.«

Mareike starrte Damm an. Es hatte ihr die Sprache verschlagen.

»Und jetzt einen schönen Tag. Ich teile Ihnen später per Mail die Zeilen zu.« Der Verleger packte seinen Block und verschwand.

Belle und das Biest

»Die Konferenzen werden immer anstrengender«, meinte Bärchen Biber wenig später im Großraumbüro.

»Für dich doch nicht«, entgegnete ich. »Du bist doch der Meister des Opportunismus.«

»Das ist kein Opportunismus, Grappa«, sagte er. »Sondern Überlebensstrategie. Damm will nämlich verkaufen, so hört man. Diese Zeitung ist bald weg vom Fenster – wetten?«

»Und du hoffst, vom neuen Besitzer übernommen zu werden?«, hakte ich nach.

»Wer denn, wenn nicht ich?«, grinste er. »Und jetzt muss ich mich um meine Kleingärtner kümmern und ein positives Lebensgefühl verbreiten. Ganz wie der Herr Verleger es wünscht.« Er deutete einen Kratzfuß an und griff zum Telefon.

»Zynischer Kotzbrocken!«, entfuhr es mir.

»Er will sich nur wichtigmachen«, rief Sekretärin Sarah durch den Raum. »Wisst ihr eigentlich, warum Damm selbst keine Artikel schreibt?«

Wayne, Wurbelchen, Mareike und ich verneinten.

»Damm hat eine Rechtschreibschwäche«, behauptete Sarah. »Seine Sekretärin überprüft jedes Schreiben, das er verfasst. Sie jagt das Rechtschreibprogramm drüber und macht den Rest von Hand schön.«

»Hauptsache, er kann Zahlen lesen«, kommentierte Wayne trocken. »Und hoffentlich nicht nur die roten.«

»Legasthenie ist eine Krankheit«, bemerkte Mareike. »Da kann er doch nichts dafür. Ich finde es nett, dass er mir helfen will.«

Bärchen musterte sie. »Das liegt wohl hauptsächlich an deiner ... äh ...«, er musterte ihre Oberweite, »... Ausstrahlung, Mareike. Da kriegt sogar der alte Damm Frühlingsgefühle.«

»Grappa!«, rief Susi. »Der Pförtner hat grad angerufen. Ein Herr Schmaus wartet in der Kantine auf dich.«

Schmaus? War das mein Me-too-Informant? Erst jetzt fiel mir auf, dass ich beim Telefongespräch nicht nach seinem Namen gefragt hatte. Schmaus – das klang nett. Was es wohl heute Mittag in der Kantine gab? Ich tippte auf vegetarische Lasagne, die die klein geschredderten Gemüsereste der vergangenen Woche zwischen die Pastablätter gedrückt bekommen hatte.

Mir war sofort klar, wer mein Informant war. Das war keine Kunst, denn außer ihm saß niemand in der Kantine. Er drückte Kondensmilch in seinen Kaffee.

Ich trat zum Tisch. »Herr Schmaus? Haben wir heute früh telefoniert?«, fragte ich.

»Ja. Danke, dass Sie sich Zeit für mich nehmen.«

Wir gaben uns die Hände. Endlich mal ein Kerl mit einem festen Händedruck! Ich hasste die toten Fische, die mir manchmal gereicht wurden.

»Kommen wir doch gleich zum Thema«, begann ich.

Er nahm die Aktentasche vom Stuhl und holte ein Tablet heraus. Seine Hände waren feingliedrig und gepflegt, sein Haar dunkel und leicht gewellt und der Teint leicht gebräunt. In jüngeren Jahren hätte ich Schnappatmung bekommen, doch die Zeiten waren vorbei. Aber gucken war auch schön.

»Es geht um die Festspiele – aber das wissen Sie ja schon. Ich arbeite dort als Sänger in dem Musical *Die Schöne und das Biest*. Ich bin das Biest.«

»Erstaunlich.« Das musste einfach raus. »Als Biest kann ich mir Sie nicht wirklich vorstellen.«

»Na ja, das Biest ist ja nicht wirklich eins, sondern ein verzauberter Prinz, der durch die Liebe einer jungen Frau, sie heißt *Belle*, entzaubert wird. Ich muss fast das ganze Stück eine hässliche Maske tragen.«

»Das tut mir sehr leid für die Zuschauer.«

Er lachte. »So schlimm ist es auch wieder nicht. Die Mundpartie bleibt frei, sonst könnte ich ja gar nicht singen.«

»Das klingt logisch.«

»Kennen Sie das Musical?«

»Nur vom Hörensagen. Ich war nie drin. Muss ich aber unbedingt nachholen – der Plot klingt ja total originell.«

Er kapierte die Ironie nicht.

»Was haben Sie mir zu sagen?«

»Es geht um sexuelle Übergriffe und Machtmissbrauch. Wir proben das Musical seit einigen Wochen und es passieren Dinge, die in die Öffentlichkeit gehören, damit sie aufhören. Die Rolle der *Belle* wird von Liane Licht verkörpert, einer jungen Sängerin. Es ist ihre erste größere Rolle. Ich habe ein Foto von ihr. Das ist sie.«

Schmaus öffnete eine Fotodatei. *Belle*. Zart, blond, sinnlicher Mund und blaue, große Augen.

»Eine schöne Frau. Ist sie das Opfer?«

»Ja.«

»Und wer ist der Täter?«

»Adalbert Engels.« Er präsentierte das Bild des Intendanten: um die sechzig, verlebtes Gesicht, geschwollene Tränensäcke, Hängebacken, schütteres weißes Haar, das im Nacken zu einem Pferdeschwanz gebunden war. Seine kleinen Schweinsäuglein blickten provozierend in die Kamera.

»Was hat er getan?«

»Er hat sie sexuell bedrängt und tut es noch.«

»Wehrt sie sich nicht?«

»Liane hat Angst. Sie weiß nicht, dass ich hier bin, und darf es auch erst einmal nicht wissen. Sie halten sich doch an den Informantenschutz, oder?«

»Ich hab ja bisher nichts erfahren – außer einer pauschalen Behauptung.«

Er nahm einen Schluck Kaffee, tippte erneut auf seinem Tablet herum und schob es mir hin.

»Gucken Sie sich das Video an. Ich habe den Film während einer Probe gemacht. Liane singt die *Belle,* wir alle hören zu.« Sein Zeigefinger berührte erneut die Tabletoberfläche. »Engels sitzt hier, mit dem Rücken zur Kamera. Es handelt sich um die erste Szene des Musicals.«

Dorfkulisse.
Liane Licht tritt aus einem kleinen Haus, läuft los und singt: »Unsere Stadt ist ein ruhiges Dörfchen, jeder Tag bringt dasselbe nur, unsere Stadt voller kleiner Leute, stets borniert und stur.«
Die Statisten rufen: »Bonjour! Bonjour! Bonjour! Bonjour! Bonjour!«
»Da ist der Bäcker wie an jedem Morgen«, singt Liane weiter. »Mit seinen Broten hier zur Stell, So geht's tagaus, tagein, seit wir hier trafen ein, in der Stadt am End der Welt …«
»Stopp, stopp, stopp!«, schreit eine Männerstimme.

Liane Licht schreckt zusammen.

»Schätzchen, was ist los? Hast du die Nacht durchgemacht? Oder hast du deine Tage?«

Licht bringt keinen Ton heraus.

»Du kriegst zu wenig Luft bei den hohen Tönen, die ja nun weiß Gott nicht schwer zu singen sind. Und du bist zu schnell. Wenn das so weitergeht, lasse ich die Zweitbesetzung holen«, schimpft der Intendant weiter.

»Aber gestern warst du doch zufrieden und …«

»Gestern ist gestern und heute ist heute«, tobt Engels. »Ich verlange gleichbleibende Leistung, Schätzchen, sonst ist bald Schicht im Schacht. Ich gebe dir hier die Chance deines Lebens, aber das hast du wohl nicht kapiert! Und jetzt weiter!«

Engels wendet sich von ihr ab und sagt halblaut zu dem Mann am Regiepult: »Die Kleine ist wohl untervögelt.«

Der Intendant lacht dreckig.

Adrian Schmaus stoppte die Show. »In diesem Stil ging es weiter, bis Liane weinend die Probe verließ.«

»Das Video beweist nur, dass Engels ein ungehobeltes Macho-Arschloch ist, das gerne Leute schindet«, sagte ich. »Das ist zwar widerlich, aber nicht verboten.«

»Er hat sexuelle Dienste von ihr verlangt. Am Vorabend der Probe hat Engels Liane bedrängt und Oralverkehr gefordert, aber sie hat sich geweigert. Er hat ihr mit Rausschmiss gedroht. Sie war total fertig. Direkt danach folgte diese Probe, die Sie eben gesehen haben.«

»Wann ist das passiert?«

»Vor drei Wochen.«

»Offenbar haben sich die Wogen inzwischen geglättet, denn sie hat die Rolle ja noch«, stellte ich fest. »Haben die beiden sich wieder zusammengerauft?«

»Nein, im Gegenteil. Das Ganze ist eskaliert. Nach der

Probe ist Liane zu Engels' Hotel gegangen, um mit ihm zu reden. Sie redeten auch. Er machte ihr klar, dass sie die Rolle verliert, wenn sie sich nicht mit ihm einlässt. Dann hat er sie vergewaltigt. Sie wirkte regelrecht traumatisiert, als sie mir davon erzählte.«

Ich musterte Schmaus. Er erzählte so sachlich, als sei er Zeuge eines Verkehrsunfalls gewesen.

»Warum geht Frau Licht nicht zur Polizei? Vergewaltigung und sexuelle Nötigung sind Offizialdelikte. Da muss ein Staatsanwalt ermitteln – sogar wenn die Anzeige anonym erstattet wird.«

»Sie hat Angst und schämt sich. Sie weiß, dass ihr nächtlicher Besuch in seinem Zimmer ein Fehler war. Er hat ihr außerdem nicht nur mit Rausschmiss gedroht, sondern auch mit einer Anzeige wegen falscher Beschuldigung.«

»Gibt es irgendwelche Beweise für die Vergewaltigung – außer Lichts Behauptungen? Vielleicht neigt sie ja zur Hysterie oder sie will Engels fertigmachen, weil er sie kritisiert hat?«

»Das macht Liane nicht. Sie ist ein ehrlicher Mensch.«

»In welcher Beziehung stehen Sie eigentlich zu ihr?«

»Ich kenne sie seit der Folkwangschule«, antwortete Schmaus. »Wir haben beide dort Musical studiert.«

»Haben Sie eine sexuelle Beziehung zu ihr?«

»Nein, ich bin schwul.«

»Wie schade«, nickte ich.

»Helfen Sie mir? Bringen Sie die Geschichte?«

Ich musste nicht lange überlegen. »Nein. Die Faktenlage ist zu dünn. Ich kann aufgrund Ihrer Behauptungen keinen Menschen in Verruf bringen. Bringen Sie mir Beweise für die sexuellen Übergriffe oder schicken Sie Frau Licht zu mir, damit ich mir selbst ein Bild von ihr machen kann.«

Bettkarrieren

Am Nachmittag bat ich Kulturfrau Mäggi um ihre Einschätzung. Sie kannte sich in Theaterkreisen besser aus als ich.

»Ach, Grappa«, seufzte sie. »Überall wo junge Frauen auf ältere Männer in Machtpositionen treffen, gibt es solche Skandale. Und nicht immer sind die Männer schuld. Viele Karrieren gehen durchs Bett, Augen zu und durch ... für eine Hauptrolle.«

»Es gibt aber bestimmt viele Frauen, die das nicht machen wollen und trotzdem bedrängt werden – oder Schlimmeres«, widersprach ich. »Sonst würde es die weltweite Me-too-Bewegung nicht geben. Denk mal an den WDR und die Alphatier-Affäre. Antatschen, anzügliche Bemerkungen, nächtliche Einladungen ins Hotelzimmer zum Pornofilmgucken – und der Sender will vertuschen und diszipliniert die, die solche Vorfälle melden.«

»Pornofilme?«

Simon Harras war zurück von seinem Termin und hellhörig – wie immer, wenn es um sexuelle Themen ging. »Wo? Hier beim *Tageblatt*?«

»Nein, wir reden über Mäggis Premierenkritik.«

»*Figaros Hochzeit*«, nickte er. »Kommen denn da Pornofilme vor?«

»Pornofilm ist nur eine Metapher«, erklärte ich. »Du verstehst?«

Tat er zwar nicht, aber er nickte prophylaktisch. »Früher ließen die Kerle auch nichts anbrennen, wenn sie eine scharfe Schnecke vor der Flinte hatten.«

Mäggi verdrehte die Augen nach oben. Wir wussten beide, dass bei Simon in Sachen Kultur Hopfen und Malz verloren waren.

»Hältst du es für möglich, dass Engels so gewalttätig ist?«, fragte ich einen Grad leiser.

»Von sexuellen Übergriffen hab ich im Zusammenhang mit seinem Namen noch nichts gehört. Aber das heißt nicht, dass es sie nicht gibt. Engels hat sicherlich viel Erfahrung im Business, aber bis ganz nach oben hat er es nicht geschafft. Er kann charmant sein, aber auch ungerecht, jähzornig und derb. Er duldet keine Widerworte und nimmt keine Kritik an.«

»Ein echter Sympathieträger«, stellte ich fest. »Ich hätte nicht übel Lust, ihm doch in die sonnenkönigliche Suppe zu spucken.«

»Sind die Fakten nicht ein bisschen dünn?«, sprach Mäggi meine eigenen Bedenken aus.

»Stimmt. Wenn mein Informant das Opfer nicht dazu bringt, sich bei mir zu melden, hat sich die Sache erledigt. Vielleicht ist alles nur eine Intrige. Informationen aus zweiter Hand sind dubios und halten einer Überprüfung oft nicht stand. Die Frau muss zu ihren Beschuldigungen stehen.«

Ich verzog mich in mein Zimmer und beschäftigte mich mit Büroarbeit. Spesenabrechnungen und Fahrtenbuch wollten bearbeitet sein. Leider schaffte ich es nicht, Schmaus' Vorwürfe aus dem Kopf zu bekommen, und gab die Wörter *Adalbert Engels* in eine Suchmaschine. Vielleicht ließen sich in den Tiefen des Internets Informationen über Engels' Umgang mit Frauen finden. Wer mit über sechzig Jahren junge Frauen belästigt oder sogar missbraucht, hat das auch schon vorher gemacht, dachte ich.

Das Onlinelexikon Wikipedia wusste einiges über den Mann:

Adalbert Engels ist ein österreichischer Dirigent und Regisseur, daneben auch Komponist und als Lehrer und

Autor tätig. Während seiner internationalen Dirigentenlaufbahn gründete er für junge Musiker und Sänger die Accademia di Monteverdi. *Viele Festspiele standen unter seiner künstlerischen Leitung und er betreut den internationalen Gesangswettbewerb* Junge Stimmen *der Bertelsmann-Stiftung.*

Seine beruflichen Stationen waren beeindruckend. Er hatte bei Karajan studiert, Opern inszeniert und sich um den Nachwuchs gekümmert. Er war einige Male verheiratet gewesen und hatte mit zwei Sängerinnen Nachkommen gezeugt.

Eins der Zitate, die seine Homepage zierten, lautete:

Musik ist die meist gesprochene Sprache auf dieser Welt. Musik ist Liebe, Liebe ist Musik, Musik ist Leben und ich liebe mein Leben.

Aha. War der Satz ein Hinweis? Nein, war er nicht. Ich holte mir einen Text nach dem anderen auf den Monitor, nichts Verwerfliches.

Doch dann stieß ich auf einen Artikel in einer österreichischen Lokalzeitung. Eine Sängerin beschuldigte Engels eines Übergriffs.

Herr Engels hat mir während eines bis dahin ganz normalen Gesprächs zwischen die Beine und unter den Pullover gegriffen, außerdem hat er versucht, mich zu küssen.

Der Vorfall habe sich auf einem Anwesen in der Toskana ereignet. Es sei üblich gewesen, so die Sopranistin, dass Mitglieder des Ensembles zu Proben dorthin fuhren. Sie habe nach dem Übergriff alle bestehenden Vereinbarungen und Verträge, die mit Engels zu tun hatten, gelöst.

Die Beschuldigung der Frau hatte zu keinen Konsequenzen geführt: Engels bestritt die Vorwürfe und unterstellte der Sängerin Lüge und Rachsucht, weil sie eine Rolle nicht bekommen habe. Sein damaliger Arbeitgeber reagierte nicht und die Sache verlief im Sand. Das angebliche Opfer war für die Medien nicht mehr erreichbar.

Wer zu spät kommt, kann wieder gehen

Mareike kam aufgeregt von ihrem Termin in der Grundschule zurück. Sie musste sechzig Zeilen abliefern – der Platz im Layout war noch frei. »Kannst du mir helfen, Grappa?«

»Wieso ich? Der Verleger hat dir doch seine Hilfe angeboten«, erinnerte ich sie. »Was hat er noch gesagt? *Meine Tür steht offen.*«

»Lieber nicht«, entgegnete die Volontärin. »Damit hab ich schlechte Erfahrungen gemacht.«

»Mit offenen Türen oder älteren Herren?«

»Mit Letzteren. Die werden schnell sehr zutraulich.«

»Sag mal, würdest du für deine Karriere mit einem Kerl ins Bett steigen?«, fragte ich.

»Haha«, lachte sie. »Du meinst doch wohl nicht mit dem alten Damm?«

Ich schluckte. Sie nannte Damm *alt*, dabei war er ein paar Jahre jünger als ich.

»Natürlich nicht. Damm ist harmlos. Ich dachte an die Me-too-Geschichten, die jetzt überall diskutiert werden.«

»Als mir mal ein Chef an den Hintern gepackt hat, hab ich ihm eine geschallert«, antwortete sie. »Danach war Ruhe. Allerdings vor allem, weil ich in eine andere Redaktion versetzt wurde. Und das war gut so. Liest du meinen Artikel gleich gegen?«

Wer zu spät kommt, kann wieder gehen
Rektor sperrt Schüler aus

– titelte Mareike.

Weil sich die Schüler nicht um den Unterrichtsbeginn scherten, griff der Rektor der Hauptschule am Hafen zu einem drastischen Mittel: Aussperrung und warten bis zur nächsten Stunde. Rektor Hollenstein: »Der Unterricht ist anders nicht mehr durchzuführen. Alle naslang geht die Tür auf, ein Schüler schlurft in die Klasse und der Unterricht wird unterbrochen. An manchen Tagen sperren wir rund dreißig Schüler aus.«
Die Hauptschule wirkt nicht wie eine Schule, sondern eher wie ein Knast. Haupttor und der Nebeneingang sind vergittert, das Gelände verschmutzt, die Wände beschmiert und die wenigen Sitzbänke demoliert.
»Das sieht hier schon seit Jahren so aus«, berichtet Rektor Hollenstein. »Reparaturen machen keinen Sinn. Schon Stunden später ist alles wieder kurz und klein geschlagen.«
Mindestens neunzig Prozent der Schüler haben einen Migrationshintergrund und mindestens achtzig Prozent der Schüler bekommen Sozialleistungen. Bulgaren und Rumänen leben vom Kindergeld und Hartz IV. Auf einen Brief des Rektors an die Eltern der Kinder kam keine Antwort.
Die Aussperrung ist laut Schulministerium Nordrhein-Westfalens rechtlich legitim. Einen Tag bis zu zwei Wochen kann ein Schüler von einem Schulleiter von der Schule ausgeschlossen werden – als Ordnungsmaßnahme. Ein Widerspruch hat keine aufschiebende Wirkung.

»Hast du doch gut hingekriegt«, lobte ich Mareike. »Jetzt noch ein paar Fotos von den lieben Kleinen und der Trümmerschule. Dann ist der Drops gelutscht.«

Traumfrauen im Puppen-Puff

Mein Golf Cabrio gab einen merkwürdigen Ton von sich, als ich den Motor startete. Es hörte sich an wie das trockene Husten eines alten Mannes. Bald ist ein neues Auto fällig, dachte ich.

Ich bog vom Parkplatz auf die Straße. Der Lebensmittelsupermarkt lag auf dem Weg nach Hause und hatte bis zwanzig Uhr geöffnet.

Ich kaufte zwei Flaschen Wein, Rucola, Brot und Käse und für ihn ein Steak. Während ich versuchte, immer weniger Fleisch zu essen, beharrte Friedemann Kleist störrisch auf Hüftsteak aus der Pampa Argentiniens. Männer!

Die Straße in den Süden der Stadt war in meiner Richtung frei, die Gegenseite verstopft. Heute Abend fand ein Champions-League-Heimspiel des BVB statt. Das *Tageblatt* hatte die Aufstellung bereits gemutmaßt und damit viel Netzgeschrei ausgelöst. Beim Fußball wussten immer alle alles besser. Immerhin war der jetzige Trainer beliebter als sein Vorgänger, der es nur kurz in den Job geschafft hatte. Vielleicht lag das nur an dem charmanten französischen Akzent des Neuen.

Kleist war nicht zu Hause. Ich fand eine Nachricht, dass er an der Abschiedsfete eines seiner Studenten teilnahm, der die Prüfung in Kriminalwissenschaften mit Bestnote abgeschlossen hatte. Prompt fand ich diese Nachricht auch auf meinem Handy, ich hatte sie übersehen.

Die Post lag auf dem Küchentisch. Kataloge, Handyabrechnung und ein grell aufgemachter Werbeflyer für ein Etablissement, das den vielsagenden Namen *Bordoll* trug – die Mischung aus *Bordell* und *doll,* was so viel wie *Puppe* hieß. Ein Puppen-Puff.

Der Inhaber war ein Mann namens Oliver Moreck, die offizielle Eröffnung des *Bordolls* wurde für nächste Woche angekündigt. Ich las:

Wir heißen dich herzlich willkommen im ersten und größten Etablissement Deutschlands, in dem heiße Sex-Dolls für dich und deine Lust zur Verfügung stehen.

Ich öffnete die Flasche Pinot grigio, wusch den Rucola, rührte eine Soße an, warf Käse und Brot auf einen Teller und stellte alles neben meinen Laptop. Dann lud ich die Homepage des Ladens auf den Monitor.

Die Dolls waren in eindeutigen Posen fotografiert, die Brüste romantisch in Szene gesetzt. Meist Riesendinger in Spitze oder Lack und Leder, freischwebend oder hängend.

Unsere Damen sind echte Traumfrauen – für jedermann ist garantiert etwas dabei und sie sind selbstverständlich immer willig, unkompliziert und absolut tabulos.

Super, dachte ich, hier wird das Frauenbild auf das reduziert, was sich manche Männer wünschen: Eine Frau hat willig, unkompliziert und absolut tabulos zu sein.

Plötzlich hatte ich das Gesicht von Simon Harras vor Augen, der sich in den letzten Jahren vom fröhlichen Kollegen zum verbitterten Zyniker gewandelt hatte. Dessen Sprüche über Frauen ähnelten diesem Werbetext, was seine Chancen beim anderen Geschlecht nicht gerade vergrößerte.

In dem Geschäft mit den Puppen waren auch technische Daten von Bedeutung.

Unsere Liebespuppen bestehen aus erstklassigem medizinischen Makromolekülsilikon, das bis zur 5,5-fachen Länge im Erweichungsbereich bis zu 0-100A gestreckt werden kann, um dauerhaften Service ohne jeglichen Schaden für Menschen zu bieten – zertifiziert durch ROHS, REACH und FDA. Die Körpergelenke sind aus künstlichem Multiplexmetall von der neuesten professionellen Technologie. Dies stellt sicher, dass die Gliedmaßen frei erweitert werden können, um alle möglichen sexuellen Posen zu schaffen. Die Liebespuppen haben außerdem keinen unangenehmen chemischen Geruch – nicht wie die herkömmlichen aufblasbaren Gummipuppen.

Ich hörte ein Geräusch an der Tür, Kleist kam nach Hause.

»Was schaust du dir denn da an?«, fragte er, schon hinter mir stehend.

»Das ist Diego«, antwortete ich. »*Gut bestückt und heißer Body* – so steht es im Katalog. Ich überlege, ob ich ihn mal besuchen soll. Er ist willig, immer gut drauf, gibt keine Widerworte, schmutzt nicht und braucht weder Essen noch Trinken. Der perfekte Mann!«

»So ein Milchgesicht«, grinste Kleist müde. »Er könnte dein Enkel sein, Maria!«

»Alles in Ordnung?«, fragte ich.

»Ich bin geschafft«, gab er zu, »Partys mit jungen Leuten sind nichts mehr für mich. Ich muss ins Bett. Kann ich dich mit Diego allein lassen?«

Familienclans und Gewaltmonopol

Mit großem Appetit schaufelte sich Kleist die Spiegeleier in den Mund. Bäckerin Anneliese Schmitz hatte sich gemerkt, wie er sie gern mochte: auf beiden Seiten gebraten mit einer braunen Kruste drum herum. Ein langer Schlaf hatte meinem Zeit-Mann wieder eine gesunde Gesichtsfarbe und einen gesegneten Appetit verschafft.

»Bleiben Sie jetzt länger hier, Herr Doktor?«, fragte die Bäckerin mit zwei Bechern Kaffee in der Hand.

»Das kann gut sein«, antwortete er und nahm ihr eine Tasse ab. »Wenn Maria mich ertragen kann.«

»Ich bin ja fast den ganzen Tag in der Redaktion«, überlegte ich. »Das krieg ich hin.«

In der Backstube klingelte es und Frau Schmitz konnte keine weiteren Recherchen zu meinem Privatleben anstellen.

»Hast du Urlaub?«, fragte ich.

»Nein, ich habe ein Forschungssemester«, erklärte er.

»Was bedeutet das?«

»Keine Lehrtätigkeit für ein halbes Jahr. Ich forsche.«

»Aha. Und was?«

»Zur Clankriminalität in Deutschland.«

»Das ist spannend«, sagte ich. »Vor zwei Wochen gab es diese Riesenrazzia in der Stadt. Unversteuerter Tabak, Drogen, Diebstahl, Verstoß gegen das Waffengesetz – das volle Programm.«

»Wenn es nur das wäre«, seufzte Kleist. »Inzwischen nehmen Menschenhandel und erheblicher Sozialleistungsbetrug massiv zu. Hartz-IV-Empfänger aus Albanien, dem Libanon oder Osteuropa fahren Maserati und Porsche und kaufen sich ganze Häuserzeilen.«

»Ich kenne diese Bilder«, nickte ich, »und ich verstehe, warum die ehrlichen Leute, die sich ihre Rente mit Pfandflaschensammeln aufbessern müssen, langsam sauer werden und Rechts wählen, was auch keine Lösung für Probleme ist. Die Frage ist nur, wie man diesen Clans beikommt.«

»Mit mehr Polizei, besserer Vernetzung der staatlichen Stellen, hartem Durchgreifen und auch Gesetzesänderungen«, erklärte Kleist. »Keine *No-Go-Areas* mehr. Der Staat muss sein Gewaltmonopol durchsetzen.«

»O weh. Der Polizeistaat lässt grüßen. Als Studentin hab ich Flugblätter gegen Polizeigewalt verteilt«, erinnerte ich mich. »Gegen Überwachung, für ein Leben in Freiheit mit der Option auf Glück. So ändern sich die Zeiten.«

Er schaute mich amüsiert an. »Nicht, dass du noch depressiv wirst, liebe Maria.«

Frau Schmitz hatte ihren Kunden abgefertigt und stand wieder an unserem Tisch. »Grappa wird nicht depressiv«, behauptete sie.

»Doch«, widersprach ich. »Wenn ich keinen Kaffee mehr kriege.«

Mein Handy klingelte. Die Nummer war mir unbekannt. »Ja?«

»Hier ist Adrian Schmaus. Liane wird mit Ihnen sprechen.«

»Warum jetzt doch?«

»Ich habe ihr klargemacht, dass Engels gestoppt werden muss.«

»Gut. Ist sie auch bereit, ihre Vorwürfe gegenüber der Polizei zu wiederholen?«

»Ich denke schon. Geht es heute Mittag? Zwölf Uhr?«

Frau Schmitz stellte einen vollen Kaffeebecher vor mir auf den Tisch – die Ohren gespitzt.

»Wo?«, fragte ich.

Wir verabredeten uns beim Italiener. Im *Mama Mia* gab es diskrete, sparsam beleuchtete Nischen.

Kleist wunderte sich über meinen plötzlichen Aufbruch. Ich versprach, ihm am Abend zu erzählen, ob mein neuer Fall wirklich ein Fall war.

Ordnung in Gärten und ein offener Bademantel

Kleingärtner zwischen Kult und Kompost. Fast hätte Bärchen Biber eine komplette Alliteration hinbekommen. Kurz vor der Konferenz überflog ich seine Sensationsreportage über das aufregende Leben der Bierstädter Laubenpieper. Das positiv heitere Lebensgefühl der Naturfreunde kam im weiteren Text nicht unbedingt rüber – Bärchen war an einen Revoluzzer geraten, der sich über die strengen Vorschriften seines Verbandes ärgerte. Statt den Lesern des *Tageblattes* die Freude am Graben, Hacken und Häckseln verbal nahezubringen, amüsierte sich mein Kollege über die rigiden Paragrafen. Außerdem hatte er sich die alte Journalistenregel *Große Bilder sind schnell geschrieben* zu Herzen genommen.

Schrebergärtner waren lange der Inbegriff des deutschen Spießertums. Das hat sich geändert, denn immer mehr Menschen entdecken ihre Lust am eigenen Garten. Dabei sind die Kleingärtner inzwischen moderner als die Vereine, die die Gärten betreiben.

»Es gibt zu viele Regeln«, nörgelt Hans Czerwinski (56) und schneidet einer missgebildeten Narzisse den Kopf ab.

»Die müssen aber sein«, widerspricht sein Laubennachbar Hans-Manfred Bollmann (60), »sonst sieht es hier aus wie bei Hempels unterm Sofa. Bisschen Ordnung halten sollte jeder.« Er wirft einen Klumpen Erde nach einer streunenden Katze, die schreiend flüchtet.

Doch Czerwinski lässt nicht locker. »Das kann man der Presse ja mal sagen. Die Gartenlaube darf nicht mehr als vierundzwanzig Quadratmeter haben, einschließlich überdachter Vorfläche. Und was soll der Kack mit den Anbauvorschriften? Auf einem Drittel der Gartenfläche muss Obst oder Gemüse angebaut werden. Was geht die denn an, was ich anbaue, hä?«

Bollmann schießt zurück: »Deine fünfzig Gartenzwerge sind auch nicht das Gelbe vom Ei, besonders nicht die mit dem nackten Arsch.«

Ich schenkte mir den Rest, legte das Blatt weg und ging Richtung Konferenzraum.

Damm lobte Mareike, an der er einen Narren gefressen zu haben schien, Mäggis Kritik wurde ignoriert und Bärchens

Nah-dran-Reportage bekam ein knappes »Na-ja« vom Verleger. Der Tag versprach super zu werden.

Den Tisch im *Mama Mia* hatte ich vorbestellt. Da saß ich nun und wartete. Der Kellner hatte das frisch gebackene Brot und die Knoblauchbutter schon geliefert. Ich schob es von mir weg.

Adrian Schmaus' Nummer war auf meinem Handy gespeichert. Ich rief ihn an: »Wo bleiben Sie?«

»Wir sind gleich da«, versicherte er.

Ein paar Minuten später drückte er die Restauranttür auf, eine zierliche Frau folgte ihm. Liane Licht. Ich hatte sie mir größer und glänzender vorgestellt, als eine schillernde Gestalt, die ihren Auftritt genießen würde. Dieses Wesen aber war eher ein Häufchen Elend. Sie war ungeschminkt, ihr Haar stumpf und zu einem lockeren Dutt gerafft. Ihr Anblick hatte nichts mit der strahlenden jungen Schauspielerin gemeinsam, deren Foto auf der Homepage des Festivals abgebildet war.

Schmaus und Licht nahmen Platz. Sie musterte mich mit ängstlichem Blick. Wenn sie eine Rolle spielte, machte sie es gut.

»Frau Licht«, begann ich. »Danke, dass Sie gekommen sind. Die Entscheidung wird nicht leicht für Sie gewesen sein.«

»Das war es nicht und ist es immer noch nicht«, sagte sie. »Aber ich habe eingesehen, dass es anders nicht geht.«

»Ich würde gern sicher sein, dass Sie wirklich Liane Licht sind«, sagte ich. »Haben Sie irgendein Dokument bei sich?«

»Ist das nötig?«, brauste Schmaus auf.

»Ja«, sagte ich in entschiedenem Tonfall.

Sie gab mir ihren Personalausweis. Vierundzwanzig Jahre, 1,68 cm groß, geboren auf der Insel Rügen. Ich fotografierte das Dokument.

»Warum tun Sie das?«, fragte Licht.

»Um mich abzusichern«, erklärte ich. »Junge, blonde Frauen gibt es mehrfach und ich muss nachweisen, dass ich sorgfältig recherchiert habe. Engels wird mit Sicherheit juristische Schritte gegen mich und die Zeitung einleiten.«

Liane Licht sah Adrian Hilfe suchend an. Das irritierte mich. Hatte er ihr nicht gesagt, dass sie im Fall einer Berichterstattung zu ihren Vorwürfen gegen den Sonnenkönig würde stehen müssen?

Der Kellner verschaffte uns eine Pause. Wie alle superschlanken Frauen bestellte Liane einen Salat – natürlich ohne Öl –, Adrian und ich wählten Pasta.

»Was hat Engels denn nun getan?«, fragte ich. »Wie hat das angefangen?«

Liane Licht räusperte sich und nahm einen Schluck Mineralwasser. »Ich hatte mich letztes Jahr für die Rolle beworben über die Künstleragentur, die mich vertritt. Dort waren die Festspiele bekannt. Man wusste, dass Herr Engels auch jungen Schauspielern eine Chance gibt. Viele haben durch ihn schon Karriere gemacht. Ich kam in die engere Auswahl und hab es geschafft. Meine erste Hauptrolle in einem Musical. Engels war sehr freundlich und ...«, sie suchte nach dem passenden Wort, »... zugewandt. Wie ein väterlicher Freund. Die Proben liefen gut und er lobte meine Arbeit. Ich kam auch gut mit den Kollegen klar und habe ja Adrian wiedergetroffen, den ich von der Folkwangschule kannte. Es hätte alles wunderbar werden können.« Sie zerknüllte eine Serviette.

Ich holte meinen Notizblock und den Kuli heraus. »Wann begann das mit den Übergriffen?«

»Das kann ich gar nicht genau sagen. Zunächst war ja alles harmlos. Küsschen zur Begrüßung, Umarmung nach einer besonders guten Probe ... Engels war immer freundlich und lobte meinen Einsatz und meine Leistung. An einem Abend traf sich das Ensemble zu einem Umtrunk. Engels setzte sich ganz dicht neben mich, drückte seinen Oberschenkel gegen meinen und legte die Hand um meine Taille. Ich rückte von ihm weg, doch das nutzte mir nicht viel. Er rutschte mir nach. Ich gab vor, zur Toilette zu müssen. Als ich zurückkam, setzte ich mich auf einen anderen Platz. Engels Blick sagte alles. Er ärgerte sich maßlos und alle haben das mitbekommen. Die Stimmung war danach nicht mehr die beste.«

»Warum haben Sie ihm nicht klar und deutlich gesagt, dass Sie diese Nähe nicht wollten?«

»Ich wollte ihn nicht vor allen anderen blamieren.«

Ich sah Adrian an. »Waren Sie an jenem Abend dabei?«

»Leider nicht. Ich hatte einen anderen Termin. Aber Zeugen gibt es ja genug.«

»Dieses Rankuscheln bei einem fröhlichen Umtrunk ist nicht justiziabel und beweist gar nichts«, stellte ich fest. »Wie ging es weiter?«

»Am nächsten Tag bestellte er mich in sein Intendantenbüro.«

»Wo ist das?«

»In einem Hotel in der Nähe der Oper. Dort sind die leitenden Herren der Festspiele untergebracht. Die Schauspieler wohnen während der Saison etwas außerhalb in einer Pension – wegen der Kosten«, erklärte Adrian.

»Und Sie sind dann hingegangen?«

»Ja. Es war mittags. Er wollte mit mir über meine Rolle sprechen. Doch mir war gleich klar, dass irgendwas nicht stimmte.«

»Warum?«

»Er war sehr distanziert, ganz anders als sonst«, sagte sie leise. »Engels ist ein Mensch, der seinen Charme ein- und ausschalten kann. Switch ...«, sie schnippte mit den Fingern, »... und dann ist er nicht mehr freundlich, sondern grob.«

Der Kellner brachte den Salat. Trotz des Dämmerlichts

am Tisch glänzte der Parmaschinken verführerisch. Liane Licht sortierte die Oliven aus. »Die vertrage ich nicht«, erklärte sie.

»Was geschah dann?«, blieb ich beim Thema.

»Er empfing mich im Bademantel, behauptete, gerade geduscht zu haben. Seine langen Haare waren nass und hingen runter, er sah schrecklich aus ... wie Zwerg Nase. Er zog mich an sich und küsste mich auf die Wange. Ich ekelte mich drückte ihn deutlich von mir weg. Dann bot er mir Kaffee an und deutete auf die Sitzecke. Ich war froh, ihn auf Distanz zu haben, und nahm Platz. Er rumorte in der Küchenecke und ich entspannte mich. Er kehrte zurück, immer noch im Bademantel. Als er mir den Kaffee hinstellte, löste sich der Gürtel und ich sah sein erigiertes Glied. Ich sprang sofort auf und wollte weg. Doch er packte mich, drückte mich auf den Sitz zurück und entschuldigte sich. Ich ließ mich noch mal überzeugen und trank mit ihm Kaffee. Alles schien normal. Danach fehlen mir Erinnerungsteile.«

»Er hat ihr K.-o.-Tropfen gegeben«, stellte Schmaus fest.

Die Pasta wurde serviert. Frische gebratene Steinpilze und Penne. Eigentlich eines meiner Lieblingsgerichte, doch mein Appetit war durch Lichts Bericht geschrumpft.

»Was wissen Sie denn noch?«

»Als ich wieder klarer wurde, dämmerte es schon. Ich war nackt und lag auf dem Bett. Alles tat mir weh und ich ahnte, was passiert war. Engels saß auf einem Stuhl und beobachtete mich. Er war auch nackt. Er sagte, dass er alles gefilmt habe und ich meinen Mund halten soll. Sonst ...«

»Sonst?«

»Er würde das Video veröffentlichen und mich unmöglich machen.«

Unvermittelt verlor Liane Licht ihre Fassung und schluchzte. »Niemand werde mir glauben und ich sei eine psychisch gestörte Frau.«

»Wieso nannte er Sie psychisch gestört?«, fragte ich.

»Ich war mal einige Wochen in Therapie. Nach der Trennung von meinem Mann. Ich hatte Engels davon erzählt.«

»Wie ging es weiter?«

»Er lobte meine Arbeit erneut, verlangte aber, dass ich ihm weiterhin sexuell entgegenkomme. Immer wieder ... Als ich nicht mehr konnte, habe ich Adrian davon erzählt.«

»Haben Sie Engels nicht klargemacht, dass Sie das alles nicht wollten?«

»Doch, aber er hat nur gelacht. Ich nahm Schlaftabletten, damit ich überhaupt irgendwie zur Ruhe kam. Aber ich wollte die Rolle unbedingt behalten. Doch jetzt kann ich nicht mehr und die Rolle ist mir inzwischen egal.«

Pünktliche Tränen. Adrian griff nach Lichts Hand und sprach tröstend auf sie ein. War das alles echt oder nur eine Inszenierung?

»Also sind Sie jetzt bereit, Engels öffentlich zu beschuldigen?«

»Ja, ich will, dass er für alles büßt.«

»Und die Rolle im Musical? Der Videofilm? Haben Sie keine Angst, dass er seine Drohung wahr macht?«

»Ich habe Liane erklärt, dass er das nicht tun wird, weil er sich damit selbst belasten würde«, sagte Adrian. »Er würde sich als Vergewaltiger brandmarken.«

»Sie müssen mit viel Medienrummel rechnen«, stellte ich fest. »Engels wird alles tun, um seine Haut zu retten. Ein solcher Prozess ist kein Kindergeburtstag. Sind Sie dem gewachsen?«

»Ja. Adrian hilft mir und unterstützt mich«, sagte sie.

»Ich werde mich wieder bei Ihnen melden«, kündigte ich an. »Und ich werde mit Engels reden. Ihren Namen, Frau Licht, werde ich ändern, aber Engels wird sofort wissen, wer seine Anklägerin ist. Er wird versuchen, Sie unter Druck zu setzen oder Schlimmeres. Halten Sie sich von ihm fern.«

»Ich werde zu meiner Mutter nach Ostdeutschland fahren«, verkündete Liane Licht. »Adrian will mich begleiten.«

»Das ist nicht gut. Ich brauche jemanden, der mir erzählt, was nach meiner Berichterstattung im Ensemble geschieht. Ob es weitere Opfer gibt, die sich dann zu erkennen geben. Ob Engels durchdreht oder zusammenbricht.«

»Ich verstehe«, nickte Adrian. An Liane gewandt fragte er: »Kommst du denn alleine klar?«

Sie nickte.

Handschuh im Ring

Zurück im Verlagshaus kramte ich den Artikel heraus, in dem die österreichische Sopranistin vor Jahren Engels' sexuelle Übergriffe angeprangert hatte. Sie war damals gescheitert. Leider war ihr Name nicht erwähnt. Ich rief bei der Zeitung an und verlangte, den Journalisten zu sprechen, der den Artikel verfasst hatte. Er arbeitete nicht mehr bei dem Blatt und niemand wusste, wo er inzwischen beschäftigt war. Ein freundlicher Kollege versprach, Recherchen anzustellen und mich dann zu informieren.

Im Internet gab es zahlreiche Interviews und Filme über den Sonnenkönig. Er ließ sich gern mit ›Maestro‹ anreden, begann jeden Satz mit ›Ich‹, ›Mein‹ oder ›Mir‹, lachte guttural und laut – besonders über eigene Scherzchen. Ein unsympathisches Exemplar der Rasse Mensch. Allein die Vorstellung, ihm sexuell ausgeliefert zu sein, sorgte bei mir für spontanen Brechreiz.

Ich fasste die Vorwürfe von Liane Licht zusammen. Zwischendurch kam ich ins Grübeln. Hätte ich sie eine eidesstattliche Erklärung unterschreiben lassen sollen, um mich selbst abzusichern? Nein, das hätte sie vielleicht davon abgeschreckt, in die Öffentlichkeit zu gehen. Erst jetzt merkte ich, dass mich die Me-too-Debatte, die in der ganzen Welt explodiert war, doch beeindruckt hatte. Mich hatte noch nie jemand sexuell bedroht, aber ich wusste natürlich von solchen Fällen.

Me-too hatte nichts mit Affären oder Liebesgeschichten zu tun, die sich in Betrieben abspielten und bei denen sich beide einig waren. Es war Machtmissbrauch Frauen gegenüber, die vom Täter in irgendeiner Weise abhängig waren: Das war die Hollywoodschauspielerin, die vom Filmproduzenten sexuell bedrängt wurde, das war die Praktikantin, die ihrem Redaktionsleiter zu Willen sein sollte, aber auch die marokkanische Erdbeerpflückerin, die mehrfach die Woche vom Aufseher der Plantagen vergewaltigt wurde. Immer ging es um Sex in Verbindung mit Machtmissbrauch und Gewalt.

Engels hatte Liane Licht K.-o.-Tropfen gegeben und sie missbraucht. Das war eine Straftat. Wenn dieser Vorwurf stimmte, gab es weder Ermessen noch Rücksicht.

Ich suchte die Nummer des Kulturvereins heraus und bat um die Kontaktdaten von Adalbert Engels. Der Grund: allgemeine Fragen zum Festival. Damit warf ich meinen Handschuh in den Ring.

Abends gab ich Kleist eine Zusammenfassung meines neuen Falls.

»Das wird hart«, sagte er. »Hast du volle Rückendeckung durch deinen Verleger?«

»Der weiß noch von nichts«, räumte ich ein.

»Die solltest du dir holen«, riet er. »Wenn Engels so tickt, wie du glaubst, und er die junge Sängerin tatsächlich vergewaltigt hat, schlägt er brutal zurück.«

»Ich weiß. Ich bin vorsichtig.«

»Es gibt im Landeskriminalamt eine Sonderkommission, die sich um die Straftaten gegen die sexuelle Selbstbestimmung kümmert. Ich kenne die Leiterin und die zuständige Staatsanwältin. Beide arbeiten sehr zielführend. Soll ich sie kontaktieren?«

»Noch nicht. Erst mal abwarten, wie Engels reagiert.«

»Möchtest du ein Glas Wein?«, fragte er. Das war ein Zeichen dafür, dass die beruflichen Themen ab jetzt ausgeklammert waren.

Das klappte an diesem Abend nicht gut, denn im Lokalfernsehen lief ein Bericht über die Vorbereitungen zum *Summer-Pott*-Festival. Klar, dass der Maestro die Hauptrolle in der Reportage einnahm.

Razzia bei den Clans

Um zwei Uhr morgens war unsere Nacht zu Ende. Kleist wurde angerufen. Polizei und Staatsanwaltschaft nahmen sich den Miri-Clan vor, eine libanesische Familie, die seit vielen Jahren in Deutschland lebte und sich ein kriminelles Imperium aufgebaut hatte. Die Mitglieder betrieben Schutzgelderpressungen, illegalen Drogen- und Medikamentenhandel sowie Waffengeschäfte. Und sie waren im Rotlichtmilieu aktiv. Integriert und gesetzestreu war kaum einer von ihnen, obwohl die ersten Mitglieder schon 1980 in Deutschland eingewandert waren. Der Clan bestand aus dreißig Familien mit zweitausendsechshundert Angehörigen.

Ich kochte Kleist einen starken Kaffee und legte mich wieder schlafen. In meinen wirren Träumen mutierte Adalbert Engels zum Clanchef. Was für ein Quatsch! Engels war schon rein äußerlich kein arabischer Verbrecherkönig, sondern ein aufgeblasener Egomane.

Im Bistro ließ ich meine Handtasche auf den Tisch fallen, schnappte mir das *Bierstädter Tageblatt* und setzte mich. Im

Lokalradio wurde gerade über die Razzia gegen den Miri-Clan berichtet.

Der Polizei ist heute Morgen gegen die organisierte Kriminalität vorgegangen. Mehr als zehn Wohnungen und Gewerbeeinheiten wurden durchsucht. Die Polizei nahm vier Brüder fest, gegen die Haftbefehle vorlagen. Außerdem wurde der Patron des Clans in Sachsen in U-Haft genommen. Die Beamten hatten am Morgen in einer konzertierten Aktion zugeschlagen. Mit dabei ein Spezialkommando, da die Ermittler davon ausgehen mussten, dass die Clanmitglieder bewaffnet waren.
Laut Polizei sollen die Mitglieder des Miri-Clans schon länger Drogengeschäfte im großen Stil geführt haben und durch Gewaltexzesse und Menschenhandel aufgefallen sein.

»Ist ja ganz schön viel los bei uns«, stellte Frau Schmitz fest. »Diese Zuwanderer sind ein Fluch für Deutschland. In zehn Jahren haben diese Moslems die Macht in Deutschland übernommen. Und unser Staat tut nichts dagegen. Hoffentlich bin ich schon tot, wenn die das Sagen haben.«

Ups. Solche Sprüche hatte ich von der Bäckerin noch nie gehört.

»Frau Schmitz, die Razzia zeigt doch, dass was dagegen getan wird«, widersprach ich.

»Dann warte mal ab, Grappa, was die später für Strafen kriegen!«, rief sie. »Die lachen sich doch kaputt, wenn ein Gericht sie in den Knast schickt – wenn überhaupt.«

»Was ist denn los mit dir, Frau Schmitz?«, fragte ich. »Du redest ja wie eine AfD-Wählerin.«

»Nee, Grappa, ich kann noch selbst denken. Letzte Woche wurde der Kiosk gegenüber von jungen Burschen überfallen. Den Inhaber haben sie halb tot geprügelt und ihm das Geld geklaut. Und? Woher kamen die Schläger?«

»Flüchtlinge aus Nordafrika«, antwortete ich. »Wir hatten die Story im Blatt.«

»Dann weißt du ja Bescheid.« Anneliese Schmitz strich ihre Kittelschürze glatt. »Und jetzt bring ich dir dein Frühstück. Wie immer?«

Selbstverständlich wurde das Razziathema mir zugeteilt. *Blaulicht* war schließlich mein Ressort. Eine leichte Übung, denn in einer Stunde sollte im Polizeipräsidium eine Pressekonferenz stattfinden, an der auch der Innenminister teilnehmen würde. Der Miri-Clan war eine große Hausnummer im Bereich der organisierten Kriminalität in Deutschland.

Mareike, Wayne und ich tranken zuvor noch einen Kaffee in der Kantine. Hans Damm hatte mir die Volontärin aufs Auge gedrückt – »damit sie was lernt«. »Weißt du, was ein Clan ist?«, nahm ich meine Aufgabe ernst.

»Ein Clan war ursprünglich eine größere Familiengruppe in Schottland, die ein abgegrenztes Gebiet bewohnte und ihre Herkunft auf einen gemeinsamen Urahnen zurückführte«, kam es wie aus der Pistole geschossen zurück.

»Hast du Wikipedia auswendig gelernt?«, fragte ich.

»Kleine Recherche. Damm hat mir schon vor der Konferenz gesagt, dass ich mitmuss.«

»Gutes Mädchen. Weißt du denn auch, was ein krimineller Clan ist?«

»Sicher. Diese Sippen handeln mit Heroin und Kokain, kassieren Bordelle ab oder sind Schleuser und begehen Auftragsmorde. Sie fahren geile Schlitten und profitieren gleichzeitig von Hartz IV. Die Bullen haben Angst vor denen und die Politiker spielen das Problem herunter.«

»Brillante Analyse«, stellte Wayne fest. »Aus dir wird noch was.«

»Das will ich doch hoffen. Wollen wir?« Mareike stand auf. Ihre prall sitzende Jeans hatte überall Löcher.

»Nur keine Eile«, sagte der Fotograf und nahm einen Schluck. »Wir haben unsere angestammten Plätze. Da setzt sich niemand hin. Grappa-Territorium. Außerdem kommt der Staatsanwalt auch immer zu spät.«

»Aber nicht, wenn der Innenminister dabei ist, wetten?«

Damit konnte sie recht haben. Wir starteten.

Die Null-Toleranz-Strategie

Der Konferenztisch war gut besetzt und das Medieninteresse groß. Kameraleute kämpften um die besten Plätze, Tontechniker steckten die Mikrofonkabel in die dafür vorgesehenen Eingänge und Journalisten testeten ihre Tablets. Auch ich bereitete mich vor, indem ich meinen Notizblock aus der Handtasche holte.

Kleist saß mit am Tisch. Unsere Blicke trafen sich kurz. Neben ihm eine junge Frau, die ihn in ein Gespräch zu verwickeln versuchte. Er schien leicht genervt, bedankte sich aber mit einem Nicken, als sie ihm die Thermoskanne mit dem Kaffee reichte.

»Was macht denn dein Freund hier?«, fragte Wayne leise. Ich erklärte es ihm.

»Deshalb bist du die letzte Zeit so ausgeglichen, Grappa«, grinste der Fotograf. »Ich stand schon kurz davor, dir eine Katze oder einen Hund zu besorgen.«

Ich konnte nicht parieren, weil der Polizeipressesprecher die Konferenz eröffnete.

Der Innenminister gab das von sich, was er zuvor schon bei ähnlichen Anlässen geäußert hatte. »Wir wollen mit unserer Null-Toleranz-Strategie gegen Kriminelle das Land wieder sicherer machen. Wir müssen den Bürgern das Vertrauen in den Rechtsstaat zurückgeben. Man soll sich wieder in jedem Winkel und zu jeder Zeit sicher fühlen. Die Polizei wird personell deutlich aufgestockt. Die Zahl der Neueinstellungen wird noch in diesem Jahr von zweitausend auf zweitausenddreihundert angehoben. Außerdem werden die Beamten mit mehr Befugnissen ausgestattet.«

Natürlich stellte ein Kollege von einem linken Blog die Frage nach dem Überwachungsstaat.

»Die Bürger sind dankbar, dass die Polizei im Straßenbild wieder sichtbarer ist. Es wird mehr Videoüberwachung und mehr verdachtsunabhängige Kontrollen geben. Auch die digitale Kommunikation von Terroristen etwa in Messenger-Diensten muss überwacht und ausgewertet werden. Terroristen planen Anschläge per WhatsApp oder über Facebook und wir haben bisher kaum Möglichkeiten, diese Kommunikation zu beobachten. Das muss sich dringend ändern.«

Der Einsatzleiter gab anschließend das Ergebnis der Razzia bekannt, über die ich schon in der ersten Pressemitteilung hatte lesen können.

»Das Vermögen des Clans wurde eingefroren, Luxusartikel wie Autos und Schmuck beschlagnahmt. Auch die Immobilien der Familie Miri werden erst wieder freigegeben, wenn nachgewiesen wird, dass sie mit rechtmäßig verdientem Geld bezahlt wurden.«

»Und das wird nicht gelingen«, raunte Pöppelbaum.

Es folgten noch ein paar belanglose Fragen und die üblichen Ausflüchte, dass der Öffentlichkeit aus ermittlungstaktischen Gründen keine weiteren Details mitgeteilt werden konnten.

Nach einer knappen Stunde war der Zauber vorbei.

»Mareike, möchtest du die Interviews mit dem Polizeipräsidenten und dem Innenminister führen?«, fragte ich.

»Gerne.« Die Volontärin strahlte.

»Und später den Bericht schreiben?«

»Jaaaaa!«

Während sie sich an den Innenminister heranpirschte,

fragte Wayne: »Was ist das denn, Grappa? Du gibst so ein Thema freiwillig ab?«

»Mareike will doch was lernen. Und das kann sie am besten, wenn sie ins kalte Wasser geworfen wird. Außerdem – mit deinen Fotos kann der Artikel nur gut werden.«

Dafür hatte ich jetzt Zeit für Adalbert Engels. Zurück in der Redaktion checkte ich meine Mails. Der Kulturverein teilte mir – natürlich vertraulich – die Kontaktdaten des Sonnenkönigs mit und richtete mir aus, dass der Maestro sich freue, mich kennenzulernen.

Die Freude wird nicht lange anhalten, dachte ich.

Jenseits von Afrika

Damm war da und ich wurde vorgelassen. Er erhob sich von seinem Schreibtisch und bat mich zur Sitzecke. Ich war längere Zeit nicht mehr im Verlegerzimmer gewesen. In dieser Zeit hatte sich einiges verändert: Die ausgestopften Wildtiere aus den Steppen Afrikas waren bis auf einen Elefantenschädel mit Stoßzähnen von den Wänden verschwunden und durch nichtssagende Gemälde und langweilige Grafiken örtlicher Künstler ersetzt worden. Sogar der Chefsessel hatte für ein modernes Teil Platz machen müssen. Der afrikanische Thron mit den Intarsien aus Elfenbein stand jetzt vor dem Fenster.

»Hier sieht es ja ganz anders aus«, stellte ich fest. »Jagen Sie nicht mehr?«

»Zurzeit nicht, Frau Grappa«, seufzte Damm. »Aber schön, dass Sie es bemerken. Die Tierköpfe sind, bis auf meinen Großen hier ...«, er schaute verliebt zum Elefantenschädel, »... im Keller meiner Villa.«

»Und warum?«

»Ich hatte Besuch vom Tierschutzbund. Es waren ein paar hysterische Weiber darunter, die mich fertiggemacht haben. Sie drohten damit, ihren Mitgliedern zu empfehlen, das Abo zu kündigen und mich in den sozialen Medien als Tiermörder darzustellen. Ich hab mich dann entschuldigt und das Büro umgestaltet. Nur der Königsthron aus dem Kameruner Grasland ist geblieben und den Kopf hab ich später wieder hingehängt.«

Ich versuchte, mitfühlend zu gucken.

»Und jetzt zu Ihnen. Was führt Sie zu mir?«

Ich atmete einmal tief durch und berichtete, was ich bisher über den Fall Engels erfahren hatte. Leider waren es noch keine harten Fakten, sondern nur Aussagen.

Damm unterbrach mich nicht, machte sich aber Notizen. War das ein gutes oder schlechtes Zeichen?

Ich schreibe die Geschichte auf jeden Fall, dachte ich grimmig. Wenn nicht fürs *Tageblatt,* dann für jemand anderen.

Am Ende meines Berichts sagte Damm: »Es ist gut, dass Sie zu mir gekommen sind, Frau Kollegin.«

Pause.

Immer noch Pause.

»Ich bin hier, um mich Ihrer Rückendeckung zu versichern«, half ich ihm auf die Sprünge. »Engels wird sich mit allen Mitteln wehren.«

Der Verleger nickte. »Zweifellos wird er das. Aber wir werden auch viel Unterstützung bekommen.«

Er hatte ›wir‹ gesagt. Das war gut.

»Wenn wir die Geschichte bringen, muss die Staatsanwaltschaft eine Prüfung einleiten. Vergewaltigung und sexuelle Nötigung sind Offizialdelikte«, sagte er. »Die Polizei wird ermitteln und nach weiteren Fällen suchen.«

Das läuft gut, dachte ich und erklärte: »Es gibt eine Sonderkommission beim Landeskriminalamt und zahlreiche

Frauengruppen, die sich um Me-too-Opfer kümmern. Die sind auch auf unserer Seite.«

Damm schnalzte mit der Zunge. »Dann mal los, Frau Kollegin. Oder wie wir Jäger zu sagen pflegen: Waidmannsheil!«

Pöppelbäumchen

Mareike bastelte eifrig an ihrer Reportage. Mir schien, dass sie die Geschichte des Miri-Clans bis in die Steinzeit recherchiert hatte, denn auf ihrem Schreibtisch stapelten sich Berge von Notizzetteln und Ausdrucken.

»Kommst du klar?«, fragte ich.

»Ja, es läuft gut. Damm hat mir eine ganze Seite gegeben. Wir waren nach der Pressekonferenz noch in der Nordstadt und haben Leute befragt. Die sind alle begeistert, dass die Polizei endlich mal durchgegriffen hat. Und Wayne hat tolle Fotos gemacht.«

Ich schaute auf den Monitor.

Razzia gegen organisierte Kriminalität: Polizei nimmt vier Brüder des Miri-Clans fest.

»Die Überschrift ist ein bisschen lahm. Hört sich an wie die Pressemitteilung aus dem Präsidium.«

»Hast du einen besseren Vorschlag?«, fragte Mareike.

»Eher einen anderen. Ich würde ›Schlag gegen Araber-Clan – Vier Brüder im Knast – Innenminister zufrieden‹ schreiben.«

Wayne kam dazu. »Brauchst du noch was von mir, Mareike?«, fragte er. »Ich müsste mit meiner Frau zum Arzt.«

Ich horchte auf. »Was Schlimmes?«

»Nee, Grappa«, strahlte er. »Ultraschall beim Frauenarzt.«

»Heißt das etwa, dass ein kleines Pöppelbäumchen unterwegs ist?«, rief ich.

»Du hast es erfasst.«

Nun konnte ich mich der Jagd auf Engels widmen.

»Der Maestro hat sich gerade zurückgezogen«, teilte mir eine Frau am Telefon mit. »Er ist ein wenig erschöpft. Wir hatten einen anstrengenden Vormittag. Ich werde ihm mitteilen, dass Sie angerufen haben, und er meldet sich dann. Können Sie mir ungefähr sagen, um was es geht?«

»Um die Festspiele«, überraschte ich sie.

Sie behielt die Contenance. »Maestro Engels bereitet sich gern auf Medientermine vor.«

»Er ist doch ein alter Hase – um es mal flapsig auszudrücken«, beruhigte ich sie. »Er hat bestimmt schon alle Fragen zum Thema Festival gestellt bekommen. Es wäre schön, wenn mein Fotograf und ich morgen Nachmittag vorbeischauen könnten.«

»Ich schau in den Terminkalender. Ja, das klappt. So gegen sechzehn Uhr? Dann sind die Proben vorbei.«

Zu Hause empfing mich Kleist in ungewohnter Kleidung: Jogginghose und T-Shirt.

»Wie siehst du denn aus?«, fragte ich. »Wo sind Anzug, Oberhemd und Schlips von der Pressekonferenz?«

»Im Schrank. Gefalle ich dir nicht?«

»Doch, du siehst cool aus. Wer Jogginghosen trägt, hat die Kontrolle über sein Leben verloren – hat Karl Lagerfeld mal gesagt. Merkst du noch gar nichts davon?«

Kleist lachte. »Auch Lagerfeld hatte Jogginghosen, glaub mir. Er ist zu Hause bestimmt nicht so affektiert rumgelaufen wie auf den Fotos, die man von ihm kennt. Was macht die Causa Sonnenkönig?«

»Morgen geht es los«, erklärte ich. »Und Damm ist dabei. Ich bin deinem Ratschlag gefolgt und habe ihn eingeweiht.«

»Er hat keine Vorbehalte?« Kleist konnte es kaum glauben.

»Nein. Er hat mir ein herzhaftes Waidmannsheil gewünscht – so von Jäger zu Jägerin.«

Hundige Presswurst

Sarah hatte eine Nachricht für mich. Der Autor des Artikels über Engels' Belästigung der österreichischen Sängerin hatte sich gemeldet und den Namen und die Telefonnummer der Frau durchgegeben. Sie hieß Marianne Stifter.

Ich meldete mich bei Damm von der Konferenz ab und informierte ihn zugleich, dass er für die morgige Ausgabe mit einem Artikel rechnen könne.

Die Künstlerin war sehr aufgeschlossen. »Endlich greift mal jemand dieses Thema auf«, freute sie sich. »Diese hundige Presswurst muss an die Wand genagelt werden.«

»Sind Sie bereit, Ihre Vorwürfe von damals zu wiederholen?«

»Natürlich. Ich kann Ihnen auch noch mehr erzählen. Nachdem ich in der Zeitung zitiert wurde, hat Engels mich verfolgt und bedroht.«

»Ihr Name wurde in dem Artikel doch gar nicht erwähnt.«

»Ja, leider. Das wollte der Journalist nicht, aber ich hab Engels gesagt, dass ich es war. Es gab ja noch andere Frauen, denen der Mistkerl an die Wäsche gegangen ist, aber die sind leider abgesprungen und haben den Mund gehalten. Und so stand ich plötzlich als Verleumderin eines genialen Dirigenten da. Ich hab weit und breit kein Engagement mehr bekommen und bin aus dem Job raus.«

»Und was machen Sie jetzt?«, fragte ich.

»Ich habe eine Künstleragentur gegründet. Die Kontakte hatte ich ja. Engels orientiert sich nach Deutschland und Italien. Ich bespiele in der Hauptsache Österreich. So kommen wir uns nicht ins Gehege.«

»Dann geht es Ihnen gut?«

»Ja. Ich hab einen tollen Mann und zwei Kinder. Aber ich bin immer noch wütend, wenn ich an Engels denke. Ich sehe seine Hand vor Augen, mit der er mir zwischen die Beine gegriffen hat. Dieser fette Goldring am Mittelfinger und die dreckige Lache – igitt! Und in seinen Mundwinkeln sammelte sich Speichel, wenn er zu grapschen anfing, der Haderlump.«

»Ich maile Ihnen meine Artikel zu«, versprach ich. »Ist es okay, wenn ich jetzt Ihren Namen nenne?«

Sie hatte nichts dagegen. Damit hatte sich die Zahl meiner Verbündeten um eine Person erhöht.

Der Sonnenkönig war gekleidet wie Aristide Bruant: schwarzer Mantel mit Cape, schwarzer Hut und ein scharlachroter Schal, der locker um den Hals geschlungen war. Der französische Kabarettist und Komödiant hatte sich mehrmals von Henri de Toulouse-Lautrec malen lassen und war so in Erinnerung geblieben. 1925 war Bruant gestorben, jetzt saß er leibhaftig an der Bar in seinem Hotel und wartete auf Wayne und mich. Schlagartig wurde mir klar, dass für Engels die Welt eine Bühne war, auf der sich alles nur um ihn drehte.

Wir gingen auf ihn zu und er wandte sich in dem Augenblick um, als wir noch etwa drei Meter von ihm entfernt waren. Er hatte uns in einem Spiegel beobachten können.

»Liebe Frau Grappa!«, dröhnte er, rutschte vom Barhocker und breitete die Arme aus.

Das konnte ich auch.

»Maestro Engels!«, flötete ich und ließ mich von ihm umarmen. »Wie schön, dass wir uns endlich persönlich kennenlernen. Darf ich Ihnen Herrn Pöppelbaum vorstellen? Er wird unser Treffen im Bild festhalten.«

Wayne bekam einen Händedruck.

»Champagner!«, orderte Engels. »Sie sind natürlich eingeladen.«

»Nicht um diese Uhrzeit«, wehrte ich ab. »Ein Wasser tut es auch.«

»Aha! Sie sind eine Dame, die weiß, was sie will ... und nicht will.«

So ist es, dachte ich, und ich werde gleich etwas tun, was du bestimmt nicht willst – nämlich unangenehme Fragen stellen.

Wayne löste sich von seinem Barstuhl, knipste das Interieur, das den Zwanzigerjahren nachempfunden war.

Sobald Engels sich im Bild glaubte, schob er den roten Schal vor sein Doppelkinn und zog den mächtigen Bauch ein. Der Goldring, den Marianne Stifter erwähnt hatte, leuchtete an seinem Mittelfinger.

»Welch ein schönes Teil«, lobte ich. »Hat dieser Ring eine bestimmte Bedeutung für Sie?«

»Ja, ich habe ihn mir extra anfertigen lassen.«

Er spielte den Bescheidenen, gierte aber nach weiteren Fragen. Kriegst du, dachte ich.

»Gab es dafür einen bestimmten Anlass?«

Der Kellner brachte die Getränke. Engels nahm einen tiefen Schluck Champagner, unterdrückte ein Rülpsen.

»Ja, diesen Ring habe ich Jean-Baptiste Lully zu verdanken. Vor vielen Jahren habe ich seine Comédie-ballet *Der Bürger als Edelmann* sehr erfolgreich aufgeführt. Da das Werk für Ludwig den Vierzehnten geschrieben worden ist, habe ich einen Goldschmied mit einer Kopie des Ringes beauftragt, den der König seinerzeit getragen hat. Als Erinnerung an den Beginn meiner Karriere.«

»Eine sehr hübsche Anekdote«, lächelte ich. »Was ist denn eine Comédie-ballet?«

»Eine Theaterkomödie mit Gesang, Tanz und Theater, erfunden von Lully und Molière Mitte des 17. Jahrhunderts. Heute nennt man diese Form Musical.«

»Wie *Die Schöne und das Biest*«, rief ich aus. »Daher also

Ihre Liebe zum Musical. Wie laufen denn die Proben? Gibt es Probleme?«

Er schaute mich prüfend an, das Dauerlächeln war weg. Hatte ich ihn mit meiner Frage vorgewarnt?

»Ich freue mich schon sehr auf die Premiere«, log ich. »Ich mag Stücke mit Verwicklungen und Happy End.«

»Sie bekommen die besten Plätze und sind zur Premierenfeier eingeladen. Geniales Buffet und edle Getränke. Natürlich alles kostenlos«, sagte er.

Natürlich gehörte er zu den Typen, die glaubten, Journalisten durch kleine Vergünstigungen bestechen zu können. Champagner, Freikarten und Häppchen für lau – und schon ist der Schreiberling eingelullt. Na, warte, dachte ich.

Zu seinem Glück klingelte des Maestros Handy, sonst hätte ich ihm sofort eine Ansage gemacht.

»Ich bin gleich wieder da«, kündigte er an, erhob sich und ging in einen Nebenraum – behielt uns aber im Blick.

Wayne stellte sich neben mich. »Musst du ihm so viel Honig ums Maul schmieren? Das ist ja voll peinlich, was du da abziehst.«

»Alles Taktik. Lass mich mal machen. Wir gehen gleich in seine Suite.«

»Wenn du in sein Zimmer willst, hättest du mich zu Hause lassen sollen!«

»Haha«, machte ich. »Engels wird uns freiwillig alles zeigen, wetten? Ich brauche ein Foto von seinem Bett, dem Bad und den Utensilien, die da rumstehen.«

Engels rollte auf uns zu. »Eine weitere Presseanfrage«, behauptete er. »Ein Kulturmagazin des WDR. Ich hab sie an meine Assistentin verwiesen. Wollen Sie nicht doch ein Schlückchen?« Er hob die Champagnerflasche an, wartete unsere Antwort nicht ab und goss sich ein.

Ich stellte ein paar Fragen zu seinem Werdegang und sagte dann: »Maestro, unsere Leser interessieren sich immer sehr für das Leben der Prominenten, die unsere Stadt besuchen. Wir brauchen noch ein paar Fotos, die Sie ganz privat zeigen. Am Schreibtisch in Ihrer Suite. Oder an einem anderen Ort, an dem Sie der Muse begegnen. Später dann zusammen mit Ihrem Ensemble. Verstehen Sie, was ich meine?«

»Ja, die berühmte Homestory.«

»Genau!«, strahlte ich. »Dürfen wir?«

»Was?«

»Ihre Suite besuchen. Das Wetter ist schön und alle Suiten haben Terrassen mit Blick ins Grüne. Der Künstler sucht seine Inspiration in der Ferne. Das wäre ein schönes Motiv, oder, Wayne?«, sülzte ich.

Der nickte eifrig.

»Na, gut«, Engels nahm die Flasche Champagner, die nur noch zu einem Drittel voll war. »Die Betten dürften ja um diese Uhrzeit schon gemacht sein«, lachte er. »Kommen Sie!«

Er ging voraus zum Lift, drückte den Knopf zur vierten Etage.

Wir schwebten nach oben.

Der Maestro inszeniert sich selbst

Das Appartement war geräumig und modern eingerichtet. Sitzecke, ein riesiger Fernseher, Schreibtisch plus Stuhl, Minibar und ein großes Bett. Eins von diesen Boxspringbetten mit den schrecklich weichen Matratzen, aus denen man nie wieder hochkommt, weil der Lattenrost fehlt.

Wayne checkte die Liegefläche und lichtete sie diskret ab, während ich Engels zum Balkon folgte, um die Aussicht zu prüfen.

Na ja, so toll war sie dann doch nicht, aber den Lesern des *Tageblattes* würde sie gefallen – vor uns zeigte sich das Westfalenstadion in voller Schönheit. Die strahlende Sonne gab dem Fußballtempel eine hellenische Anmutung. Die Akropolis war ein trauriger Klotz dagegen.

Wayne kam dazu und kniff ein Auge zu, was so viel hieß wie: Alles im Kasten!

Ich bat Engels, sich in die Hollywoodschaukel zu kuscheln und Richtung Stadion zu schauen. Er nahm den Hut ab und fragte, ob seine Haare richtig lägen.

Welche Haare?, dachte ich. Die drei Fusseln, mühsam zum Pferdeschwanz gebunden? Ich versicherte ihm, dass alles in Ordnung sei.

Nach gefühlten hundert Klicks gingen wir ins Zimmer zurück.

Engels am Schreibtisch in Denkerpose, den Kopf in die Hand gestützt. Ich kannte den Trick – so konnte man einen schlaffen Hals kurzzeitig wieder in Form bringen.

»Schönes Bett«, sagte ich mit Blick auf die Boxspringliege.

Er schaute mich irritiert an.

»Ist dies das Bett, auf dem Sie Liane Licht vergewaltigt haben?«

Jeder andere wäre zusammengebrochen oder hätte einen Anfall von Tobsucht bekommen. Nicht so der Sonnenkönig. Er verabschiedete sich blitzartig von der Jovialität, mit der er sich bis dahin bewegt hatte.

»Verlassen Sie mein Zimmer«, sagte er leise und sehr deutlich.

»Hast du das Foto von dem Bett, Wayne?«, fragte ich. »Ich denke, dass unsere Leser den Tatort sehen wollen.«

»Das Gespräch ist beendet«, sagte er und öffnete die Tür. »Ich untersage Ihnen hiermit, ein einziges Foto von mir zu veröffentlichen. Und es gibt auch kein Interview. Ich werde sofort eine einstweilige Verfügung beantragen. Sie und Ihre Zeitung können schon mal Schmerzensgeld ansparen. Und jetzt raus hier oder ich rufe den Sicherheitsdienst.«

Waynes Hände zitterten, als er den Wagen anließ. »Du hast Nerven, Grappa«, stöhnte er. »Was machen wir jetzt?«

»Ich schreibe einen kurzen Artikel für die Onlineausgabe. Dann sind die Vorwürfe in der Welt. Und morgen im Blatt kommt der große Bericht. Bis dahin hat Damm eine Schutzschrift bei Gericht hinterlegt, falls Engels wirklich eine einstweilige Verfügung beantragt. Wird er aber nicht, denke ich. Solche Typen bluffen wie die Weltmeister. Und jetzt los!«

Zerwühltes Bett

»Ach ja, bevor ich es vergesse, Grappa, da hat ein Herr Engels für dich angerufen«, teilte mir Susi mit, als wir die Redaktionsräume betraten.

Wayne und ich warfen uns einen Blick zu. »Was wollte er denn?«

»Keine Ahnung. Ein unangenehmer Kerl.« Sie schaltete ihren Computer ab und räumte ihre Sachen zusammen. »Er wollte deine Handynummer, und als ich ihm sagte, dass ich die nicht rausgeben darf, hat er rumgebrüllt. Ich hab dann den Hörer aufgelegt. Vorher hatte er versucht, Damm zu erreichen, aber der ist nicht mehr im Haus. Seine Sekretärin auch nicht. Deshalb wurde das Gespräch hier rübergestellt. Warum regt der sich denn so auf?« Sie musterte uns kopfschüttelnd. »Was habt ihr bloß wieder angestellt?«

»Das kannst du in etwa einer Stunde auf der Homepage nachlesen und morgen im Blatt.«

Wayne steckte den Chip in den Rechner. Ich setzte mich neben ihn.

Engels im Foyer, Champagner schlürfend, der goldene Sonnenkönig-Ring mit der altersfleckigen Hand, Schuss von unten mit rotem Schal, geschwollene Tränensäcke und das leicht glänzende schwarze Hemd, das über dem Bauch arg spannte.

»Ein echter Sympathieträger«, murmelte ich.

»Jetzt kommt das Hotelzimmer. Du wirst Augen machen, Grappa.«

Das Bett in der Totalen und im Detail, von oben und von der Seite, das Hotelzimmer vom Bett aus fotografiert. Zerwühlte Kissen.

»Warst du das?«, fragte ich.

»Ja, das bringt mehr Spannung ins Bild.«

»So ganz seriös ist das aber nicht«, maulte ich.

»Ich hab es ja wieder glatt gezogen«, grinste er.

»Na, dann hast du ja alles richtig gemacht«, grinste ich zurück.

»Ich war auch im Badezimmer.« Wayne blätterte die Fotos durch.

Zwei Zahnputzgläser, zwei Zahnbürsten, ein Kamm, an dem dunkle, lange Haare hingen. Ein Damendeo.

»Er hat Liane Licht schon gegen ein anderes Modell eingetauscht«, sagte ich. »Wir müssen rauskriegen, wer sie ist.«

»Ich hab ein paar Haare gesichert«, gestand Wayne. »Falls irgendwann eine Frauenleiche gefunden wird. Man kann ja nie wissen.«

»Prima, Sherlock. Und jetzt lege ich los.«

»Soll ich dir einen Kaffee bringen?«, bot er an.

Waidmannsheil

Sonnenkönig mit dunklen Seiten:
Ist Maestro Engels ein Vergewaltiger?
Junge Sängerin beschuldigt Intendanten der Festspiele sexueller Übergriffe

– titelte ich.

Für die 24-jährige zierliche Frau war es die erste große Rolle ihres Lebens. Sie sollte in dem Musical »Die Schöne und das Biest« die weibliche Hauptrolle namens Belle übernehmen. Jetzt hat die Blondine (Name der Redaktion bekannt) ihren Vertrag gekündigt und überstürzt die Stadt verlassen. Den Grund nennt sie gegenüber unserer Redaktion: »Maestro Engels hat mich zu sexuellen Dienstleistungen gezwungen, unter Drogen gesetzt und vergewaltigt.« Damit ist die weltweite Me-too-Affäre auch in Bierstadt angekommen. Der Beschuldigte verweigert gegenüber unserer Redaktion jede Stellungnahme.

Ich beschrieb kurz die bisherige künstlerische Laufbahn des Sonnenkönigs, die sich ja durchaus sehen lassen konnte. Und es verwunderte mich einmal mehr, wie leichtfertig Männer ihre Karriere aufs Spiel setzen, weil sie ihre Triebe nicht beherrschen konnten. Der hochintelligente SPD-Politiker Sebastian Edathy, der Kinderpornos über den Bundestagsserver runtergeladen hatte, der geniale Regisseur Dieter Wedel, der nach Aussagen seiner Opfer brutale Gewalt anwandte, um seine Opfer gefügig zu machen, der schwarze Schauspieler und Komödiant Bill Cosby, der jahrzehntelang Frauen vergewaltigt und gequält hatte, und nicht zuletzt Harvey Weinstein, der Hollywoodproduzent, der durch seine Taten die Me-too-Bewegung in Gang gesetzt hatte.

Ich tippte weiter:

So beschreibt die Sängerin ihre traumatische Begegnung mit Adalbert Engels, der in Künstlerkreisen als ›Sonnenkönig‹ bezeichnet wird: »Er bestellte mich nach einer Probe in sein Hotelzimmer, um mit mir über meine Rolle zu sprechen. Vorher hatte er mich vor den Kollegen heftig kritisiert, denn ich hatte am Abend zuvor seine Grapscherei abgewehrt. Ich erinnere mich, dass ich mich gegen seine Kritik wehrte und er mir ein Getränk anbot, damit ich lockerer würde. Danach weiß ich nichts mehr. Ich wachte auf, als es schon dämmerte. Ich war nackt und lag auf dem Bett. Alles tat mir weh und ich ahnte, was passiert war. Engels saß auf einem Stuhl und beobachtete mich. Er war auch nackt und sagte, dass er alles gefilmt habe und ich meinen Mund halten solle, sonst würde er das Video veröffentlichen und mich unmöglich machen. Er verlangte, dass ich ihm weiterhin zur Verfügung stehen müsse.«

Aus Angst schwieg die junge Sängerin zunächst. Doch irgendwann konnte sie nicht mehr, vertraute sich einem Kollegen an und wendet sich nunmehr an die Öffentlichkeit. Weitere Fakten in der morgigen Ausgabe des *Bierstädter Tageblattes*.

Waynes Fotos komplettierten den Artikel. Wir checkten die Mails und den Redaktionsbriefkasten: Es lag keine einstweilige Anordnung von einem Gericht vor. Engels hatte geblufft oder gar nicht erst versucht, ein Gericht anzurufen.

Ich dachte an das herzhafte *Waidmannsheil*, das mir der Verleger gewünscht hatte, stellte den Artikel online und leitete den Link an Hans Damm, Adrian Schmaus, Liane Licht, die Polizeipressestelle, Marianne Stifter und den Maestro.

Der Erste, der sich meldete, war Damm. »Harte Kost«, meinte er. Im Hintergrund waren Musik und Stimmen zu hören.

»In der Printausgabe werde ich ausführlicher.«

»Machen Sie das. Ich bin gerade auf einer Sitzung des Verlegerverbandes in der Spielbank und kann schlecht reden. Bis morgen früh.«

Ich reicherte den Onlineartikel mit weiteren Fotos an. Das Hotelbett machte sich sehr gut, Wayne hatte den Faltenwurf mit harten Kontrasten gepimpt, eine Folterstätte in einem irakischen Knast wirkte gemütlicher.

»Klasse!«, freute ich mich. »Und daneben das Foto seiner Kralle mit dem Goldring.«

»Ich hab hier noch eins aus dem Archiv«, sagte Wayne. »Der Sonnenkönig und sein Ensemble. Das war der Pressetermin im Winter anlässlich der Vorstellung des Festivalprogramms. Liane Licht sitzt direkt neben Engels. Und da ist auch Adrian Schmaus.«

Ich betrachtete das Bild. »Da hatten sich alle noch lieb«, stellte ich fest. »Der Maestro und seine beiden Hauptdarsteller. Entspannt und voller Elan. Passt gut dazu. Danke!«

Am Ende schilderte ich noch den Fall aus Österreich, der ohne Konsequenzen für Engels geblieben war.

Rechtliche Schritte

Absacker im *Freispruch.* »Ich fahre dich später nach Hause, Grappa, dann kannst du Wein trinken«, bot Wayne an. »Dein Klapperkasten springt ja eh nicht an.«

»Die letzten Tage ging es gut«, widersprach ich. »Aber nimm mich ruhig mit. Kleist fährt mich bestimmt morgen zum Verlag oder ich nehme ein Taxi.«

Das *Freispruch* war eine Kneipe im Gerichtsviertel. Hier verkehrten Anwälte, Richter, Polizisten, Journalisten und andere Kleinganoven. Es war immer was los, es gab Frikadellen, Currywurst und neuerdings auch Flammkuchen.

Das Licht war schummrig, der Fernseher flimmerte. Das Regionalmagazin lief an. Der Wirt stellte den Ton lauter. Das war jeden Abend so. Vermutlich wollten die Anwälte wissen, ob sie bei der Abgabe von O-Tönen vor dem Gerichtssaal eine gute Figur gemacht hatten.

Der Moderator begann mit den Kurznachrichten:

Hat der Me-too-Skandal Bierstadt erreicht? Der Intendant der Festspiele Summer-Pott, *Adalbert Engels, wird schwerer sexueller Übergriffe beschuldigt, sogar von Ver-*

gewaltigung ist die Rede. Das berichtete eine örtliche Tageszeitung am Abend. Der Polizei ist ein solcher Fall nicht bekannt, sie wird aber ermitteln. Weitere Erklärungen und Fakten werden für den nächsten Tag erwartet. Herr Engels weist die Vorwürfe in aller Schärfe zurück und kündigte gegenüber unserem Sender an, rechtliche Schritte gegen die Zeitung und die Autorin des Artikels einzuleiten.

»Na endlich«, grinste ich. »Engels zieht in den Krieg.« Ich kramte mein Handy aus der Tasche und überprüfte die Anzeige. »Er hat mehrfach versucht, mich zu erreichen. Aber nicht nur er. Meine Mailbox quillt über. Gut, dass ich jetzt Feierabend habe.«

»Bist du so cool oder tust du nur so?«, fragte Wayne.

»Nach einem halben Liter Chianti bin ich die Coolness in Person«, gab ich zurück. »Und jetzt Themenwechsel. Wie geht es deiner Frau?«

»Sehr gut«, lächelte er. »Perihan freut sich so auf das Kind.«

»Du nicht?«

»Doch. Aber ich bin fast fünfzig, wenn der Kleine in die Schule kommt. Ich denke, dass die Freude noch kommt, wenn er endlich da ist.«

»Aha, dann wird es ein Junge.«

»Auf den Ultraschallbildern sieht es danach aus. Warum hast du eigentlich keine Kinder, Grappa?«

»Es hat sich nicht ergeben«, antwortete ich. »Zuerst war es zu früh und danach zu spät.«

»Ich habe alles im Internet gelesen«, empfing mich Kleist zu Hause. »Und für dich Telefondienst gemacht. Der Sonnenkönig hat alle fünf Minuten nach dir gefragt, die *Deutsche Presseagentur* und ein paar deiner Kollegen von der Regenbogenpresse haben ebenfalls angerufen. Die Namen habe ich alle aufgeschrieben, aber dann irgendwann das Telefon abgestellt. Der Zettel liegt auf dem Küchentisch.«

»Hat Liane Licht sich gemeldet?«

Kleist verneinte.

Ich aktivierte mein Handy, aber das verzeichnete keinen verpassten Anruf von ihr. Nachdem ich ihre Nummer gewählt hatte, hörte ich nur die Ansage, dass der Teilnehmer zurzeit nicht erreichbar sei. Ein ungutes Gefühl beschlich mich.

»Sie hat bestimmt ihr Handy abgestellt, um Ruhe zu haben«, mutmaßte Kleist. »Ein Glas Wein?«

»Bloß nicht. Ich war mit Wayne im *Freispruch*, hab schon zu viel Rotwein getrunken und muss dringend schlafen. Kannst du mich morgen früh zum Verlag bringen? Ich hab mein Auto dort stehen lassen.«

Person des öffentlichen Lebens

Früh am Morgen hörte ich die Mailbox ab. Die meisten Anrufe hatten sich inzwischen erledigt. Neuer Tag, neue Fakten und vermutlich neue Probleme und Herausforderungen.

Ich trank einen schnellen Kaffee, Kleist chauffierte mich zum Verlag. Die Frühlingssonne lugte über die Baumwipfel des Westfalenparks. In der Einfahrt stritten sich drei Elstern um den Kadaver eines toten Kaninchens. Sie flohen schimpfend, als sich der Wagen näherte.

Mein Golf stand mutterseelenallein auf dem Parkplatz. Als ich ausstieg, rollte die Kantinenwirtin mit voll beladenem Kombi an.

»So früh schon auf den Beinen?«, wunderte sie sich, während sie die Waren auslud und auf einen Rollwagen schob.

»Senile Bettflucht«, behauptete ich.

»Darunter leide ich nicht«, meinte sie und warf einen Sack mit Pommes frites auf den Karren. Der platzte und die Kartoffelstäbchen verteilten sich großflächig über den Boden. Sie fluchte.

»Die kannst du doch noch verwenden«, tröstete ich sie. »Dreck reinigt den Magen. Im Abstellraum stehen Besen und Schaufel. Ich muss leider ins Büro. Kannst du mir zwei halbe Brötchen machen? Käse und Wurst?«

»Wenn ich hier fertig bin, ja«, grummelte sie, nahm den aufgerissenen Beutel und legte ihn zu den anderen Waren.

Im Lift nahm ich mir vor, die nächsten Tage auf Currywurst-Pommes zu verzichten.

Die Luft im Großraumbüro war verbraucht. Ich öffnete alle Fenster, um durchzulüften. Ein Windstoß fegte einige Zettel von Mäggis Schreibtisch, ich sammelte sie auf. Notizen und Ausdrucke zum *Barbier von Sevilla*. Mäggi hatte die Texte einiger Arien ausgedruckt.

Ich bin gehorsam, bin so bescheiden, bin wie ein Lämmchen und lass mich leiten, ich kann so zärtlich sein, ich gebe nach. Doch wenn man mich kränken will, wo ich verwundbar bin, wie eine Viper kann ich sein.

Wow, dachte ich, Frauenpower im frühen 19. Jahrhundert. Mäggi hatte das Zitat mit einem Herzchen versehen.

Aus der Kantine kam die Nachricht: Brötchen geschmiert. Ich holte sie ab, schloss die Fenster wieder, nahm mir das *Tageblatt*. Ja, mein Artikel nahm fast die ganze erste Seite ein.

Kauend scrollte ich durch meine Mails.

Eine davon stammte vom Landeskriminalamt. Die Sonderkommission, die sich um die Straftaten gegen die sexuelle Selbstbestimmung kümmerte, bat um die Kontaktdaten meiner Informantin und kündigte Ermittlungen im Umfeld des Beschuldigten an. Keine Mails von Liane Licht oder Adrian Schmaus. Beide hatten bisher nicht auf meinen Artikel reagiert.

Schmaus ging nicht ans Telefon, aber wenigstens war seine Mailbox aktiviert. Ich bat ihn, mich schnellstmöglich anzurufen.

Pling! Eine neue Mail für die Redaktion. Ich öffnete sie. Sie stammte von Adalbert Engels, der in zwei Stunden zu einem Pressegespräch ins Hotel einlud. Angekündigt waren auch der Vorsitzende des Kulturvereins und ein Vertreter des städtischen Kulturbüros.

Nach und nach trudelten die Kollegen ein.

Mäggi wedelte mit dem *Tageblatt*. »Engels sprüht Gift«, behauptete sie. »Und zwar gegen dich. Eine Bekannte vom Theater hat mir das gesteckt. Er nennt dich eine frustrierte, untervögelte Alte, die bei ihm nicht landen konnte.«

Ich prustete los. »Charmante Worte aus dem Mund eines wirklichen Adonis! Und was wird sonst noch geredet?«

»Klammheimliche Schadenfreude. Er hat einen schlechten Ruf bei den Damen. Natürlich nur bei den jüngeren, nur die passen in sein Beuteschema.«

»Ihr macht immer so ein Theater um eure angebliche Ehre«, ging Simon Harras dazwischen. »Erst geht die Tussi mit ihm in die Kiste, damit sie die Hauptrolle kriegt, und wenn es nicht rundläuft, hat er sie gegen ihren Willen angefasst. Wieder so eine Trittbrettfahrerin in dieser Me-too-Affäre!«

»Simon, halt einfach die Fresse«, brauste ich auf. »Wenn du Vergewaltigung für eine Petitesse hältst, sind wir geschiedene Leute.«

Simon zuckte die Schultern. Es sollte cool aussehen, klappte aber nicht.

»Hab ich was verpasst?«, trötete Bärchen Biber.

»Nur einen erneuten frauenfeindlichen Anfall des Kollegen Harras«, antwortete Mäggi.

»Also alles wie immer«, meinte Biber und sagte zu mir: »Guter Artikel, Grappa. Den Sonnenkönig hast du an den Eiern.«

»Das möchte ich mir bildlich lieber nicht vorstellen.«

Hans Damm lobte meine Recherche in einem Ausmaß, das mir fast peinlich war. »Frau Grappa gehört noch zu der alten Garde von Journalisten, die nicht nur Pressemitteilungen abschreiben können und am liebsten auf ihrem Bürostuhl sitzen.«

»Das liegt daran, weil mein Stuhl ungefähr zwanzig Jahre alt ist«, grinste ich. »Die Scharniere quietschen, die Rollen eiern, die Rücklehne lässt sich nicht mehr verstellen und der Bezug ist voller Löcher.«

»Passt doch«, machte sich Harras weiter unbeliebt.

Ich drehte die Augen nach oben.

»Herr Engels hat mich gestern Nacht noch angerufen und die Löschung des Artikels von unserer Homepage verlangt«, berichtete Damm. »Natürlich bin ich nicht darauf eingegangen. Der Herr war wohl nicht mehr ganz nüchtern. Er behauptete, untersagt zu haben, dass Fotos von ihm veröffentlicht werden.«

»Das stimmt«, sagte ich. »Aber er ist eine Person des öffentlichen Lebens und ist in den Medien stets präsent. Deshalb ist diese Forderung gegenstandslos. Gerichte urteilen in solchen Fällen immer so.«

Damm nickte. »So sieht das unser Justiziar auch. Die Pressekonferenz besuchen Frau Grappa und Herr Pöppelbaum. Weitere Ideen und Themenvorschläge?«

Keine ausreichende Leistung

Engels fiel alles aus dem Gesicht, als er uns bemerkte. Er sprach einen Mann an, den ich nicht kannte und der sich später als Leiter des städtischen Kuturbüros entpuppte. Der schüttelte energisch den Kopf. Ich ahnte, dass der Sonnenkönig versucht hatte, uns von der Pressekonferenz auszuschließen, und davon abgehalten wurde.

Auf dem Tisch standen Getränke und Häppchen. Schweinemett und Leberwurst. Oldschool. Vor dreißig Jahren fraß sich die Journaille auf solchen Terminen voll und nahm am Ende noch die Reste mit. Vor allem die Zigaretten.

Ich bin zu lange in diesem Job, dachte ich in einem plötzlichen Anflug von Melancholie. Zu meiner Volontärszeit gab es keine Computer, sondern nur klapprige Schreibmaschinen, und wer eine IBM-Kugelkopfmaschine benutzen durfte, war ganz vorn. Das Fotolabor befand sich im Toilettenraum und wer dringend musste, tastete sich im Dunklen an die Kloschüssel heran, um die Fotos nicht zu zerstören.

Stühle wurden gerückt, Lampen erhellten die Szene. Journalistenauftrieb vom Feinsten. Nicht nur die Kulturblätter, sondern vor allem der Boulevard. Engels war dezent gekleidet, kein Hut, kein schwarzer Capemantel, kein grellroter Aristide-Bruant-Schal. Ein Sonnenkönig ohne jeglichen Glanz.

Der Mann, mit dem Engels zu Beginn gesprochen hatte, stellte sich als Vorsitzender des Kulturvereins vor und eröffnete die Pressekonferenz: »In den Medien werden heftige Vorwürfe gegen den Leiter der Festspiele erhoben, auf die wir reagieren müssen. Es soll zu sexuellen Übergriffen auf eine junge Sängerin gekommen sein. Eine Zeitung hat diese Vorwürfe veröffentlicht, die Polizei hat Ermittlungen aufgenommen. Bitte beachten Sie, dass für Maestro Engels die

Unschuldsvermutung gilt, solange seine Schuld nicht bewiesen ist. Ich übergebe an Herrn Engels.«

Der räusperte sich und nahm einen Schluck Wasser. »Guten Tag. Durch eine Zeitung sehe ich mich seit gestern ungeheuren Beschuldigungen ausgesetzt. Man bezichtigt mich sogar einer schweren Straftat. Die Dame, die das angestoßen hat, war in meinem Ensemble. Ich hatte ihr die Hauptrolle zugesprochen, weil sie eine gute Sängerin ist und ich ihr eine Chance geben wollte. Leider hat sie meine künstlerischen Erwartungen nicht erfüllt, ihre Leistung war nicht ausreichend. Es kam zu Auseinandersetzungen. Ich wollte die Lage entspannen und habe mich mit der Frau einige Male getroffen, um ihr zu helfen, ihr ganzes künstlerisches Potenzial zu mobilisieren. Dabei stellte ich fest, dass sie psychisch labil ist.«

»Wie haben Sie das denn festgestellt?«, rief ich.

»Seit wann interessieren Sie sich für die Wahrheit, Frau Grappa?«

Alle Blicke richteten sich auf mich. So nicht, dachte ich.

»Wie haben Sie festgestellt, dass die Sängerin psychisch labil ist?«, wiederholte ich. »Wie viele Semester Psychologie haben Sie studiert?«

»Sie nahm meine Kritik sehr persönlich, weinte, tobte und …«, er machte eine Kunstpause, »… warf sich mir an den Hals. Ich lehnte das natürlich ab und kündigte an, dass ich ihren Vertrag annullieren würde. Ja, vielleicht war das mein Fehler. Denn kurz danach hat sie diese perfiden Beschuldigungen gegen mich erhoben und leider Gehör gefunden.«

»Dann haben Sie die Frau nicht unter Drogen gesetzt, sie vergewaltigt und das auch noch gefilmt?«, setzte ich nach. »Und mit der Veröffentlichung des Videos gedroht, falls sie nicht schweigt?«

»Ich habe niemanden gefilmt und niemanden bedroht.« Engels wischte sich den Schweiß von der Stirn.

»Es gibt Vorwürfe einer Sopranistin aus Österreich«, fuhr ich fort. »Sie behauptet, ebenfalls Bekanntschaft mit Ihren sexuellen Avancen gemacht zu haben.«

»Alles Lüge«, schrie Engels. Seine Contenance war perdu. »Sie hatte eine Rolle nicht bekommen und mich aus Rache beschuldigt! Die Polizei hat damals noch nicht mal ermittelt!«

Der Vertreter des städtischen Kulturbüros meldete sich zu Wort: »Im aktuellen Fall steht also Aussage gegen Aussage. Polizei und Staatsanwaltschaft ermitteln. Trotzdem hat der Oberbürgermeister angeordnet, Herrn Engels vorübergehend von seinen Aufgaben zu entbinden, bis alles geklärt ist. So lange sind alle Proben auf Eis gelegt, die Künstler sind beurlaubt worden.«

Ein Raunen ging durch die Journalistenriege.

»Und das nehmen Sie einfach so hin, Herr Engels?«, fragte ein Kollege. »Wo Sie doch unschuldig sind!«

»Ich werde die Suspendierung zunächst hinnehmen«, teilte Engels mit. »Und ich werde in der Stadt bleiben, um die Behörden bei der Suche nach der Wahrheit zu unterstützen und mich gegen weitere Intrigen und Lügen zu wehren.« Er warf mir einen bösen Blick zu.

Wayne kicherte leise. »Irgendwie mag er dich nicht.«

»Das schmerzt mich sehr«, grinste ich. »Und jetzt fahren wir zu der Pension, in der die Sänger hausen, und suchen weitere Opfer. Vielleicht erfahren wir dabei auch, wer Engels neue Gespielin ist.«

Der Kulturbürochef beendete die Pressekonferenz. Radio- und Fernsehkollegen stürzten zu Engels, um ihn zu interviewen.

Der Kellner räumte die Tabletts mit den unangerührten und leicht angetrockneten Leber- und Mettwurstbroten weg und schimpfte leise vor sich hin.

Ob blond, ob braun …

Auf dem Weg zur Pension meldete sich Adrian Schmaus auf dem Smartphone.

»Endlich!«, fuhr ich ihn an. »Wo sind Sie denn bloß?«

»Unterwegs. Aber ich habe alles mitbekommen. Engels ist bis auf Weiteres suspendiert.«

»Ja, das wurde gerade offiziell mitgeteilt. Die Vorbereitungen fürs Festival liegen auf Eis. Wir sind auf dem Weg zur Künstlerpension.«

»Ich auch. Dann treffen wir uns dort«, sagte er.

Die Pension *Zur schönen Aussicht* befand sich hinter dem Hauptbahnhof. Der Namensgeber der Absteige hatte wohl viel Sinn für Ironie. Das Haus war heruntergekommen und mir in meiner Eigenschaft als Polizeireporterin in den letzten Jahren einige Male begegnet – als Tatort von Verbrechen und Fundort einiger Leichen. Auch gebrannt hatte es hier schon, Spuren davon waren auf der Fassade noch zu erkennen.

Aus dem Auto heraus sah ich Adrian Schmaus. Er stand im Eingang, hielt eine getigerte Katze auf dem Arm und streichelte sie. Meine Laune besserte sich – ich mochte Menschen, die nett zu Tieren waren.

Wayne parkte direkt vor der Pension. In dieser Gegend behielt man sein Auto besser im Auge, damit die Karre nicht plötzlich ohne Räder dastand.

»Hübsch hässlich hier«, bemerkte ich, als wir vor Adrian und der Katze standen. »Luxushotel für den Maestro, Ekelschuppen für die Sänger.«

»Drinnen ist es gar nicht so schlimm«, behauptete Adrian. »Es gibt sogar einen Besprechungsraum und einen kleinen Garten. Kommen Sie.«

Er setzte die Katze auf den Boden und ging voran.

Der angekündigte Garten war zehn mal fünf Meter groß, umgeben von hohen Mauern der angrenzenden Gebäude und mit einem Stabmattenzaun zur Straße.

»Haben Sie Kontakt zu Liane?«

»Im Moment nicht«, gab er zu. »Sie geht nicht an ihr Handy. Aber sie wird wohl bei ihrer Mutter sein.«

»Wie heißt diese Mutter und wo wohnt sie?«

»Den Namen kenne ich nicht, aber sie lebt auf Rügen.«

»Die Polizei braucht die Aussage von Frau Licht, sonst kommt Engels ungeschoren davon. Wollen Sie das?«

»Natürlich nicht. Ich werde dranbleiben.«

»Was wird aus dem Ensemble – jetzt, wo die Festspiele erst mal auf Eis liegen?«

»Unser Geld kriegen wir zunächst noch weiter, auch, wenn keine Proben stattfinden«, antwortete Adrian. »Der Artikel schlug übrigens ein wie eine Bombe. Dass ausgerechnet Liane diese Bombe gezündet hat, war für viele überraschend. Sie ist ja eher zurückhaltend und schüchtern.«

»Wusste denn eigentlich noch jemand von der Vergewaltigung?«

»Nein. Einige glauben die Geschichte nicht. Engels ist ein Grapscher, das ist bekannt. Aber Drogen und Vergewaltigung? Klar, jetzt können sich manche die üblichen Sprüche nicht verkneifen.«

»Was für Sprüche?«, fragte Wayne.

»Liane ist nicht besonders beliebt, weil sie dem Maestro gefiel und er das so offen raushängen ließ. Einige lästern, dass sie es drauf angelegt hat, ihn ins Bett zu kriegen, um Karriere zu machen. Obwohl man es bei Engels nicht drauf anlegen muss, der lässt eh nichts anbrennen. Eine Kollegin behauptet, Engels und Liane im Magazin erwischt zu haben. Ihr Gesicht zwischen seinen Beinen und seine Hände auf ihrem Hinterkopf.«

»In seinem Bad im Hotel stehen Schminkutensilien und es waren lange, schwarze Haare in der Bürste. Hat er eine Neue, wissen Sie das?«

»Ja, mich«, ertönte eine Stimme. Eine Frau trat aus dem Haus. Sie war klein und drall, trug lila Haremshosen und einen grellgelben Turban, der ihr schwarzes Haar bändigte.

»Was willst du denn hier?«, blaffte Adrian sie an.

»Interessante Gespräche belauschen«, gab sie zurück.

»Und Sie sind die neue Gespielin von Engels?«, fragte ich.

»Francesca Romero«, stellte sie sich vor. »Ich singe im Chor. Bei der Dorfbevölkerung. Die Haare in der Bürste stammen von mir.«

»Offenbar ist der Maestro geschmacklich nicht festgelegt«, stellte ich fest.

»Ob blond, ob braun, er liebt halt alle Frau'n …«, sang sie. »Musik von Robert Stolz. Kennen Sie bestimmt noch aus Ihrer Jugend, Frau Grappa.«

»Klar, das Lied stammt den Dreißigerjahren«, lächelte ich. »Ich hab es damals mit Jan Kiepura zusammen gesungen.«

Jetzt war sie baff. Wayne musste heftig husten, weil er versuchte, einen Lachanfall zu unterdrücken.

»Ich will Ihnen noch was zu Adi sagen, Ihr Artikel ist völlig daneben. Er vergewaltigt keine Frauen, das hat er gar nicht nötig. Er ist manchmal ein bisschen zu direkt und wird leicht wütend, wenn was nicht klappt, aber er ist harmlos wie ein großer Teddy. Charmant und hilfsbereit ist er obendrein.«

»Aha«, meinte ich. »Und jetzt hilft er Ihnen bei Ihrer Karriere?«

»Das will ich doch hoffen. Eine Hand wäscht die andere.«

»Liebe kann so romantisch sein«, seufzte ich.

»Ach, Gottchen«, rief sie und blitzte mich böse an. »Sie spielen sich wie eine Moraltante auf. Ich hab schon ganz andere Jobs gemacht, um zu überleben. Drei Jahre lang hab ich Bahnhofsklos in Berlin geputzt, dagegen ist der Blowjob bei Engels das reinste Zuckerschlecken!«

Der Vergleich ließ mich fast würgen.

»Lass mal gut sein, Francesca«, sagte Adrian. »Rauch noch einen Joint und geh zu deinem Stecher. Der braucht heute Trost.«

»Du mich auch, du Schwuchtel!«, zischte sie und trollte sich.

»Ich dachte immer, Künstler seien eine große, glückliche Familie«, sagte Wayne.

Adrian grinste. »Manche von uns sind halt ein bisschen extrovertiert. Aber so richtig böse sind wir nicht.«

Wir verabschiedeten uns. Waynes Auto war fast unbeschädigt, lediglich der Seitenspiegel war abgebrochen worden. Glück gehabt.

»Woher kennst du denn dieses Lied von den blonden und brauen Frauen?«, fragte Wayne.

»Meine Oma hat es immer beim Wäscheaufhängen gesungen. Als die Romero es erwähnte, öffnete sich eine seit Jahrzehnten verschlossene Schublade in meinem Hirn und ich hatte die Melodie sofort im Ohr.« Ich sang los: *»Ob blond, ob braun, ich liebe alle Frau'n. Mein Herz ist groß! Doch was ich tu, ich denke immerzu an eine bloß …«*

»Bitte nicht, Grappa«, schrie Wayne entsetzt. »Lass uns lieber was essen gehen.«

»Keine Zeit«, sagte ich. »Das Engels-Gejammer muss ins Blatt. In der Kantine gibt es sicherlich noch ein paar leckere Fritten.«

Damm hatte mir sechzig Zeilen plus Fotos zugeteilt.

Sonnenkönig Engels droht mit rechtlichen Schritten:
Ich hab mir nichts vorzuwerfen

– so der Titel.

Ich schilderte den Verlauf der Pressekonferenz und berichtete anschließend von unserem Besuch in der Pension *Zur schönen Aussicht.*

> »Ich bin die Neue!« – so empfing uns Sängerin F. R. (Name der Redaktion bekannt) in der heruntergekommenen Herberge (Foto), in dem das Musicalensemble untergebracht ist. Die dunkelhaarige Frau ist die neue Gespielin – oder das neue Opfer? – des ins Zwielicht geratenen Leiters der Bierstädter Sommerfestspiele Adalbert Engels. Sie hält die Vorwürfe gegen ihren Liebhaber für unbegründet, bezeichnet ihn als charmanten Mann, der vielleicht manchmal etwas aufbrausend sei. Doch: »Adi hat niemals eine Frau vergewaltigt. Das hat er nicht nötig, denn die Frauen werfen sich ihm regelmäßig an den Hals. Das tat auch die, die ihn jetzt beschuldigt.«
>
> Die Künstler sind zurzeit beurlaubt bei Fortzahlung ihrer Gage. Ob die Sommerfestspiele wie geplant stattfinden können, ist unklar. Die Kulturverwaltung will die Ermittlungen abwarten. Wir berichten weiter.

Damm nahm den Artikel ab. »Wo ist die Hauptbelastungszeugin?«, fragte er.

»Abgetaucht«, gab ich zu. »Vermutlich ist sie in Ostdeutschland bei ihrer Mutter. Das Handy ist außer Betrieb.«

Schönheitsschlaf

»Wie kann man ein Handy orten?«, fragte ich Kleist am Abend.

»Du nimmst Kontakt zum Provider auf, der hilft dir dann, wenn du gute Gründe hast, das Telefon finden zu müssen. Das geht bei Diebstahl und bei anderen Straftaten. Sonst greift der Datenschutz.«

»Und wenn das Handy ausgeschaltet ist?«

»Du suchst deine Informantin«, tippte er richtig.

Ich nickte. »Sie ist untergetaucht. Wenn sie ihre Aussage nicht vor der Polizei wiederholt, verläuft die Sache im Sande. Und ich stehe dumm da. Also, was ist, wenn das Handy ausgeschaltet ist?«

»Eine GPS-Ortung ist trotzdem möglich, es sei denn, sie hat den Akku rausgenommen«, erklärte er. »Ohne Akku kann keine weitere Datenübertragung oder Positionsbestimmung erfolgen. Es wird nur der letzte bekannte Standort auf den genutzten Servern gespeichert. Alle darüber hinausgehenden Ortungen sind bei einem ausgeschalteten Telefon unmöglich.«

Ich nahm das *Bierstädter Tageblatt* und notierte Lichts Nummer auf den Rand. »Versuchst du es mal?«

Kleist sah mich schräg an.

Wochenende.

Ich quengelte so lange, bis Kleist sich ans Telefon begab und jemanden anrief. Wen, das wusste ich nicht, aber es war mir auch egal. Das Ergebnis zählte.

Ich verzog mich wieder ins Bett. Schönheitsschlaf oder so was Ähnliches. Setzte mir die Sonnenkönig-Affäre zu? Jedenfalls machte ich mir Sorgen um Liane Licht.

Bei der Polizei müsste sie ins Detail gehen und später vor Gericht würden Engels Anwälte sie in der Luft zerreißen. Aufforderungen wie: Schildern Sie den Übergriff bitte genauer, waren da noch freundlich. Es gab auch Verteidiger, die erst zufrieden waren, wenn sie Belastungszeugen an den Rand eines Nervenzusammenbruchs gebracht hatten. Fragen wie: Haben Sie es genossen, als er in Sie eindrang? Haben Sie gestöhnt oder geschrien? Warum sind Sie nach der angeblichen Vergewaltigung weiter zu ihm gegangen? Sind Sie drogensüchtig? Wann hatten Sie zum ersten Mal Geschlechtsverkehr? Haben Sie es gern, wenn es etwas härter zugeht?

Solche Befragungen in einem öffentlichen Prozess zu überstehen, war schwer. Endlich schlief ich wieder ein und träumte von möglichen Abläufen des Prozesses gegen Engels, ein Prozess, der vielleicht nie stattfinden würde.

Kleist weckte mich gegen Mittag. Ich rappelte mich hoch und duschte kalt. Im Spiegel sah ich, dass ein *Herpes labialis* mich erwischt hatte. Meine Unterlippe sah aus, als hätte ich sie mir von einem Chirurgen aufspritzen lassen, der seine Ausbildung bei YouTube gemacht hatte.

»Guck mich nicht an«, bat ich Kleist.

»Was ist denn?«

»Herpes. Ich muss mich wohl über jemanden geärgert haben«, jammerte ich.

»Ich kann es nicht sein«, grinste er. »Denn ich war brav und habe für dich was rausgekriegt. Liane Licht hat ihr Handy tatsächlich deaktiviert. Das Telefon war zuletzt auf Rügen eingeschaltet. In einem Ort namens Sassnitz. Du weißt doch: Licht ist auf der Insel geboren, in Binz. Ihr Mädchenname ist Kleinert. Sassnitz liegt neben Binz. Die Bierstädter Kollegen haben Kontakt mit der Kripo auf Rügen aufgenommen.«

Ich rief Adrian Schmaus an und fragte, was Liane Licht über ihr früheres Leben auf Rügen erzählt hatte. Er erinnerte sich, dass sie ihren geschiedenen Ehemann erwähnt hatte, der dort in einem Dorf lebte.

»Sie hat erwähnt, dass sie das Leben in diesem Kuhkaff nicht mehr ausgehalten hat. Und den Kerl auch nicht. Dann hat sie in Essen ihre Ausbildung begonnen.«

»Kann es sein, dass sie nicht bei ihrer Mutter, sondern bei ihrem Ex untergekrochen ist?«

»Im Leben nicht!«, rief Schmaus. »Er war gegen die Scheidung, ist fast durchgedreht und hat ihr das Leben zur Hölle gemacht. Sie wollte zu ihrer Mutter und da wird sie auch sein.«

»Sie muss zurückkommen. Sonst gewinnt Engels.«
»Ich fahre nach Rügen und hole sie«, bot er an.
Das war eine gute Idee.
»Lassen Sie Ihr Handy an.«

Sonderpreise im *Bordoll*

Manche Menschen gehen sonntags zur Kirche, vielleicht, weil sie wirklich gläubig sind. Für andere ist der siebte Tag der Woche nur ein arbeitsfreier Tag, der eine neue Woche einleitet. Für Oliver Moreck, den Betreiber des *Bordolls,* war der Sonntag der Auftakt zu einer PR-Kampagne, die sein Etablissement in der Region bekannt machen sollte. Vor Restaurants, Kneipen, Kinos, Kleinkunsttheatern und Kirchen ließ er einen Flyer verteilen, der auf die Vorzüge seiner Silikonpuppen hinwies – inklusive Preisliste, Fotos und blumigen Beschreibungen seiner Gummidamen.

Auch ich hatte ja ein solches Flugblatt im Briefkasten gefunden und legte es noch mal auf den Küchentisch.

Zur Eröffnung am Mittwoch nur 50 Euro für eine geile Stunde mit einer Doll deiner Wahl (statt 80 Euro).
Premiere: Skinny Doll Aimee ist endlich da und wartet darauf, entjungfert zu werden!

Kleist grinste über die Sonntagsüberraschung. »Das sind ja Offerten, denen man kaum widerstehen kann. Und das am Sonntag. Der Betreiber wird Ärger kriegen, wenn er keine Genehmigung des Ordnungsamtes hat. Aber das ist nicht unser Problem.«

»Vielleicht mein Problem«, sagte ich, nachdem ich auf das Display meines klingelnden Handys geschaut und die Privatnummer von Hans Damm erkannte hatte.

»Der Pförtner hat mich angerufen«, berichtete er. »Unsere Leitungen laufen heiß und die E-Mail-Box ist explodiert. In der Stadt werden Werbeflyer für ein Bordell verteilt. Sogar vor Kirchen nach dem Gottesdienst. Unsere Leser sind außer sich.«

»Das ist kein Bordell«, stellte ich klar. »Es handelt sich um ein *Bordoll. Doll* wie Puppe.«

»Der Puppen-Puff?« Langsam dämmerte es ihm. »Wir brauchen einen Onlinebericht. Wer hat denn Bereitschaftsdienst?«

»Kollege Harras«, antwortete ich. Gut, dass Damm mein fettes Grinsen nicht sehen konnte.

»Glauben Sie, dass er der richtige Autor für dieses Thema ist?«

»Ja. Er ist ein Profi. Und er hat am Wochenende Stallwache.«

»Lass uns etwas unternehmen«, schlug ich Kleist nach dem Frühstück vor.

»Und was?«

»Spaziergang. Im Rombergpark blühen die Rhododendren und heute Abend gehen wir in die Oper. Rossini. *Der Barbier von Sevilla.*«

»Bitte keine Oper!«, flehte er. »Kino?«

»Okay. Ich frage Alexa.«

Fünf Minuten später schlug sie uns den Film *The Nun* vor. Ich googelte den Inhalt und las Kleist vor:

Als sich eine junge Nonne in einem abgeschiedenen rumänischen Kloster das Leben nimmt, schickt der Vatikan zwei interne Ermittler: einen Priester, der durch seine Vergangenheit traumatisiert ist, und eine Novizin, die demnächst ihr Ordensgelübde ablegen soll. Gemeinsam decken sie das sündhafte Geheimnis der Klostergemein-

schaft auf. So entwickelt sich das Kloster zum grausigen Schlachtfeld der Lebenden und der Verdammten.

»Woher wissen die, wie es in deiner Redaktion zugeht?«, fragte Kleist. »Nein, wir bestellen Pizza, setzen uns in den Garten und beobachten die Insekten. In deinem Garten gibt es ja genug davon. Und heute Abend gucken wir fern. So wie es Paare in unserem Alter tun.«

»Quattro Stagioni und Peperoni?«

Bevor wir den gemütlichen Abend vor der Glotze beginnen konnten, meldete sich Adrian Schmaus. Ich stellte das Telefon laut.

»Ich bin jetzt auf Rügen«, teilte Schmaus mit. »Lianes Mutter wohnt in einem aufgemotzten Plattenbau am Stadtrand von Sassnitz. Ich bin sofort hin, doch leider war niemand da. Die Nachbarn haben Liane aber gesehen, sie ist also hier. Ich versuche es morgen noch mal und melde mich dann.«

Willige Damen, die kein Geld ausgeben

Simon hatte es geschafft, seinen Wochenenddienst professionell hinter sich zu bringen. Warum auch nicht? Er beherrschte seinen Job.

Am Morgen schaute ich auf die Homepage des *Tageblattes.*

Werbeaktion des Puppen-Puffs: Sexflyer lösen Tumulte aus

»Und das am heiligen Sonntag!«, empört sich die 78-jährige Elfriede Steinhauer. Sie hatte nach dem Gottesdienst die St. Nicolaikirche verlassen und ein Flugblatt in die Hand gedrückt bekommen, in dem für das *Bordoll* geworben wird, ein Etablissement, das in Kürze in dieser Stadt eröffnet. Darin können Männer ihren Geschlechtstrieb an Silikonpuppen befriedigen. Besitzer der Puppen ist Oliver ›Olli‹ Moreck (66), auch ›Gummikönig‹ genannt.

Simon hatte sogar den Bereitschaftsdienst des Ordnungsamtes angerufen. Man hatte ihm versichert, dass eine Genehmigung zur Verteilung von Werbematerialien im öffentlichen Raum vorlag. Die Polizei konnte und wollte daher nichts gegen die Aktion unternehmen. Auch Olli Moreck kam in dem Artikel zu Wort und beschrieb unbeeindruckt von den Protesten die Vorteile seiner Puppen. *Meine Damen sind willig, sauber, tabulos, geben keine Widerworte und kein Geld aus – was kann sich ein Mann mehr wünschen?* Moreck hatte offenbar Humor und Bierstadt seinen Skandal.

In der Konferenz wurde Simon von Damm gelobt, was dem Kollegen sichtlich guttat. »Zur Eröffnung geht aber jemand anders«, beugte er vor. »Mein Ressort ist der Sport.«

»Du bist doch jetzt im Thema«, grinste ich. »Vielleicht kriegst du ja eine Zehnerkarte für lau.«

»Lass mal, Grappa«, gab er zurück. »Ich brauche den intellektuellen Wettstreit in einer Beziehung.«

»Das schaffen die Dolls bei dir locker.«

Gekicher.

Damm sah etwas hilflos in die Runde. Ironischer Schlagabtausch war für ihn noch unbekanntes Gelände.

Da wurde er doch lieber sachlich: »Frau Grappa, was gibt es Neues vom Me-too-Fall?«

»Wir haben die Informantin aufgespürt«, antwortete ich, »und waren vermutlich schneller als die Polizei. Gesprochen habe ich mit ihr noch nicht, aber das werde ich heute schaffen, denke ich.«

»Sonst noch Themen?«

Bärchen meldete sich: »Die Polizeiakademie. Ich hab Hinweise, dass die Schüler bei den Einstellungstests betrogen haben. Die Fragen wurden vorab im Netz veröffentlicht. Die Schüler haben sie in WhatsApp-Gruppen herumgeschickt. Während der letzten Prüfung hat der Lehrer den Raum für eine halbe Stunde verlassen, sodass die Prüflinge ins Internet konnten. Mehrere Schüler sind auch während der Prüfung auf Toilette gegangen und haben dort in ihren Büchern nachgeblättert.«

»Das haben wir früher in der Schule auch gemacht«, bekannte Wayne. »Natürlich ohne Internet, aber mit Spickzetteln und Büchern auf dem Klo.«

»Hoffentlich warst du damals erfolgreicher«, sagte Biber. »Denn trotz der Betrügereien sind fünfundsiebzig Prozent der Schüler durchgefallen. Wie doof müssen die in Wirklichkeit sein?«

Damm fand das Thema massenkompatibel und Bärchen bekam den Zuschlag.

In der Kantine gab es wieder die Reste der letzten Woche. Alles geschreddert, neu gewürzt und mit Béchamelsoße und Käse überbacken. *Gemüseauflauf nach Art des Hauses* hieß das. Und: *Ein Angebot für unsere Vegetarier.*

Mareike und Wayne hatten sich das fleischlose Gericht bestellt. Simon holte sich *Bockwurst-Kartoffelsalat* und setzte sich zu uns.

»Wisst ihr was«, sagte er. »Dieser Moreck hat mich tatsächlich eingeladen in seinen Puppen-Puff und mich gefragt, ob ich die Pressearbeit für seine Bude machen will.«

»Und? Willst du?«, fragte ich.

»Ja. Guter Nebenverdienst und Dolls rund um die Uhr für lau.«

Mareike sah ihn entsetzt an.

»War 'n Scherz, Häschen«, grinste Simon und biss in die Bockwurst.

Neues aus Rügen

»Liane ist tot«, meldete sich Adrian Schmaus am Nachmittag.

Die Nachricht haute mich um. Zum Glück war ich allein in meinem Büro. Krächzend brachte ich »Was ist passiert?« heraus.

»Man hat sie erhängt in einem Waldstück an der Ostsee gefunden. Offenbar Selbstmord.«

»Wie schrecklich! Gibt es einen Abschiedsbrief?«

»Das weiß ich nicht«, antwortete er. »Vielleicht schreiben Ihre örtlichen Kollegen ja noch etwas dazu.«

Ich überlegte. »Normalerweise finden Suizide in der Presse nicht statt, es sei denn, sie sind von öffentlichem Interesse«, sagte ich.

Ich informierte Wayne. Auch er war geschockt und meinte, dass Engels dahintersteckte. »Dem Kerl traue ich alles zu. Und wenn er es nicht selbst gemacht hat, hat er einen Killer beauftragt.«

»Kannst du mir ein Foto von Liane raussuchen?«

Die *Deutsche Presseagentur* brachte zehn Minuten später die erste kurze Meldung.

Ich bekam vierzig Zeilen auf der Eins. Mit einem schlechten Gefühl machte ich meine Arbeit. Hätte ich merken müssen, dass die junge Frau dem Fall, den sie ausgelöst hatte, psychisch nicht gewachsen war?

Ich schob meine Bedenken erst mal weg und schrieb:

Kronzeugin gegen Festpielintendanten tot –
War es Selbstmord? Obduktion soll Klarheit bringen

Liane Licht (24) ist tot. Die genauen Umstände sind ungeklärt, es wird Selbstmord vermutet. Die junge Sängerin wurde erhängt in einem Waldstück auf der Insel Rügen gefunden. Dorthin hatte sich die junge Frau zurückgezogen, nachdem sie den Intendanten der Sommerfestspiele, Adalbert Engels, der Vergewaltigung und des sexuellen Missbrauchs beschuldigt hatte. Engels, der sich gern ›Sonnenkönig‹ nennen lässt, hat die Vorwürfe bestritten. Die Staatsanwaltschaft Stralsund hat eine Obduktion angeordnet. Wir berichten weiter.

Ich speicherte den Artikel ab. Mir war nach Heulen zumute.

Ziemlich fertig kam ich zu Hause an. Kleist war auf einer Klausurtagung wegen des Betrugsskandals in der Polizeiakademie. Kopfschmerzen machten sich bemerkbar, die immer schlimmer wurden. Zwei Pillen, darauf ein Glas Wasser und danach Wein. So verschwand das Pochen im Kopf gewöhnlich. Nur nicht heute.

In der Nacht verflüchtigten sich die Kopfschmerzen zum Glück wieder. Noch im Nachthemd schaute ich nach meinen Mails und holte mir die Zeitungen aus der Gegend um Binz auf den Schirm. In der *Ostsee-Zeitung* nahm Liane Lichts Tod eine ganze Seite ein. Die Reporter hatten die Nachbarschaft heimgesucht und auch mit früheren Freunden und Schulkameraden der Sängerin gesprochen. Liane Licht wurde als sensibel, aber auch als hochbegabt und ehrgeizig geschildert. An die Mutter waren die Kollegen nicht herangekommen, wohl aber an Lichts geschiedenen Mann. Er lebte in einem Kaff namens Groß-Kubbelkow. Allein der Name des Ortes war ein Treppenwitz, doch die Aussage von Lichts Ex toppte das noch: »Sie hätte nebenan in Sehlen den Kinderchor leiten können, aber das war ihr nicht gut genug. Die wollte unbedingt in den Westen, jetzt weiß sie, wie es da zugeht.«

Von Groß-Kubbelkow nach Bierstadt. So sieht Aufstieg aus.

Frau Schmitz analysiert

Ich hatte keine Lust, allein zu frühstücken, und machte Halt bei Frau Schmitz.

»Tach auch.«

»Tach, Frau Grappa. Wie isses?«

»Bescheiden. Aber muss. Und du?«

»Muss.«

»Frühstück für zwei?«

»Nee. Er ist nicht da.«

»Ach.«

Weitere Fragen zur Dauer und zum Grund von Kleists Abwesenheit verkniff sie sich.

Ich ging durch ins Bistro, sie folgte mir. »Das Mädchen ist tot. War das dieser Engels?«, fragte sie, als ich saß.

»Frau Schmitz, ich weiß es nicht.«

»Du hast dich ja ganz schön aus dem Fenster gelehnt, Frau Grappa. Und jetzt stirbt dir die Anklägerin weg. Wie geht es denn jetzt weiter?«

»Frag mich was Leichteres«, seufzte ich. »Wie sieht es nun mit Frühstück aus? Ich brauch dringend einen Kaffee.«

»Jau, kommt gleich.«

»Guten Morgen, die Damen!«

Friedemann Kleist betrat das Bistro. Er sah müde aus, seine Stoppeln wirkten fast schon wie ein Dreitagebart.

»Wie schön!«, freute ich mich. »Woher wusstest du, dass ...?«

»Dein antiker Golf fällt gleich ins Auge«, antwortete er.

»Auch Frühstück, Herr Doktor?«, meldete sich Frau Schmitz.

»Gerne. Ich hatte nur einen schlechten Kaffee in der Hochschulkantine.«

»Wie verlief die Tagung denn?«, fragte ich. »Hat man den Whistleblower erwischt?«

»Nein, aber die Schüler müssen die Prüfung wiederholen«, antwortete er. »Du hast wahrscheinlich viel mehr erlebt als ich.« Er deutete auf das *Bierstädter Tageblatt*. »Das Opfer ist tot und Engels aus dem Schneider. Eine Vergewaltigung wird ihm kaum mehr nachzuweisen sein.«

»Jeder wird Engels die Schuld an Lichts Selbstmord geben, und das mit Recht«, sagte ich.

»Angeblich hat er doch einen Film von der Tat an dem Mädchen gemacht, das stand jedenfalls so in deinem Artikel, Frau Grappa«, erinnerte sich Frau Schmitz. »Den müsste man finden und dann wäre die Tat bewiesen.«

»Haarscharfe Analyse«, nickte Kleist.

Journalisten sind normalerweise abgebrüht, zynisch und schmerzfrei, wenn es um eine heiße Story geht. Das war in diesem Fall anders. Der Tod der jungen Sängerin hatte uns alle betroffen gemacht.

Verleger Hans Damm teilte mit, Adalbert Engels habe ihn angerufen.

»Er war tief bewegt von der Todesnachricht. Er macht sich Vorwürfe, dass er ihre labile Verfassung nicht sofort erkannt hat.«

»Das glauben Sie ihm?«, fragte ich.

Damm lächelte maliziös. »Nein. Dieser arrogante Affe hält mich wohl für unterbelichtet. Er war einfach nur erleichtert über den Tod des armen Mädchens. Das konnte ich sogar durchs Telefon mitbekommen. Frau Grappa, denken Sie sich was aus! Aber im Rahmen der Gesetze. Ich will den Typen fein filetiert auf einem Silbertablett, und zwar bald!«

Das war deutlich. Ich hatte Damm unterschätzt. Er war professioneller Jäger, und das zeigte er jetzt. Ob Wildschwein oder Sonnenkönig war zweitrangig. Witterung aufnehmen, dranbleiben und abschießen. Seine Waffe war ich. Waidmannsheil.

Liane Licht war freiwillig aus dem Leben geschieden, es gab keinerlei Anhaltspunkte für Fremdverschulden. Die Ergebnisse der Obduktion waren eindeutig. Einzelheiten wurden nicht bekanntgegeben, weil es sich um einen Suizid handelte, der Privatsache sei – so die Staatsanwaltschaft Stralsund.

Ich wollte und konnte es nicht glauben. Engels hatte es geschafft.

Eine halbe Stunde später vermeldete ich die Fakten in einem Onlineartikel. Ich hatte Mühe, nicht polemisch zu werden. Reg dich ab, Grappa, dachte ich, du weißt doch schon lange, dass zwischen Recht und Gerechtigkeit Welten liegen.

Fluch der bösen Tat

Der Sonnenkönig konnte seine klammheimliche Freude über den Tod von Liane Licht nicht diskret genießen. Er verfasste einen Nachruf auf sie, der an Hohn kaum zu toppen war, und schickte ihn an einen großen Verteiler: Medien, Kulturverein, Stadtverwaltung, Wirtschaftsverbände und Kulturschickeria.

Meine Damen und Herren, liebe Freunde,
uns erreichte eine schreckliche Nachricht, die uns alle fassungslos macht: Unsere ehemalige Kollegin Liane Licht ist tot. Sie ist freiwillig aus dem Leben geschieden. Mein Team und ich schätzten sie als fleißige Kollegin, die ihre Arbeit sehr ernst nahm und der eine große Karriere bevorstand. Wir kennen die Gründe für Lianes Freitod nicht. Kurz vor ihrem Ableben hat sie sich zurückgezogen. Es ist

bekannt, dass sie schwere Vorwürfe gegen die Festivalleitung erhoben hat, die – so versichere ich – allesamt erfunden waren. Leider haben unverantwortliche Medien diese Beschuldigungen öffentlich gemacht. Wie sagte schon Friedrich Schiller: Das eben ist der Fluch der bösen Tat, dass sie, fortzeugend, immer Böses muss gebären.
Ich selbst habe mich stets sehr um die junge Frau gekümmert, weil ich ihre Labilität früh erkannte. Leider ohne Erfolg, der Dämon in ihrer Seele war stärker. Wir trauern trotz allem um Liane Licht. Wir werden die guten Zeiten mit ihr in Erinnerung behalten.

Meine Wut nahm mir fast den Atem. Ich druckte den Brief aus und zeigte ihn Wayne.

»So ein Drecksack!«, kommentierte er. »Was machst du jetzt?«

»Einen Artikel zu dem Brief schreiben, was sonst?«, antwortete ich. »Das ist Chronistenpflicht. Und du suchst mir ein Foto von Engels raus, auf dem er so richtig schön zum Kotzen aussieht.«

»Das ist eine ganz leichte Übung.«

Fünf Minuten später lag das Foto neben meinem Computer. Ich betrachtete es intensiv, um in kreative Stimmung zu kommen. Engels an der Bar seines Hotels, selbstgefällig Champagner schlürfend. Glänzende dickliche Wangen, den Tränensäcken hatte Wayne noch etwas Kontrast verliehen, den Sabber im Mundwinkel etwas aufgehellt und den Mitessern auf der kurzen Nase einen fast dreidimensionalen Touch verpasst.

»Zufrieden?«, grinste Wayne.

»Hast du super gemacht«, lobte ich. »Es geht doch nichts über eine gelungene Manipulation.«

»Ist das nicht ein bisschen unfair?«

»Ach was«, wehrte ich ab. »Ich passe mich nur den Waffen meines Gegners an.«

»Dich möchte ich nicht zum Feind haben, Grappa.«

»Ich mich auch nicht.«

»Der Dämon in ihrer Seele war stärker« –
Festspielleiter Engels »trauert« um verstorbene Sängerin

»Ich habe mich sehr um die junge Frau gekümmert« – das schreibt der umstrittene Intendant der Festspiele *Summer-Pott* nach dem Freitod der 24-jährigen Liane Licht (Foto) in einem offenen Brief (Wortlaut am Ende). Gekümmert? Ja, das hat er. Die Sängerin hat dieses »Kümmern« gegenüber dieser Zeitung genau beschrieben. Ihre Vorwürfe: Engels habe sie unter Drogen gesetzt, vergewaltigt, bedroht und sie immer wieder sexuell missbraucht. Er habe die Taten auch gefilmt und damit gedroht, die Videos im Internet zu veröffentlichen. Die verzweifelte Künstlerin wusste sich nicht mehr zu helfen und ging an die Öffentlichkeit (wir berichteten).

Polizei und Staatsanwaltschaft ermitteln und suchen weitere Opfer des Mannes, der sich gern ›Sonnenkönig‹ nennen lässt und sich für unwiderstehlich hält (Foto).

Ich postete den Bericht zusätzlich zu unserer Homepage in Kunst- und Kulturgruppen auf Facebook, schickte ihn an Künstleragenturen und bat um Zeugenmeldungen – auch anonym.

Gegen den erkennbaren Willen

Der Aufruf bei Facebook blieb nicht ungelesen. Es gab zahlreiche Meldungen und heftige Vorwürfe gegen Engels, die aber überprüft werden mussten. Die Männer, die sich meldeten, waren überwiegend der Meinung, dass sich die weiblichen Opfer »nicht so anstellen« sollten, dass sie es »drauf anlegten«, um Karriere zu machen.

Nach der Konferenz stellte ich die Vorwürfe gegen Engels, die mir einigermaßen plausibel erschienen, zusammen.

Sybille-82: Ich habe als studentische Hilfskraft bei einem Musiktheater gearbeitet. Eines Abends kam Herr Engels und bat mich, in seiner Garderobe aufzuräumen. Als ich da hinging, war er nackt und wollte mich ebenfalls ausziehen. Ich bin dann schnell weg.

Maiglöckchen: Ich habe im Chor bei der *Fidelio*-Oper gesungen. Engels brachte mich nach einer Vorstellung mit seinem Auto zum Bahnhof. Es war abends um 22 Uhr. Plötzlich hielt er an, öffnete seine Hose und verlangte Oralverkehr. Ich hatte Angst, weil weit und breit niemand zu sehen war, und meine Angst schien ihn besonders zu erregen.

Kleine_Wolke: Vor circa zwei Jahren bestellte er mich in sein Büro, um mit mir über meine Rolle zu sprechen. Wir waren allein und er hat angefangen, mich zu berühren, mich umarmt und auch versucht, mich zu küssen. Ich war wie erstarrt. Dann kam zum Glück ein Kollege, der ihn sprechen wollte. Seitdem hab ich es vermieden, in seine Nähe zu kommen oder mit ihm alleine zu sein.

Prinzessin_007: Ich wurde von ihm angetatscht, er hat mir intime Fotos zugeschickt und ich bekam sehr anzügliche und freche Angebote. Es war ekelhaft.

»Mareike!«, rief ich durch das Büro. »Hast du grad Zeit?«

»Ich soll die Leserbriefe bearbeiten«, erwiderte sie lustlos.

»Lass das die Sekretärinnen machen.«

»Wir sind keine Sekretärinnen, Grappa!«, grollte Susi. »Wann lernst du das endlich? Wir sind Redaktionsassistentinnen!«

»Hat sich eure Arbeit denn geändert, nachdem sich die Jobbezeichnung geändert hat?«, fragte ich.

»Ja, klar«, antwortete Simon Harras. »Die Damen interessieren sich neuerdings für die Inhalte der Zeitung, besonders für den politischen Teil des Blattes.«

»Deine Sportseite ist uns auch zu langweilig, Simon«, meldete sich Sarah. »Immer nur der BVB. Gääääähn!«

»Dann assistiere mir und hol mir einen Kaffee!«

»Ich erkläre es dir gern noch mal.« Jetzt war Stella dran. »Wir assistieren der Redaktion und nicht den Redakteuren.«

»Dann wäre das ja geklärt«, sagte ich. »Ich brauche Mareike für eine Recherche. Macht unter euch aus, wer die Leserbriefseite fertig macht.«

Ich bat Mareike, mit den Frauen, die sich auf Facebook gemeldet hatten, Kontakt aufzunehmen und auf ihre Glaubwürdigkeit zu testen. »Frag sie, ob sie bereit sind, ihre Vorwürfe unter ihren richtigen Namen zu wiederholen. Vor der Polizei und in unserer Zeitung.«

Die Volontärin stürzte sich in die Arbeit, schrieb im Facebook-Messenger, telefonierte und machte sich Notizen. Es dauerte nur eine Dreiviertelstunde, dann stand Mareike wieder vor mir.

»*Prinzessin* und *Kleine Wolke* machen mit. Sie haben mir ihre Geschichten ausführlich erzählt. Dieser Kerl ist wirklich schamlos.«

»In welchem Zeitraum haben sich die Vorfälle denn ereignet?«, fragte ich.

Sie schaute in ihre Aufzeichnungen. »2014 und 2015.«

»Das ist schade«, sagte ich. »Das Gesetz zur Verbesserung des Schutzes der sexuellen Selbstbestimmung ist erst im November 2016 in Kraft getreten. Danach ist jede sexuelle Handlung, die gegen den erkennbaren Willen einer Person vorgenommen wird, strafbar. Die Polizei wird nicht ermitteln, das hat sie im Fall Marianne Stifter auch nicht gemacht.«

»Dann war meine Recherche sinnlos?« Ihre Miene spiegelte Enttäuschung.

»Nein, sie vervollständigt das Gesamtbild von Engels. Schreib alles auf.«

Jesus passt auf

»Grappa«, rief Wayne. »Wir müssen!«

Der Eröffnungstermin des *Bordolls* drohte. Damm hatte mich auserkoren, dem beizuwohnen. Ich fügte mich, obwohl ich die Blaulichtreporterin des Blattes war und nicht die Rotlichtschreiberin. Mir war aber klar, dass die beiden Themenbereiche nicht immer klar zu trennen waren.

Ab in Waynes Karre und los in den Süden der Stadt. In der Nähe einer Bahnlinie, über die jeden Tag haufenweise Pendler hin- und hergefahren wurden, ging es links in ein Gewerbegebiet.

Kein Hinweis auf *Bordoll*, aber es gab ein Blechschild mit der Aufschrift *Studio Moreck*. Das klang nach Fotoatelier oder Tanzschule.

Wir folgten den Hinweisschildern und einem Übertragungswagen von RTL und landeten auf dem Parkplatz eines flachen großen Hauses, das eher Ähnlichkeit mit einem Finanzamt als mit einem Sündenpfuhl hatte. Ein riesiger schwarzer Transporter mit der Aufschrift *Silberrücken* und dem Bild eines kräftigen männlichen Gorillas nahm gleich drei Parkplätze ein.

»Sind das Rocker?«, fragte ich.

»Aber nein, Grappa«, erklärte Wayne. »Das sind ganz harmlose, körperbewusste Jungs vom Verein *Kraftsportoffensive Silberrücken*. Die tun niemandem was, die wollen nur spielen. Vielleicht auch mit Puppen.«

»Die armen Dolls«, seufzte ich.

Eine junge Frau, die garantiert keine Puppe war, öffnete uns die Tür.

»Willkommen«, flötete sie. »Herr Moreck erwartet Sie.«

Im Treppenhaus deutete nichts auf Rotlicht hin. Das Mädchen ging voran. Sie trug eine enge Jeans und ein bauchfreies Oberteil. Über dem Hosenbund war ein Tattoo zu erkennen. Ein Totenkopf, auf dessen Hirnschale sich eine dunkle Schlange kringelte.

Wayne konnte nicht widerstehen und machte ein Foto. »Arschgeweih scheint passé«, frotzelte er leise.

»Ihre Oma hatte bestimmt noch eins«, grinste ich.

Eine zweiflügelige Tür öffnete sich. Innen hing ein Holzkreuz mit einem leicht bekleideten Jesus. Aber der sah ja immer so aus, wenn er am Kreuz hing. Sollte er den Teufel aus diesem Etablissement fernhalten?

Im Flur dahinter änderte sich die Deko. An den Wänden Fotos von Pornostars, Punktstrahler setzten die sekundären und primären Geschlechtsmerkmale der Schauspieler ins rechte Licht, Zimmer, die unterschiedlich möbliert waren. Ich erkannte einen gynäkologischen Stuhl, eine Krankenliege und Betten jeder Art.

In einem großen Raum mit dunklen Wänden saßen die Dolls. Aus mehreren Metern Entfernung sahen sie wirklich echt aus. Sie waren etwas kleiner als die Durchschnittsfrau, wirkten aber keineswegs zwergenhaft. Dazu waren sie perfekt geschminkt und nach der neuesten Dessousmode gekleidet. Riesige Brüste, eingeklemmt in knappe Oberteile, die Füßchen in Stilettos, die Lippen leicht geöffnet und glänzend, die Fingernägel der Händchen lackiert und die Frisuren locker und schimmernd.

»Boah«, machte Wayne. »Die sehen cool aus und riechen gar nicht nach Gummi.«

»Sie können die Damen gern berühren«, sagte die Maus mit dem Totenkopftattoo.

Ich legte meine Hand auf den Unterarm einer Rothaarigen. Das Silikon war weich, ein bisschen stumpf, löste aber keine unangenehmen Gefühle aus.

»Die Puppen nehmen die Körpertemperatur unserer Gäste an und sind – je nach Größe – vierzig oder sechzig Kilo schwer, also fast wie richtige Frauen.«

»Wo werden die Puppen hergestellt?«, fragte ich.

»Weitere Fragen wird Ihnen Herr Moreck beantworten«, sagte unsere Führerin. »Er gibt gerade ein Fernsehinterview, müsste aber gleich fertig sein. Setzen Sie sich doch.« Sie deutete auf die freien Plätze neben den Puppen.

Ich platzierte mich zwischen einer Doll, die als Schulmädchen ausstaffiert war – weiße Söckchen, karierter Rock, weiße Bluse –, und einem üppigen Modell im Negligé. Wayne kuschelte sich an eine Rothaarige.

»Das ist unsere Alexandra«, erklärte die *Bordoll*-Mitarbeiterin. »Sie ist transsexuell. Sie hat neben einer Vagina und Brüsten drei auswechselbare Penisse in verschiedenen Größen. Durch ein Schraubwerk können sie an- und wieder abgebaut werden. Der Kleinste ist etwa dreizehn Zentimeter lang, der größte misst stattliche achtunddreißig. Alexandra wird sehr gut angenommen, allerdings bisher nur von Männern.«

Es klingelte irgendwo.

»Ein Gast. Könnten Sie bitte einen Augenblick in den Raum gegenüber gehen? Da ist unsere Kaffeeküche. Ich komme sofort wieder zurück.«

Ich verstand. Das Geschäft verlangte Diskretion. Wir verzogen uns wie gewünscht. Durch eine Milchglasscheibe konnten wir die Kunden nicht erkennen, sondern sie nur schemenhaft wahrnehmen.

Nach ein paar Minuten stapfte ein großer Mann über den Flur – unter dem Arm eine Puppe. Eine Tür schloss sich.

»Dem Gang nach zu urteilen, war das Simon«, grinste

Wayne. »Soll ich mal die Tür aufreißen und ein Foto machen? Da hätten die Kollegen sicher eine Menge Spaß.«

Mein Konter fiel flach, denn die Tür zur Küche öffnete sich. Vor uns stand ein Mann: groß, schlank, etwa Anfang sechzig, schwarz gekleidet.

»Was machen Sie denn hier?«, fragte er. »Das ist eigentlich der Personalraum.«

»Wir sind von der Presse und warten auf Herrn Moreck«, antwortete ich. »Sind Sie das vielleicht?«

»Nein. Ich bin Udo Zorn, der Geschäftsführer.«

»Dann können wir auch mit Ihnen sprechen?«

»Nein, ich eigne mich nicht für so was«, wehrte er ab.

»Haben Sie Erfahrung in diesem ... Geschäft?«

»Keine weiteren Fragen, bitte. Einen schönen Tag noch.« Er flüchtete.

»Interessanter Typ«, stellte ich fest. »Er sieht aus wie ein Priester und nicht wie der Leiter eines Puppen-Puffs. Sachen gibt's.«

»So weit sind Kirche und Sex nicht voneinander entfernt«, meinte Wayne.

»Genau«, nickte ich, »besonders, wenn es um Kinder geht.«

Die Tür öffnete sich erneut. Die Trägerin des Totenkopftattoos. »Herr Moreck hat jetzt Zeit für Sie.«

Echte Frauen sind anstrengend

Olli Moreck saß inmitten seiner Puppen. Wie ein Papa, der mit seinen vier Töchtern einen Fototermin in einem Atelier gebucht hatte. Das Zimmer war dunkel tapeziert, auf einem riesigen Flachbildschirm hoch an der Wand beglückte ein bestens ausgestatteter Schwarzer eine stöhnende Blondine.

»Willkommen im *Bordoll*«, strahlte Moreck. Er war ein kleines, quirliges Kerlchen, das vor Selbstbewusstsein nur so strotzte. Das bunt gemusterte Hemd spannte sich über dem Bauch, die fitnessklubgestählten Oberarme sprengten fast den Stoff. Er war gebräunt, was gut zu seinen himmelblauen, leicht zugekniffenen Augen passte. Kein attraktiver Mann, aber ein knuffiger. Eine lange Narbe zog sich längs über seine Wange.

»Meine Püppis! Sind sie nicht wunderschön?«, fragte Moreck und legte seine Arme um die Schultern seiner Dolls.

Wayne nutzte die Chance für eine Fotoserie. »Und jetzt geben Sie einer Dame mal einen Kuss«, bat er.

»Wohin?«

»Wohin Sie wollen!«

Moreck senkte den Kopf auf eine der riesigen Brüste und schmatzte einen Kuss drauf.

»Stellen Sie Ihre Fragen, Frau Grappa«, forderte er, sich den Mund abwischend.

»Warum glauben Sie, dass Bierstadt das richtige Pflaster für einen Puppen-Puff ist?«

»Nennen Sie meinen Laden bitte nicht Puppen-Puff«, polterte er los. »*Bordoll* hört sich viel netter an.«

»Okay. Warum gerade in Bierstadt?«

»Ich habe vorher eine Marktanalyse erstellen lassen und die hat ergeben, dass in der Region ein großes Potenzial schlummert. Wir bieten unseren Service ohne Reklame schon seit zwei Monaten in der Stadt an und hätten uns längst zurückgezogen, wenn es keine Nachfrage gegeben hätte. Die war aber sofort da. Die männlichen Gäste waren begeistert.«

»Wie erklären Sie sich das?«

»Echte Frauen sind verdammt anstrengend. Das wissen Sie ja selbst, denn Sie sind ja eine.«

Wayne grinste fett.

»Jetzt stellen Sie den Männern aber ein Armutszeugnis aus«, entgegnete ich. »Ich dachte immer, ihr liebt den Kampf und die Herausforderungen.«

»Die Dolls sind große Sexspielzeuge und beim Sex brauchen Männer keine denkende Frau, sondern ein williges, stummes, weiches Etwas mit – sorry – drei Löchern. Ich sage es immer wieder: Meine Mädchen stellen keine Fragen, nörgeln nicht rum, schmutzen nicht, geben keine Widerworte und kein Geld aus.«

»Aber Essen kochen oder Hemden bügeln können sie auch nicht«, wandte ich ein.

Er lachte. »Das müssen sie auch nicht, das macht ja schon die Ehefrau zu Hause. Manche Frauen haben wenig Interesse an Sex und schicken ihren Partner sogar zu uns. Dann nimmt er sich wenigstens keine Geliebte. Die Frau hat ihre Ruhe und der Mann kommt entspannt nach Hause. So sieht moderne Arbeitsteilung im 21. Jahrhundert aus.«

»So kann man es auch sehen«, gab ich zu. »Es gibt Frauengruppen, die bei Ihrem Angebot die Würde der Frau verletzt sehen. Was sagen Sie zu solcher Kritik?«

»Papperlapapp.« Es klang verärgert. »Die Würde der Frau wird nicht verletzt, weil das hier Puppen sind. Gegenstände. Haben Gegenstände Würde? Nein, haben sie nicht. Unsere Gäste kriegen das Rundum-wohlfühl-Programm. Kondome, Musik, Bett, Papiertücher und meine Mitarbeiter machen hinterher alles sauber.«

»Wer stellt die Dolls her?«

»Meine Mädchen kommen aus China und sind keine Billigprodukte. Neunhundert bis zweitausend Euro kostet eine, – je nach Ausführung.«

»Ich hab im ersten Raum die Schulmädchen-Doll gesehen«, sagte ich. »Ist das Ihr Angebot für Pädophile?«

»Mhh«, machte er. »Manche Gäste stehen nun mal auf sehr junge Frauen und fühlen sich natürlich durch den Look angesprochen. Aber ist es nicht besser, sie kommen ins *Bordoll*, als kleinen Mädchen auf Spielplätzen aufzulauern, sie zu missbrauchen oder gar zu töten?«

Jetzt machte er es sich zu einfach. »Aha. Sie retten auch Leben?«

»Wenn Sie so wollen – ja!«, sagte er trotzig.

»Ich denke, dass das Problem mit Triebtätern nicht mit Silikonmenschen zu lösen ist«, wandte ich ein. »Pädophile und Vergewaltiger genießen die Macht, die sie über ihre Opfer haben – dass sie sich wehren, schreien, betteln. Die stummen, willigen Puppen werden solche Freaks nicht stoppen.«

»Aber vielleicht werden sie ein bisschen entschärft«, entgegnete er.

»Wo ist denn der gut bestückte Diego?«, mischte sich Wayne ein. »Das Angebot für die Frau von Welt.«

»Im letzten Raum. Diego war leider ein Fehlkauf. Er wird sehr selten gebucht.«

Er führte uns zu einer Puppe, die einem fünfzehnjährigen Jungen ähnelte. Diego war in einen kurzen Morgenmantel gehüllt, der Unterleib brav bedeckt.

»Milchgesicht«, lachte ich. Mein Blick fiel auf Diegos Knie, die keck übereinandergeschlagen waren und zahlreiche kleine Risse im Silikon aufwiesen.

»Arbeitsunfall?«, fragte ich.

»Kommt fast hin«, antwortete Moreck. »Ein Gast hat ihn in eine Stellung gebracht, die nicht gesund für ihn war. Eine Reparatur lohnt aber nicht, es will ihn ja sowieso keiner.«

Moreck zog den Morgenmantel über Diegos kaputte Knie und strich ihm zärtlich übers Haar.

»Ist das *Bordoll* Ihr einziges Geschäft?«

»Nein, davon könnte ich nicht leben. Ich hab einen Versandhandel für Sexspielzeug und bin noch in Hamburg auf der Reeperbahn aktiv.«

Es klingelte, der nächste Kunde. Wir mussten wieder in die Küche mit der Milchglasscheibe. Wayne stellte sich an die Tür und fotografierte den vorbeihuschenden Schatten mit der Puppe unterm Arm.

Wir hatten alles. Moreck verabschiedete uns. »Sie beide sind hier jederzeit willkommen«, meinte er.

»Diego ist nichts für mich«, seufzte ich. »Ich mag keine Männer unter einem Meter vierzig.«

»Und ich bin jung verheiratet«, verriet Wayne. »Bei uns fluppt noch alles.«

Der Sonnenkönig riecht nach Angst

Ein schneller Kaffee in der Kantine, ein Schokoriegel und ab an den Schreibtisch, solange die *Bordoll*-Eindrücke noch frisch waren. Das war jedenfalls mein Plan. Ich hatte den Rechner gerade hochgefahren, da meldete sich Damm und bat mich in sein Büro.

Er war nicht allein. Adalbert Engels thronte in der Sitzecke. Was war hier los? Meine Synapsen schnapsten.

»Frau Grappa«, lächelte Damm. »Schön, dass Sie Zeit haben. Herrn Engels kennen Sie ja.«

»So ist es.«

»Herr Engels ist hier, um uns davon zu unterrichten, dass die Ermittlungen gegen ihn eingestellt werden.«

»Hat er das schriftlich?«

»Noch nicht, Frau Grappa.« Engels erhob sich. »Ich wollte nur vermeiden, dass Sie sich weiter engagieren, nur um am Ende dumm dazustehen.«

»Mal abwarten, wer dumm dasteht. Abgerechnet wird immer ganz am Schluss. Auch wenn Liane Licht nicht mehr aussagen kann, ich finde weitere Opfer Ihrer Angriffe.«

»Ja, ich weiß. Sogar auf *Facebook* haben Sie einen Aufruf gestartet. So zerstört man einen Menschen«, sagte er. »Vermutlich rotten sich jetzt alle Frauen zusammen, denen ich nicht die gewünschte Rolle gegeben habe. Und Sie haben das angezettelt. Das ist eine widerliche Hetzjagd.«

Die Stimme des Maestros, sonst um dunkle Tiefe bemüht, fistelte. Er hatte Angst, aber warum? Die einzige Zeugin war tot, viele Fälle waren bereits verjährt und immer stand Aussage gegen Aussage.

»Glauben Sie mir, ich habe Frau Licht nicht vergewaltigt«, beteuerte Engels erneut. »Ihr Freitod hat mich tief erschüttert. Es ist nichts geschehen, was wir nicht beide wollten.«

»Ich glaube Ihnen nicht. Und seit dem Selbstmord von Frau Licht erst recht nicht.«

»Warum sind Sie so voller Hass gegen mich?« Er tupfte seine Augen mit einem Taschentuch trocken, der Sonnenkönig-Ring an seiner Hand glänzte.

»Ich hasse Sie nicht, ich finde Sie nur zum Kotzen«, antwortete ich. »Solche Grapscher wie Sie gibt es in jeder Firma und sie vergreifen sich fast immer an denen, die sich nicht wehren können. Und dann schämen sich die Opfer oder haben Angst und schweigen deshalb. Dieses Schweigen hat Liane Licht durchbrochen.«

»Dann wäre ja alles geklärt«, mischte sich Damm ein. »Wir berichten weiter, wenn es etwas zu berichten gibt. Und ich bin sicher, dass die Lawine noch nicht im Tal angekommen ist. Danke für Ihren Besuch, Herr Engels.«

Damm öffnete die Tür und schloss sie hinter Engels wieder.

»Ich habe seine Angst gerochen«, triumphierte er. »Wie bei einem Bären, der in den Lauf eines Gewehrs blickt und spürt, dass es kein Entkommen mehr gibt.«

Da war sie wieder: Damms Jagdlust. Ich kam mir vor wie in einem Karl-May-Roman. Eigentlich hätte ich mit dem Satz: *Großer weißer Mann hat gesprochen Wahrheit*, antworten müssen.

Ich schrieb einen Artikel über den Besuch im *Bordoll.* Allzu ausführlich wurde er nicht, das wäre in Werbung ausgeartet.

Silikonpuppen als Sexobjekte – Gummikönig verspricht: Meine Dolls sind die Frauen der Zukunft

Zu Hause wartete Kleist mit einem exquisiten Snack auf mich. Gefüllte Paprika, marinierte Oliven, Datteln im Bacon-Mantel. Auch der Wein war schon geöffnet.

»Entspann dich«, sagte er und reichte mir ein gefülltes Glas. »Ich habe deine Onlinereportage gelesen. Moreck hat wohl richtig Eindruck auf dich gemacht. Scheint ja eine nette Bude zu sein.«

»Nicht so nett, dass du da hingehen müsstest«, stellte ich klar.

Er grinste. »Keine Sorge. Ich steh nicht auf stumme Frauen, die mich mit toten Augen ansehen. Dazu habe ich in meiner Polizeikarriere zu viele Leichen gesehen.«

»Dein Glück.« Ich prostete ihm zu. Der kühle Grauburgunder rann durch meine Kehle und ich schloss die Augen. Wunderbar.

»Ich werde alt«, gab ich zu. »Gerade habe ich daran gedacht, wie schön es wäre, keine Artikel mehr verfassen zu müssen. Stattdessen: Krimis schreiben, Kochrezepte ausprobieren, im Garten sitzen, die Natur und die Sonne genießen.«

»Und welche Rolle spiele ich in deinen Träumen?«

»Du sitzt neben mir, hältst meine Hand und bringst den Abfall weg.«

»Da mache ich mit.«

Unsere Hände trafen sich.

»Eigentlich wollte ich ja eine komische Alte werden«, enthüllte ich. »Allein lebend, mit Katzen und ohne Mann. Du hast mir das leider gründlich versaut. Hattest du auch solche Träume?«

Kleist überlegte. »Ja, ich wollte immer mal Trecker fahren und mit einem alten VW-Bus auf Reisen gehen. In den Süden.«

»Da mache ich auch mit«, lächelte ich und steckte mir eine Olive in den Mund. »Aber zuerst muss ich den Sonnenkönig zur Strecke bringen.«

Keine Ermittlungen mehr

»Dein Diego sieht aber süß aus«, meinte Susi am Morgen, das *Tageblatt* in der Hand haltend.

»Der würde dir keinen Spaß machen«, entgegnete ich. »Er hat kaputte Knie und ist winzig klein. Diego ist ein Ladenhüter. Die Chinesen haben an dem Mann gespart – nur an der einen Stelle nicht.«

»Echt? Hast du das Teil gesehen?«

»Ja, klar«, log ich. »Wenn ich recherchiere, dann richtig.«

»Manchmal beneide ich dich um deinen Beruf«, bekannte sie. »Aber nur manchmal. Ach so, ehe ich es vergesse. Da sitzt der Herr Schmaus in der Kantine und wartet auf dich. Soll ich dich in der Konferenz entschuldigen?«

Der junge Schauspieler war blass, hatte wirre Haare und Schatten unter den Augen.

»Sie sehen ja furchtbar aus. Sind Sie krank?«

»Nein, nein. Ist es wahr, dass die Ermittlungen gegen Engels eingestellt werden?«

»Wie kommen Sie darauf?«

»Engels hat allen Schauspielern eine Mail geschickt. Er glaubt, dass seine Beurlaubung bald aufgehoben wird und wir weiter proben können.«

Ich berichtete von Engels Besuch und versicherte ihm, dass ich den Maestro nicht so einfach vom Haken lassen würde.

»Es haben sich einige Frauen gemeldet, die ähnliche Erfahrungen gemacht haben wie Frau Licht. Sexuelle Nötigungen, Drohungen mit Karriereende und so weiter. Leider waren diese Übergriffe damals noch nicht automatisch strafrechtlich relevant, wenn das Opfer nicht ausdrücklich und nachweislich Nein gesagt hat. Eine weitere Vergewaltigung mit K.-o.-Tropfen ist mir nicht bekannt. Noch nicht.«

»Es ist alles meine Schuld. Ich hätte Liane nicht drängen sollen, zu Ihnen zu gehen. Ich habe ihre Sensibilität unterschätzt.«

»Sie konnten das nicht voraussehen«, tröstete ich ihn. »Sie war ganz klar und eindeutig in ihren Aussagen und wirkte sehr entschlossen. Irgendwas anderes muss sie umgehauen haben.«

»Vielleicht hat Engels den Film doch ins Netz gestellt«, sagte Adrian.

»Das glaube ich nicht. Dann gäbe es einen Beweis gegen ihn«, wandte ich ein. »Wenn er schlau ist, hat er das Video vernichtet.«

»Ich werde seine Hotelsuite durchsuchen.«

»Ich gehe davon aus, dass die Polizei das schon gemacht hat.«

Eine Stunde später teilte die Staatsanwaltschaft in einer Mail mit, dass die Ermittlungen gegen Adalbert Engels eingestellt worden waren. Ich las:

Die Beschuldigungen der inzwischen verstorbenen Liane L. reichen nicht aus, ihn der Vergewaltigung mit Drogenmissbrauch, des sexuellen Missbrauchs und der Verstöße gegen die sexuelle Selbstbestimmung anzuklagen. Die Vorfälle der sexuellen Belästigung sind verjährt, da das entsprechende Strafgesetz erst 2016 geschaffen wurde.

Fast gleichzeitig meldete sich die Kulturverwaltung. Adalbert Engels werde endgültig von seinen Aufgaben als Leiter der Festspiele entbunden. Auch wenn er strafrechtlich nicht zu belangen sei, habe er doch ein Klima des Misstrauens und der Unterdrückung geschaffen, das so nicht hinnehmbar sei. Der *Summer-Pott* werde abgesagt, das Ensemble ausbezahlt und nach Hause geschickt.

Das war nur ein halber Sieg. Damm teilte mir sechzig Zeilen zu.

Ich hatte sie gerade geschrieben und abgespeichert, als uns eine weitere Nachricht erreichte. Engels hatte bei Gericht erfolgreich eine einstweilige Anordnung durchgesetzt. Die Stadt als Träger der Festspiele wurde aufgefordert, seinen Vertrag sofort wieder in Kraft zu setzen. Eine Pressekonferenz des Sonnenkönigs sollte es am Nachmittag geben.

Es war doch noch nicht zu Ende und ich war nicht unglücklich darüber.

Win-win-Situation

Engels Zwischensieg war natürlich Thema in der Redaktionskonferenz.

»Eins muss man dem Kerl lassen«, bemerkte Bärchen Biber. »Er kämpft wie ein Löwe. Vielleicht ist er ja doch unschuldig.«

Harras fühlte sich animiert, auch was zum Thema beizusteuern. »Ich verstehe das ganze Theater nicht. Es ist doch bekannt, dass in diesen Kreisen rumgevögelt wird, bis der Arzt kommt. Dieter Wedel oder dieser Weinstein – die hatten Frischfleisch ohne Ende. Und die Damen sind heutzutage alle Stars. So was nennt man Win-win-Situation.«

»Stimmt, das gilt aber nur für die Frauen, die freiwillig mitgemacht haben. Es geht bei Liane Licht um eine schwere Straftat, und die heißt ›Vergewaltigung‹. Geht das in deinen Schädel, Simon?«, fragte Mäggi.

»Da steht aber Aussage gegen Aussage«, grummelte er.

»Danke für die angeregte Diskussion«, griff Damm ein. »Wir haben Chronistenpflicht und werden die Fakten schildern. Gleichzeitig veröffentlichen wir die über Facebook eingegangenen Berichte weiterer Opfer, die Bekanntschaft mit Engels Annäherungsversuchen gemacht haben.«

»Ich habe etwa zwanzig Aussagen«, sagte Mareike, »von denen dürfen wir die Namen veröffentlichen. Soweit es möglich war, habe ich überprüft, ob Engels wirklich in den Städten gewesen ist, in denen die Übergriffe stattgefunden haben sollen.«

»Wie das denn?«, wollte Damm wissen.

»Es war einfach. Engels hat die Stationen seines künstlerischen Schaffens in seiner Vita fein säuberlich aufgelistet.«

»Saubere Arbeit«, lobte der Verleger.

»Der steht auf sie«, flüsterte mir Wayne ins Ohr. »Me-too beim *Tageblatt*?«

Hoffmanns Erzählungen

Für die Pressekonferenz hatte Engels in dem Hotel, in dem er residierte, einen Besprechungsraum gemietet. Alles war sehr viel spartanischer als bei der vorherigen. Keine Schnittchen, kein Blumenschmuck, keine Getränke.

»Der Maestro spart«, bemerkte auch Wayne. »Gerade heute hätte ich mich über ein Mettbrötchen mit Zwiebeln gefreut.«

»Sieh an, die Frau Grappa«, trompetete Engels. »Dass Sie sich noch in meine Nähe trauen.«

»Dafür werde ich bezahlt«, gab ich zurück.

»Nicht mehr lange, wenn es nach mir geht.«

»Kann ich Sie mal kurz sprechen?«

Die Kollegen wurden aufmerksam.

Ich trat auf Engels zu, zog ihn zur Seite und neigte meinen Kopf zu seinem. »Pass mal auf, du eitler Widerling«, flüsterte ich, zuckersüß lächelnd. »Noch so ein Spruch und ich sage meinen lieben Freunden von der Russenmafia Bescheid. Danach kannst du keine Frau mehr vergewaltigen, wetten?«

Ich ließ Engels stehen, bevor er etwas erwidern konnte, und setzte mich neben Wayne.

»Was war das denn?«, wollte der Fotograf wissen.

»Ich hab ihm nur gesagt, wie traurig ich bin, dass er mich nicht mag.«

»Und jetzt mag er dich wieder?«, griente Wayne.

»Er konnte meinem Charme nicht widerstehen.«

»Wer's glaubt ...«

Der Raum war rappelvoll. Die Affäre hatte nicht nur die örtlichen Medienvertreter ins Hotel gelockt, sondern auch Nachrichtenagenturen, überregionale Radio- und Fernsehsender.

Engels begrüßte die Teilnehmer, stellte seinen Anwalt vor, der neben ihm Platz genommen hatte, und kam gleich zur Sache. Er wedelte mit dem Schreiben der Staatsanwaltschaft, beteuerte erneut seine Unschuld.

»Es handelt sich um eine unwürdige Menschenhatz gegen einen großartigen Künstler«, ergänzte der Anwalt. »Wir werden uns gegen weitere Angriffe mit allen Mitteln zur Wehr setzen.«

»Dann halten Sie Ihr Verhältnis zu Frauen für normal?«, fragte ein Kollege.

»Natürlich. Ich verehre das weibliche Geschlecht«, sagte Engels. »Ich glaube, dass viele nicht wissen, wie es auf Bühnen zugeht. Gesang ist ein Hochleistungssport, der Konkurrenzdruck untereinander enorm. Jeder Mann, jede Frau möchte möglichst die größte und interessanteste Rolle in einer Produktion. Manche Sängerinnen legen es darauf an, den Intendanten zu verführen und dafür etwas zu verlangen, andere fühlen sich von seiner Macht sexuell angetörnt. Ich sage Ihnen aber: Nein, ich übe keine Macht aus! Ich versuche, jeden Musiker dazu zu bewegen, die Liebe zur Musik so zu empfinden, wie ich sie empfinde. Ich habe mir nichts vorzuwerfen.«

»Also sind Sie das wahre Opfer?«, fragte die Kollegin vom WDR.

»Ja, das können Sie so sehen.«

Kopfschütteln und Geraune.

»Dann sind die Vorwürfe der sexuellen Übergriffe und des Machtmissbrauchs allesamt erfunden?«

»Ich bin absolut nicht dafür, dass Macht in irgendeiner Weise missbraucht wird, schon gar nicht gegenüber Frauen. Die Leute, die mit mir arbeiten dürfen, sind glücklich.«

»Sie sollen eine junge Frau vergewaltigt, mit einem Video erpresst und in den Tod getrieben haben. Sie war offensichtlich nicht glücklich darüber, dass sie Sie kennengelernt hatte.«

»Eine üble Beschuldigung«, meldete sich der Anwalt. »Ich verbiete Ihnen, das weiterhin zu schreiben, sonst müssen Sie mit Konsequenzen rechnen.«

Ich lächelte müde ob dieser Drohung. Manche Anwälte glaubten immer noch, die Pressefreiheit verbieten zu können.

Engels nutzte erneut die Gelegenheit, das Ableben »dieser jungen verstörten Frau« zutiefst zu bedauern. Er kündigte an, das *Tageblatt* wegen Rufmordes und übler Nachrede zu verklagen und eine Schadenersatzforderung in sechsstelliger Höhe zu fordern.

»Dieses Blatt hat meine Karriere fast vernichtet«, jammerte er. Er beschuldigte die Stadt der Kumpanei mit seinen Verleumdern. »Man konnte es kaum abwarten, mich loszuwerden.«

Ein Vertreter des Stadtpresseamtes, der unter den Journalisten saß, ging dazwischen: »Gemach. Die Hauptverhandlung kommt ja noch. Wir werden die Entscheidung des Gerichts natürlich respektieren.«

Es klopfte an der Tür. Erst leise, dann laut. Engels schaute irritiert und stutzte. Die Kollegen, die mit dem Rücken zum Ausgang saßen, drehten sich um, Wayne und ich ebenfalls.

»Moreck«, erkannte mein Kollege, zückte seine Kamera und wartete. Da war nämlich noch jemand. Eine junge Frau mit langen, blonden Haaren, einem schillernden, sehr kurzen Kleid, langen Beinen und silbernen Stöckelschuhen. Der Gummikönig hatte seinen Arm um sie gelegt und zog sie in den Saal.

»Guten Tag«, sagte er fröhlich. »Ich dachte, ich schau mal vorbei. Das hier ist Olympia, eins meiner Mädchen. Adi-Hase, ich schenke sie dir. Du kannst mit ihr machen, was du willst und wie du es willst.« Moreck packte Olympia mit beiden Händen in der Taille und ging auf Engels zu.

Die Fotografen und Kameraleute machten ihren Job und sie machten ihn gerne. Hier und da wurde gelacht.

»Endlich Stimmung in der Bude«, rief Moreck und hielt Olympia in die Kameras. »Adi, nimm sie doch mal in den Arm!«, forderte der *Bordoll*-Betreiber dann, lief um den Tisch herum und setzte die Puppe Engels auf den Schoß. Dabei verlor sie einen Schuh.

»Greif ihr ruhig mal unters Röckchen«, ermunterte ihn Moreck. »Das machst du doch so gern. Sie wehrt sich nicht und geht garantiert nicht zur Polizei.«

Engels packte Olympia und schleuderte sie von sich weg. Der zweite Schuh flog durch in die Luft, die Perücke verrutschte, der Oberkörper knallte gegen die Wand und kippte nach vorn. Fast, als wäre die Puppe eine Leiche. Es war gruselig und skurril zugleich.

»Geiles Fotomotiv«, freute sich Wayne und hielt drauf.

»Raus mit dir! Alle raus hier!«, brüllte der Sonnenkönig mit hochrotem Gesicht.

Niemand gehorchte. Der Anwalt drohte wieder mit rechtlichen Konsequenzen, diesmal in Richtung Moreck.

Der packte den Juristen am Kragen: »Was willst du Vogel?« Er schubste den Anzugträger beiseite und kam zu uns.

»Gute Werbung für mich, was?«, zwinkerte er mir zu. »Wann bringen Sie das?«

»Ist in einer Stunde online«, versprach ich. »Und morgen im Blatt.«

»Die Fotos brauch ich auch. Fürs Internet.«

Wayne versprach ihm eine Kollektion.

»Seid ihr denn alle wahnsinnig geworden?«, schrie Engels.

Ein Hotelmitarbeiter stürzte hinzu und fragte, ob er den Sicherheitsdienst holen sollte.

»Lassen Sie mal, junger Mann«, winkte Moreck ab. »Wir proben nur eine Szene aus *Hoffmanns Erzählungen*. Es ist alles in Ordnung.«

Engels ging auf Moreck zu und versetzte ihm einen Schlag ins Gesicht. Der zuckte nicht mit der Wimper.

»Ich bring dich um«, schrie Engels.

Alte Feindschaft

»Was für eine Show!«, sagte ich.

Moreck, Wayne und ich saßen in einem Café in der Nähe des Hotels. Auch Olympia war dabei. Der Gummikönig hatte sie halbwegs wieder hergerichtet. Die Perücke klebte an der richtigen Stelle, das Kleidchen bedeckte den Po – nur die silbernen Stöckel waren verschwunden.

»Ihre Nase ist verletzt«, stellte ich fest. »Engels hat sie voll gegen die Wand geschleudert, der brutale Kerl.«

»Macht nichts«, winkte Moreck ab. »Olympia ist eh aufgebraucht. Ich werde sie verkaufen an irgendeinen Gast, dem es auf die Nase zuallerletzt ankommt.«

»Woher kennen Sie Engels?«, fragte ich.
»Das ist eine lange Geschichte.«
»Gibt es die auch in Kurz?«, fragte ich. »Wir müssen in die Redaktion, um unsere geneigten Leser über die Horrorshow von eben zu informieren.«
»Ich war nicht immer im Rotlichtmilieu tätig. Ich habe Musikwissenschaften studiert und aus dieser Zeit kenne ich Adi. Das ist vierzig Jahre her. Er machte Karriere und ich kam auf das, was man eine schiefe Bahn nennt. Ich bat ihn damals um Hilfe, als ich aus dem Knast entlassen wurde. Ich hätte Noten sortieren können oder das Ensemble betreuen. Aber er hat mich abblitzen lassen und sich über mich lustig gemacht. Ich verfolge seinen Werdegang seit Jahrzehnten und heute habe ich mich revanchiert. Ein guter Auftritt, oder?«
»Zweifellos«, gab ich zu. »Jetzt haben Sie ihn endgültig lächerlich gemacht. Sein Ego war ohnehin schon angekratzt. Haben Sie keine Angst, dass er seine Drohung wahr macht?«
»Dass er mich umbringt, meinen Sie?« Moreck lachte verächtlich. »Dazu ist er zu feige. Der vergreift sich lieber an Frauen, die von ihm abhängig sind.«

›Sonnenkönig‹ Engels: »Ich bin Opfer einer Hetzjagd«
Sexpuppe Olympia sorgt für Tumult bei Pressekonferenz

– titelte ich.

Das hatte sich Maestro Engels anders vorgestellt. Der beschuldigte Leiter der Bierstädter Sommerfestspiele hatte die Medien eingeladen, um erneut zu betonen, dass er sich nicht der Vergewaltigung, des sexuellen Missbrauchs und der sexuellen Nötigung von Frauen schuldig gemacht hat. Tatsächlich haben die Ermittlungsbehörden die Ermittlungen gegen Engels eingestellt. Der Grund: Die Hauptbelastungszeugin, die 24-jährige Liane Licht, hat sich das Leben genommen.

Gerade als Engels drohte, Gott und die Welt wegen übler Nachrede zu verklagen, passierte es: Die Tür des Raums, in den Engels geladen hatte, öffnete sich und Olympia erschien – in Begleitung ihres Besitzers Oliver ›Olli‹ Moreck, Inhaber des *Bordolls,* eines Etablissements mit lebensgroßen Silikonsexpuppen.

Moreck forderte Engels auf, der Puppe »unters Röckchen zu greifen«, und versicherte, dass »sie sich nicht wehrt«.

Es kam zu einem Tumult, in dessen Verlauf der Maestro die Sexpuppe brutal gegen die Wand schleuderte, sodass sie beschädigt wurde. Außerdem drohte Engels, den *Bordoll*-Besitzer umzubringen.

Unsere Zeitung erfuhr, dass sich die beiden Männer aus Jugendtagen kennen und hassen. Während Engels als Künstler international Karriere machte, hatte Moreck Erfolg im Rotlichtmilieu. Lesen Sie auf Seite 3 die Aussagen weiterer Frauen, die Engels sexueller Übergriffe beschuldigen.

Waynes Fotos waren sensationell geworden – besonders die Close-ups. Engels' verlebtes Gesicht neben Olympias rosigem Jungmädchenteint, der Bauch des Maestros, an den sich der halb nackte Riesenbusen der Puppe schmiegte, und Engels' wutverzerrtes Gesicht, als er Olympia durch die Luft schleuderte.

Ich stellte eine abgespeckte Version online. Damm las den Artikel gegen, amüsierte sich und gab ihn frei. Es lief gut für mich.

»Ich habe alles gelesen«, empfing mich Kleist zu Hause. »Und ich muss schon wieder neidvoll sagen, dass dein Beruf wesentlich aufregender ist als meiner.«

»Wundert dich das? Ich bin nur von extrovertierten Neurotikern umgeben, für die das Leben eine große Bühne ist.«

Er lachte. »Stimmt. Leider bleiben die Fakten dabei oft auf der Strecke.«

»Wie meinst du das?«

»Es bleiben Fragen offen. Erste Frage: Liane Licht hat von einem Film gesprochen, den Engels von der Vergewaltigung gedreht haben soll. Wo ist dieser Film, falls es ihn wirklich gibt?«

»Keine Ahnung. Vielleicht gibt es ihn gar nicht.«

»Zweite Frage: Bei der Obduktion wurde ja wohl kein Fremdverschulden festgestellt. Aber irgendetwas muss festgestellt worden sein, außer ihrem Tod durch Erhängen. Hatte sie Drogen genommen, war sie krank ... oder vielleicht ...«

»... schwanger?«, rief ich. »Womöglich von Engels. Die Ermittler halten das Obduktionsergebnis unter Verschluss. Suizid ist Privatsache.«

»Hat dich das jemals von einer Recherche abgeschreckt?«

»Stimmt. Ich versuche, das zu klären.«

»Frage drei: Warum redest du nicht mit der Mutter? Wenn jemand etwas weiß, dann sie. Du wirst ja wohl rauskriegen, wo sie sich aufhält.«

»Der Film. Die Obduktion. Die Mutter«, nickte ich. »Ich werde mich an die Arbeit machen. Hilfst du mir?«

»Nur, wenn ich nicht gegen Gesetze verstoßen muss.«

»Das würde ich nie von dir verlangen«, log ich.

Rückzug ins Landhaus?

Lag es am Wein? Meine Nacht war unruhig und merkwürdig. Ich schlief kaum und wenn ich wegdöste, erschienen mir Engels und Moreck im Traum. Der Sonnenkönig versuchte, den Gummikönig auf verschiedene Arten umzubringen. Die Dolls schauten zu und feuerten die Kontrahenten an. Doch bevor einer von beiden gewann, stoppten die Bilder in meinem Kopf und alles ging von vorne los. Die Endlosschleife wurde erst unterbrochen, als Hans Damm in grüner Jägermontur auftrat und die Wiedereinführung der Monarchie in Bierstadt ausrief. Adrian Schmaus bot im Diego-Outfit Leberwurst- und Mettbrötchen auf silberfarbenen Tabletts an.

»Wovon träumst du denn?« Das war Kleists Stimme. Langsam kam ich zu mir.

»Ist alles in Ordnung?«

»Und wie.«

»Du hast so laut gelacht, dass ich fast aus dem Bett gefallen wäre.«

»Mein Verleger hat die Monarchie ausgerufen.«

»Kein Wunder, bei all den Königen.«

Eine Stunde später saßen wir im Bistro der Bäckerei. Anneliese Schmitz zauberte uns ein leckeres Frühstück, nur die Leberwurst ließ ich liegen.

»Weißt du, Frau Grappa, ich bin in einem Alter, in dem man eigentlich alles über Männer wissen müsste. Aber das ist ein Irrtum.«

»Was meinst du?«

»Warum sind einige Männer so blöd?«

Ich ahnte, worauf sie hinauswollte. »Du meinst den Sonnenkönig?«

Sie nickte. »Da hat einer ein tolles Leben und einen wunderbaren Beruf und dann macht er sich alles kaputt, nur weil er seinen Schwanz nicht unter Kontrolle hat. Auch wenn der Kerl nicht vor Gericht kommt, kann er sich doch nirgends mehr sehen lassen. Und jetzt ist er auch noch eine Lachnummer.« Sie deutete auf das Foto im *Tageblatt*. Engels mit Olympia auf dem Schoß. »Der kommt in diesem Leben nicht mehr auf die Füße.«

Kundschaft in der Backstube. Frau Schmitz ging nach vorne.

Mein Handy klingelte. Adrian Schmaus. »Engels ist in der

Oper, um zu proben. Er ist mit einem Gerichtsvollzieher aufgetaucht, um die einstweilige Anordnung durchzusetzen.«

»Die Stadt hat der Anordnung doch widersprochen und ihn erneut suspendiert.«

»Er hat sogar Hausverbot, doch das kümmert ihn nicht. Er ist einfach rein, zusammen mit ein paar Ensemblemitgliedern. Ich bin auch mit, weil ich neugierig war. Der Pförtner hat protestiert, doch Engels hat ihn niedergebrüllt. Später kam ein Mitarbeiter des Ordnungsamtes, der uns weggeschickt hat, weil es im Konzertgraben einen Wasserschaden gegeben habe. Engels hat getobt, aber die Überschwemmung gibt es wirklich. Francesca Romero hat den Typen von der Stadt als ›Nazischergen‹ beschimpft. Ich hab das gefilmt, das Video läuft schon auf Facebook.«

Ich lieh mir Kleists Handy und sah mir das Video an.

Francesca, die neue Flamme des Sonnenkönigs, hatte sich vor einem kleinen Mann aufgebaut und beschimpfte ihn. Leider auf Spanisch, aber es kam immer wieder das Wort ›Nazi‹ in ihrem Wortschwall vor. Der Beleidigte blieb völlig unbeeindruckt, wich keinen Schritt zurück und richtete seinerseits ein Handy auf die tobende Frau, filmte sie einige Augenblicke lang, stoppte die Aufnahme und wählte eine Nummer. Das Video brach ab.

»Sie hat gesehen, dass ich sie gefilmt habe, und mir das Handy aus der Hand geschlagen«, erzählte Schmaus weiter. »Ich hatte Mühe, sie mir vom Hals zu halten.«

»Langsam verstehe ich, was Männer an sanften Silikonpuppen finden«, seufzte Kleist.

Ich überhörte den Spruch und fragte Adrian: »Dürfen wir das Video auf die Homepage der Zeitung stellen? Gegen Honorar, versteht sich.«

»Bedienen Sie sich einfach.«

»Das nächste Kapitel des Sonnenkönig-Dramas steht«, murmelte ich zufrieden.

»Dein Kaffee wird kalt«, sagte Kleist.

»Du kriegst eine neue Tasse, Frau Grappa«, kündigte Frau Schmitz an, die mir während der Filmvorführung über die Schulter geschaut hatte.

Wasserschaden

In der Redaktion kürzte ich das Video, pixelte das Gesicht von Francesca Romero, die das Recht am eigenen Bild für sich reklamieren konnte, weil sie keine Person des öffentlichen Lebens war.

Sonnenkönig missachtet Hausverbot:
Sängerin beschimpft Stadtvertreter als Nazi
Adalbert Engels hatte sein Ensemble zu einer Probe in die Oper befohlen, doch daraus wurde nichts. Die Stadt setzte das Hausverbot gegen den selbst ernannten Sonnenkönig durch. Hilfreich war dabei ein Wasserschaden im Orchestergraben. Trotzdem kam es zu Tumulten. Francesca R., die neue Gespielin von Maestro Adalbert Engels, die im Musical *Die Schöne und das Biest* im Chor singt, reagierte ungehalten über die Entscheidung der Stadtverwaltung. Sie beschimpfte den Stadtvertreter als Nazi. Die Oper bleibt bis auf Weiteres geschlossen. Wir berichten weiter.

Noch vor der Konferenz stellte ich Bericht und Video ins Netz. Immerhin hatten wir den Vorfall exklusiv. Eine halbe Stunde später griff das Lokalradio die Meldung auf. Die Stadt kündigte an, Francesca Romero wegen Beleidigung anzuzeigen, und teilte außerdem mit, dass der Einspruch gegen die einstweilige Anordnung erfolgreich war: Engels blieb suspendiert, weil »das Vertrauen zwischen Arbeitgeber und Arbeitnehmer zerstört sei, was eine Zusammenarbeit unmöglich mache«. Engels war gegen die Wand gelaufen.

In der Konferenz entbrannte eine Diskussion darüber, ob es angemessen sei, das Video von Romeros Ausbruch zu veröffentlichen. Ich verteidigte meine Entscheidung mit dem Hinweis darauf, dass ich das Gesicht der Frau unkenntlich gemacht hatte.

»Ich finde das trotzdem nicht gut«, widersprach Mäggi. »Auch wenn du den Namen abgekürzt hast, kann jeder herauskriegen, wie sie heißt. Man muss nur ins Programmheft gucken.«

»Wir sind rechtlich auf der sicheren Seite«, meinte Damm. »Diese Furie hat es nicht anders verdient.«

»Also geht es um Sympathie?«, gab Mäggi zurück.

»Nein, Frau Dr. Wurbel-Simonis, es geht um die Abbildung der Wirklichkeit«, entgegnete Damm ärgerlich. »Chronistenpflicht. Die Frau ist erwachsen und weiß, was sie tut. Und jetzt zu den weiteren Themen.«

Mäggi machte ein spitzes Mündchen. Sie war sichtlich eingeschnappt.

Damm berichtete von einem Vorfall bei einem Jugendfußballspiel. Die Begegnung zweier Vereine war so eskaliert, dass die Polizei hatte einschreiten müssen. Zwei Jungen hatten sich nach einem Foul während eines D-Jugend-Spiels auf dem Fußballplatz gerangelt. Daraufhin war der Vater eines der Spieler auf den Platz gerannt und hatte den Angreifer seines Sohnes so stark gewürgt, dass der zusammengebrochen war. Der Vater trat dem Jungen noch in den Rücken. Offenbar hatte der Junge nur gerettet werden können, weil eine Mutter Erste Hilfe geleistet hatte. Die Polizei ermittelte wegen Körperverletzung.

Eine Story für Sportreporter Simon Harras. Doch der hatte keine Lust und wollte das Thema auf mich abwälzen. Ich wehrte mich. Schließlich drückte Damm das Thema Volontärin Mareike auf Auge. Sie schmollte und funkelte Simon wütend an. Der grinste nur.

»Warum muss ich so oft die Themen machen, auf die sonst niemand Bock hat?«, fragte sie mich nach der Konferenz.

»Weil du die Volontärin bist«, erinnerte ich.

»Ja, ja. Gleich kommt der Satz, dass das Leben kein Ponyhof ist«, maulte sie weiter.

»Ich musste als Volontärin einmal die Woche die Todesanzeigen aus den Konkurrenzblättern abschreiben, inklusive der Beerdigungstermine, und daraus einen Artikel fabrizieren. Die Überschrift weiß ich noch heute: *Zum letzten Geleit.*«

»Ist ja gut, Grappa, ich mach's ja schon.« Sie nahm den Weg zu ihrem Computer, leise vor sich hin schimpfend.

Auf nach Rügen

Renate Kleinert – so hieß die Mutter von Liane Licht. Ohne sie würde ich die Story aufgrund von Faktenarmut nicht mehr lange warm halten können. Ich nahm zunächst den offiziellen Weg und rief die Pressestelle der Staatsanwaltschaft in Stralsund an. Dort war der Selbstmord von Liane Licht zwar kein Thema mehr, doch die Pressefrau konnte sich gut an den Fall erinnern. »Tragische Sache. Eine so junge Frau.«

»Erhängen ist ein so schlimmer Tod. Hatte Frau Licht Tabletten oder Drogen genommen?«, fragte ich.

»Sie wissen, dass ich es Ihnen nicht sagen darf.«

»Wieso sind Sie so sicher, dass kein Fremdverschulden vorliegt?«

»Auch das darf ich Ihnen nicht sagen.«

»Ihre Mutter Renate Kleinert hat mir erzählt, dass ihre Tochter schwanger war«, log ich. »Vielleicht wollte der Vater das Kind nicht und hat so ihren Suizid mitverschuldet.«

»Frau Kleinert war leider nicht sehr hilfreich bei den Ermittlungen. Die Schwangerschaft hat erst der Gerichtsmediziner festgestellt«, erzählte die Staatsanwältin. »Mich wundert, dass sie Ihnen gegenüber so offen war.«

»Tja, das war einmal«, sagte ich. »Ich kann Frau Kleinert leider nicht mehr erreichen.«

»Tut mir leid, ich kann Ihnen nicht helfen«, bedauerte die Frau.

Hatte sie aber. Liane Licht war von Adalbert Engels schwanger gewesen!

Das ist ein guter Grund, sich das Leben zu nehmen, dachte ich grimmig. Aber man kann ein Kind abtreiben oder es zur Adoption freigeben.

Ich rief Adrian Schmaus an und ließ mir von ihm die Adresse von Renate Kleinert auf Rügen geben.

»Was macht Frau Kleinert eigentlich beruflich?«, wollte ich noch wissen.

»Sie singt in einer Jazzband«, lautete die Antwort.

»Liane Licht war schwanger.«

»Woher hast du das?«, fragte Kleist.

»Die Staatsanwältin in Stralsund hat mir das erzählt.«

Er schaute, als traue er mir nicht über den Weg.

»Na gut«, gab ich zu. »Ich hab sie übertölpelt und behauptet, ich wüsste es von der Mutter. War ein Schuss ins Blaue.«

»Deine Tricks sind wirklich übel«, meinte er.

»Der Erfolg heiligt die Mittel«, gab ich zurück.

»Okay, wir fahren nach Rügen und suchen Frau Kleinert. Wir haben das ganze Wochenende. Sollen wir gleich starten oder erst im Morgengrauen?«, fragte er.

»Im Morgengrauen.« Ich liebte Kleist dafür, dass er immer wusste, was ich wollte.

»Wir fahren mit meinem Auto. Deins macht doch spätestens nach hundert Kilometern schlapp.«

Gute Idee. Kleists gehobener Mittelklasseschlitten aus dem Land des Lächelns war komfortabel. Leider kein Cabrio wie mein Golf, aber wir wollten ja nicht in die Sommerfrische, sondern hatten eine beinharte Recherche vor uns. Ich lud den Akku meines Fotoapparates auf, bestückte den Kulturbeutel mit dem Nötigsten, packte noch ein paar Klamotten in die Reisetasche – und fertig.

Dann rief ich Verleger Damm an: »Tut mir leid, Sie so spät zu stören. Ich muss nach Rügen, gleich morgen ganz früh.«

»Was wollen Sie denn in der Zone?«

Zone? Ich musste grinsen. »Recherche. Ich fahre nach Binz. Die Sonnenkönig-Geschichte.«

»Die spielt doch hier in Bierstadt. Sie versuchen aber nicht, mir die Spesen für einen Wellnesstrip aus der Nase zu ziehen?«

»Danke für Ihr Vertrauen in meine Seriosität.«

»Möchten Sie kurz erläutern, welche Spur nach Rügen führt?«

»Nein. Aber wenn Sie anders nicht zustimmen, schreibe ich Ihnen eine kleine Glosse für die Rubrik *In unseren Landen.* Über die Touristenhochburg Ostseebad Binz.«

»Abgemacht. Sonst noch was?«

»Nö.«

»Dann gute Reise.« Er legte auf.

Blühende Landschaften

Hinter Hamburg ging die Sonne auf. Wir hatten die Hälfte der Strecke geschafft. Die Sicht auf den Containerhafen war beeindruckend und mit dem sehr viel kleineren Modell in Bierstadt nicht zu vergleichen. Ein riesiges weißes Kreuzfahrtschiff lag breit wie ein Wal im Wasser. Anders als ein Wal war der überdimensionierte Urlaubsdampfer aber einfach eine Dreckschleuder, die mit ihren Stickoxidemissionen die Luft verpestete.

Weiter im Osten wurde die Landschaft flach, große Rotkieferwälder und landwirtschaftliche Flächen wechselten sich ab. Es gab hier mehr Insekten als im Westen, fiel mir auf. Leider beendeten viele ihr Leben an der Windschutzscheibe von Kleists Auto. Immerhin ein Zeichen für reinere Luft und weniger Gift als anderswo.

Stralsund. Von hier aus führte die fast drei Kilometer lange Rügenbrücke auf die Insel und endlich war das Meer zu sehen. Das Wasser der Ostsee war an diesem Morgen leider nicht blau, sondern grau. Wolken hatten sich vor die Sonne geschoben, Möwen jagten sich, kreischten und umkreisten die Angler am Ufer.

»Noch rund vierzig Kilometer bis nach Binz«, sagte ich. »Ob es hier irgendwo eine Kaffeebude gibt und frische Brötchen?«

Gab es an der Tankstelle. Ich dachte an die Brötchen, die ich zu DDR-Zeiten in einem Hotel gegessen hatte: harte, ungenießbare Dinger namens ›Schrippe‹. Die hier waren zart und knusprig. Die Wiedervereinigung hatte sich doch gelohnt.

Nach einem belegten Brötchen und einem Milchkaffee erstand ich noch einen kleinen Reiseführer mit Landkarte. Trotz Navi wollte ich unseren Weg im Zusammenhang sehen. Die Dörfer auf der Insel hatten putzige Namen. Dumsevitz, Klucksevitz, Zicker oder Patzig.

»Stell dir mal vor, dich fragt jemand, wo du wohnst, und du sagst: ›In Dumsevitz! Aber ich ziehe bald nach Patzig zusammen mit meinem Freund, der noch in Groß-Kubbelkow wohnt.‹« Ich prustete los.

»Patzig ist bestimmt ein lauschiges Dörfchen«, grinste Kleist. »Drei Kühe, eine Kneipe, ein Aldi und ein Zaun, über den niemand hängen will.«

»Das ist Ossi-Bashing!«, empörte ich mich. »Dabei gibt es hier garantiert nur vom Sozialismus befreite Menschen, die sich prima an den Spätkapitalismus angepasst haben.«

Das sollte sich bald erweisen.

Vor uns eine riesige Halle mit der unübersehbaren Bezeichnung: *Dinosaurier-Park*, rechts und links der Straße Reklameschilder für *Burger King, American Express* und *Galileo Wissenswelt*, aber auch Hinweise auf Hotels und Pensionen und auf eine Touristenattraktion namens *Bergwipfelpfad*.

Ich schlug im Reiseführer nach und las vor:

Sich mit mächtigen Baumkronen urwüchsiger Buchen auf Augenhöhe bewegen – das ist auf dem Baumwipfelpfad des Naturerbe-Zentrums Rügen möglich. In einer Höhe von vier bis siebzehn Metern über dem Erdboden können Besucher besondere Einblicke in die Tier- und Pflanzenwelt des umgebenden Buchenmischwaldes und von den Erlenbrüchen gewinnen.

»Die haben den halben Wald abgeholzt, um diesen Turm zu bauen«, erkannte mein schlauer Freund. »Die Buchen sind bestimmt gern gestorben, um Wessi-Touristen Einblicke in die faszinierende Pflanzenwelt eines Buchenmischwaldes zu ermöglichen. Blühende Landschaften halt.«

Das Ortsschild von Binz. Das Navi zeigte noch zwölf Kilometer bis zur Wohnung von Renate Kleinert am Stadtrand an. Es war kurz vor Mittag.

»Da vorn müssen wir rechts abbiegen«, war ich dem Navi um Sekunden voraus. Vor unseren Augen standen mehrere Hochhäuser, wohl Plattenbauten aus DDR-Zeiten. Fünf Etagen und mehr. Der Weg dorthin war aus riesigen Betonklötzen zusammengetöpfert und immer, wenn wir eine Naht überrollten, machte das Auto einen Sprung von rund zwanzig Zentimetern. Ein Weg, um Schwangerschaftsabbrüche zu fördern.

Wir erreichten das Haus. Und blickten auf gefühlt tausend Klingelschilder.

»Wenn die Kleinert ganz oben wohnt, fahren wir wieder nach Hause«, seufzte ich. »Aber vielleicht gibt es ja einen Aufzug.«

Gab es nicht und Lianes Mutter wohnte tatsächlich im fünften Stock. Ich hatte nicht auf den Namen *Kleinert* gedrückt, sondern auf irgendeine Klingel im oberen Bereich. So konnte sie sich nicht davonmachen, während wir uns nach oben bewegten.

Bis zur zweiten Etage ließ mich Kleist hinter sich, doch dann bekam auch er Atemnot. Aber wir hatten es ja nicht eilig, pausierten an den Fenstern und bewunderten die Aussicht auf die Ostsee. Ab und zu kamen uns Hausbewohner entgegen, Renate Kleinert war nicht unter ihnen. Die Frauen waren entweder zu alt oder zu jung.

Dann waren wir endlich oben.

Ein Kater namens King

Hundert Stufen, Schnappatmung und dann das. Nichts rührte sich hinter der Tür. Renate Kleinert meldete sich nicht.

»Mist!«, entfuhr es mir.

Kleist klingelte nebenan bei *Karin Kiefer.* Die Nachbarin musste hinter der Tür gelauscht haben, denn die öffnete sich sehr schnell.

Auf die Frage, wo Frau Kleinert sei, antwortete sie: »Die ist für ein paar Tage weg.«

»Wohin?«

»In den Westen.«

»Wohin in den Westen?«, fragte ich.

»Wer sind Sie denn?«, wurde die Frau misstrauisch.

»Ich will Frau Kleinert engagieren«, improvisierte ich. »Ich leite eine Jazzakademie und sie soll da Unterricht geben.«

»Och, da wird sie sich bestimmt freuen«, sagte die Nachbarin. »Sie hat eine schwere Zeit. Ihre Tochter hat sich umgebracht.«

»Ja, die Liane. Davon habe ich gehört. Leider konnte ich Frau Kleinert nicht erreichen. Deshalb bin ich extra nach Binz gefahren – und jetzt ist sie weg. Haben Sie ihre Handynummer?«

»Nein.«

Eine schwarz-weiße Katze steckte den Kopf aus der Tür und maunzte.

»Das ist Renates Kater«, informierte Frau Kiefer. »Ich passe auf ihn auf, wenn sie nicht da ist.«

»Wie heißt er denn?« Ich bückte mich und kraulte dem Tier den Kopf. Das schafft Vertrauen bei Tierliebhabern.

»Das ist der King.«

Schon wieder ein König.

»Wollen Sie einen Kaffee?«, fragte die Nachbarin. »Sie sind bestimmt stundenlang gefahren.«

»Gerne«, sagte Kleist.

Wir folgten der Frau in die Küche. »Alles alte Platte«, erklärte sie. »Aber vor zwanzig Jahren voll saniert. War günstig zu kaufen.«

»Den Aufzug hat man wohl vergessen«, meinte ich.

»Ging baulich nicht. Aber Treppensteigen hält fit.«

Sie befüllte die Kaffeemaschine mit Wasser. Die Küche war winzig und die Möbel stammten noch aus DDR- oder noch früheren Zeiten, nur der amerikanische Kühlschrank sah nagelneu aus.

Kater King schleckte die letzten Brocken aus dem Napf.

»Kennen Sie Frau Kleinert schon lange?«, fragte Kleist.

»Ja, über zwanzig Jahre. Als die Wohnungen zum Kauf angeboten wurden, gehörten wir zu den Ersten, die sich dafür entschieden haben.«

»Dann haben Sie die kleine Liane ja aufwachsen sehen«, stellte Kleist fest. »Hat Lianes Vater auch hier gewohnt?«

»Nee, den kenne ich nicht. Renate erwähnte mal, dass er tot ist.« Sie schüttete Pulver in den Filter und stellte dann die Maschine an, die gleich ein gefährlich klingendes Zischen von sich gab.

»Ein Sanddornlikörchen zum Kaffee?«, fragte sie. »Das ist eine Spezialität von Rügen.«

Da Kleist keinen Alkohol trank, opferte ich mich. »Schmeckt gesund. Haben Sie mit Liane gesprochen, als sie jetzt ihre Mutter besuchte?«

Karin Kiefer schüttelte den Kopf. »Sie war nie besonders zutraulich. Ist auch früh weg und hat geheiratet. Doch das ging schon nach ein paar Monaten schief. Liane ist dann in den Westen, um Gesang zu studieren. Renate singt ja auch und die Kleine hat das Talent geerbt. Und dann kriegte sie die Hauptrolle in dem Musical und wir dachten, dass sie es geschafft hat.«

»Haben Sie mitbekommen, was in Bierstadt geschehen ist?«, fragte Kleist.

»Ja, da stand was in der Zeitung. Ihr Chef soll sie vergewaltigt haben.«

»Haben Sie die Geschichte geglaubt?«, fragte ich.

»Ja. Liane war vollkommen fertig, das konnte man ihr ansehen.«

»Wussten Sie, dass sie schwanger war?«

»Nein!«, rief Frau Kiefer. »Etwa von diesem Kerl?«

»Vielleicht.«

»Das arme Ding.« Die Nachbarin war erschüttert und goss sich noch ein Gläschen Sanddornlikör ein. Ein paar Tropfen landeten auf dem Küchenboden. Kater King schlabberte sie weg.

»Hatte Frau Kleinert in den letzten Jahren einen Partner?«

»Doch, da gab es mal wen. Aber das war, glaub ich, nur ein Freund. Und irgendwann kam er nicht mehr. Ich hätte es ihr so gegönnt, dass sie wieder jemanden findet.«

»Könnte Frau Kleinert nach Bierstadt gefahren sein? Dorthin, wo ihre Tochter zuletzt gelebt hat?«, versuchte ich es noch mal.

»Kann sein, ich weiß es aber nicht.«

Mehr war aus der Nachbarin nicht herauszubekommen. Wir tranken den Kaffee, tauschten Telefonnummern aus und verabschiedeten uns.

»Und jetzt?«, fragte ich, als wir die hundert Stufen wieder hinabgeklettert waren.

»Wir suchen uns ein Hotel und gehen am Meer spazieren. Ein gutes Abendessen ist heute auch noch drin. Morgen früh geht es zurück nach Hause – Frau Kleinert suchen«, antwortete Kleist.

Die Villen in Binz waren mit weißen Holzverkleidungen und Balkonen vor den Fassaden gepimpt. Das sah frisch und fröhlich aus. Wir landeten in der *Villa Seehexe* und checkten ein. Das Zimmer war modern eingerichtet, wirkte aber etwas überkandidelt. Hinter der Tür befand sich ein kleiner Flur mit einer Glasschiebetür links, dahinter das moderne Bad. Der Fußboden bestand aus einer Glasplatte, unter welcher man einen Ostseesandstrand inszeniert hatte, mit Muscheln und einem Seestern. Ich wusste, wie ein vergammelnder Seestern stinkt, und hoffte, dass das Teil aus Plastik war.

In der Hotelbroschüre stand etwas von WLAN, also packte ich meinen Laptop aus. Aber es gab keinen Tisch, an dem ich hätte schreiben können.

Mein Anruf bei der Rezeption war unerfreulich. Einen Tisch hätte es nur in einem erheblich teureren Zimmer gegeben, das aber sowieso nicht frei war.

»Sie vermieten Zimmer mit WLAN, aber ohne Tisch zum Schreiben?« Ich bot an, in der Stadt einen Campingtisch zu besorgen, aber das »Verbringen« von irgendwelchen Möbeln in das Hotel sei strikt verboten, so die Frau von der Rezeption.

Wir nahmen den Holzsteg, der zum Meer führte. Die Saison hatte gerade erst begonnen und der Strand war noch übersichtlich leer. Die Strandkörbe mit den blau-weißen Kissen kannte ich aus Prospekten. Die nicht vermieteten waren mit Holzgittern gesichert – so konnte sich kein Unbefugter unberechtigterweise ausruhen. Deutschland eben.

Das Laufen war beschwerlich, weil sich meine Schuhe immer wieder mit feinem Sand füllten und ich sie ausleeren musste. Nach einer halben Stunde hatte ich die Nase voll.

»Ich hab Hunger!«, schrie ich gegen den Wind.

»Ich auch!«, schrie Kleist zurück.

Das Restaurant hatte drei Sterne. Selbstbewusst bot es nur ein Menü an, allerdings mit drei, vier oder fünf Gängen. Wir nahmen die kleinste Variante. Drei Mal kam ein winziger ›Gruß aus der Küche‹. Der erste Gang hieß *54* und bestand aus einer dünnen Schicht grüner Blätter mit einer gekringelten Saucenspur. Der Kellner erklärte uns, das Grünzeug seien die Blätter von vierundfünfzig verschiedenen Kräutern aus der Gegend. Es schmeckte nach Gras. Gras im Sinne von Rasen. Den zweiten Gang bildete ein entbeinter Hühnerschenkel, paniert und so groß wie ein Daumen, und ein Stück Auflauf in gleicher Größe, das *Terrine* genannt wurde. Der dritte Gang war das Dessert. Lecker, aber ohne Substanz. Der Wein war teuer und schmeckte nach Discounter.

Das Ganze war nichts für Menschen, die stundenlang im Auto gesessen und anschließend einen Gewaltmarsch im Sand absolviert hatten. Außerdem waren wir die einzigen Gäste und blieben es auch, was uns gleich hätte misstrauisch machen sollen.

Im Hotelzimmer bemerkte ich drei Anrufe und eine Sprachnachricht von Wayne auf meinem Handy. Ich spielte sie ab: *Grappa, Engels ist ermordet worden. Ruf mich bitte an.*

Nur wenige Fakten waren bekannt. Adalbert Engels war im *Bordoll* von Olli Moreck tot aufgefunden worden. Die Umstände – so die Staatsanwaltschaft – ließen auf einen brutal ausgeführten Mord schließen.

Das war deutlich. Aber was hatte Engels im *Bordoll* gewollt? Hatte er geplant, seine Drohung wahr zu machen und Moreck wegen der Attacke mit der Puppe Olympia auf der Pressekonferenz umzubringen? War er dabei an den Falschen geraten?

Morgen war Sonntag und ich war auf Rügen.

»Bärchen hat Bereitschaftsdienst«, sagte Wayne. »Die Pressekonferenz ist für Sonntagnachmittag angekündigt.« Er versprach, mich auf dem Laufenden zu halten.

Wir gingen ins Bett.

Vielleicht ist ja Renate Kleinert nach Bierstadt gefahren und hat Engels gekillt«, sagte ich, als das Licht schon ausgeschaltet war.

»Das ist reine Spekulation. Und jetzt lass uns schlafen.«

Mordkommission ›Sonnenkönig‹

Auch vom Balkon aus war es am Meer schön. Sanfter Wellengang, die aufgehende Sonne wärmte die Haut. Kaum Spaziergänger am Strand, lediglich zwei Hundebesitzer, die ihre Fiffis weggeworfene Stöckchen aus dem Wasser apportieren ließen.

Das Frühstücksbuffet war reichlich, aber die Bedienung zickte, als Kleist zwei Spiegeleier von beiden Seiten gebraten haben wollte.

»Das geht nicht.« Kleists Angebot, ihr behilflich zu sein, wurde entrüstet abgelehnt mit dem Hinweis auf irgendwelche Vorschriften. Da war Anneliese Schmitz wesentlich geschmeidiger.

Als wir an der Rezeption bezahlten, verabschiedete uns die Schnepfe mit »Auf Wiedersehen«.

Kleist schloss das Kapitel *Seehexe* trocken ab: »Das glaube ich kaum.«

Im Auto klickte ich auf die Nachrichten-App meines Handys. Der Mord an Engels wurde überall mit den Beschuldigungen wegen Vergewaltigung und sexuellen Missbrauchs in Verbindung gebracht. *Späte Rache für Übergriffe? Mörder lauerte im Puppen-Puff.*

Die *Bild*-Zeitung schrieb von einem *Blutigen Ritualmord* und veröffentlichte sogar Fotos von der Polizeiaktion im *Bordoll:* Kriminaltechniker im Eingangsbereich, Polizeiwagen, Absperrband und Sichtschutzplanen. Angeblich gebe es zahlreiche Hinweise aus der Bevölkerung, so die *Bild.*

Die Mordkommission erhielt den Namen ›Sonnenkönig‹. Das hätte Engels gefallen und sein Ego gestreichelt.

Zum Glück waren die Straßen frei, wir kamen gut voran. Mein Handy war auf Empfang – ich wartete auf Waynes mündlichen Bericht von der Pressekonferenz.

Kurz vor Münster meldete er sich. »Engels ist regelrecht abgeschlachtet worden. Mit einem Küchenbeil. Der Täter hat ihm den Penis abgetrennt und ihm in den Mund gesteckt. Daher wird auch in Richtung Mafia ermittelt. Die töten ihre Verräter auf ähnliche Weise.«

»Mafia? Quatsch!«, sagte ich. »Diesen Tod hat er sich bestimmt selbst zuzuschreiben, durch sein herabwürdigendes Verhalten gegenüber Frauen. Sein Tatwerkzeug wurde abgehackt und unschädlich gemacht.«

»Sehe ich auch so.«

»Was sagt Moreck zu allem?«

»Der hat ein Alibi. Er war zur Tatzeit in Hamburg und weiß angeblich von nichts.«

»Gibt es Verdächtige?«

»Keine Ahnung, die Bullen halten sich bedeckt. Aus ermittlungstaktischen Gründen – das kennst du ja.«

»Kriegt Bärchen den Artikel hin?«

»Klar, Grappa. Er ist ein Profi. Morgen machen wir eine ausführliche Redaktionskonferenz. Damm hat alle eine Stunde früher ins Verlagshaus bestellt.«

Schaden von dreitausend Euro

Wayne holte mich ab und wir fuhren noch vor der Konferenz zum *Bordoll,* um uns mit Olli Moreck zu treffen. Er hatte sofort zugestimmt, mit uns zu sprechen.

Die Polizei hatte den Raum, in dem der Mord stattgefunden hatte, abgesperrt, doch den Rest des Etablissements wieder freigegeben, nachdem die Spurensicherer ihre Arbeit getan hatten.

An diesem Morgen war noch kein Kunde aufgetaucht, um sich mit einer Doll zu vergnügen. Moreck schien angeschlagen, was vermutlich am Kummer über den Verdienstausfall lag. Er führte uns in ein Büro in der ersten Etage. An der Tür hing ein Schild: *Geschäftsführung U. Zorn.*

»Hallo, Utze, ich hab die Presse hier«, sagte Moreck. »Kommst du dazu?«

Zorn telefonierte, legte aber sofort auf, als er uns sah. Er deutete auf eine Sitzecke und wir ließen uns nieder. Die Einrichtung hatte nichts Plüschiges, zeitgemäße Büromöbel ohne Schnickschnack, an den Wänden moderne Kunst und keine Pornofotos.

»Wieso war Engels hier?«, kam ich zur Sache.

Moreck stöhnte auf. »Das weiß ich nicht.«

»Es ist uns sehr unangenehm, dass Herr Engels hier gestorben ist«, versicherte Zorn. »Das schreckt die Gäste ab.«

»Niemand zahlt mir den Verdienstausfall«, jammerte Moreck.

»Wer hat ihn gefunden?«

»Das war ich«, sagte Udo Zorn. »Die Hausdame wunderte sich, dass ein Gast die Zeit weit überschritten hatte. Auf Klopfen hat niemand reagiert, also hat sie mich geholt. Dann habe ich den Raum mit dem Generalschlüssel geöffnet und ihn gefunden. Natürlich habe ich nichts angerührt und sofort die Polizei alarmiert.«

Ich überlegte. »Gibt es keine Kameras auf den Fluren oder in den Zimmern?«

»Natürlich nicht!«, sagte Moreck empört. »Datenschutz. Persönlichkeitsrechte. Außerdem verderben Kameras das Geschäft. Niemand will sich filmen lassen, wenn er mit einer Doll rummacht.«

»Und wie behalten Sie den Überblick, welche Zimmer belegt sind?«

»Es gibt ein Buch«, antwortete Zorn. »Darin trägt die Hausdame die Namen der Gäste ein, aber die Richtigkeit der Namen überprüfen wir natürlich nicht.«

»Schade, dass wir den Tatort nicht sehen können«, sagte ich. »Ein paar Fotos hätten wir bestimmt machen können, ohne unsere Leser zu schocken.«

»Ja, schade«, pflichtete mir Wayne bei. »Wir sind da sehr diskret.«

Zorn zog sein Handy aus der Tasche und tippte. »Hier, ich habe Fotos. Aber: Wollen Sie sich das wirklich antun?«

Ohne meine Antwort abzuwarten, reichte er mir sein Smartphone.

Wayne rückte an mich heran und schaute mit.

Engels sitzt nackt auf einem pinkfarbenen Sofa, nach hinten gelehnt, sodass der Kopf nicht zu sehen ist. Ausgebreitete Arme. Im Bereich des freiliegenden Unterleibs ist der

Stoff des Sofas nicht mehr pink, sondern blutgetränkt. Die Beine sind gespreizt. Der Penis fehlt. Zwei nackte Dolls kuscheln sich an Engels Körper. Rote Spritzer und Flecken auf den beigefarbenen Silikonleibern.

Das nächste Bild war noch schlimmer. Zorn hatte den Kopf des Toten fotografiert.

Aufgerissene Augen. Geschwollene Tränensäcke. Klebeband auf der Wange, auf den Ohren halb verrutschte Kopfhörer. Aus dem Mund hing der blutige, schlaffe Penis.

Ich wandte mich ab und unterdrückte ein Würgen.

»Grauenhaft«, krächzte ich. »So was hat niemand verdient. Der Mörder muss voller Hass gewesen sein.«

»Die Puppen sind auch nicht mehr brauchbar«, klagte Moreck. »Sie heißen Pam und Jessica und waren sehr beliebt bei unseren Gästen. Der Schaden liegt ungefähr bei dreitausend Euro.«

»Lassen Sie das Blut doch dran«, schlug ich vor. »Vielleicht gibt's ein paar Freaks, die das geil finden. Wann ist Engels denn hier aufgetaucht?«

»Am Samstagnachmittag. Er hat sich die Dolls geschnappt und ist ins Zimmer.«

»Gleich zwei Puppen?«

»Das ist nicht ungewöhnlich«, erklärte Zorn. »Die Dolls verhalten sich unterschiedlich. Jessica ist etwas sportlicher gebaut, Pam ist mollig und mag es gemütlicher. Er wollte vielleicht testen, welche besser zu ihm passte.«

Ich fragte nicht nach, was in diesem Fall die Adjektive ›sportlich‹ und ›gemütlich‹ bedeuteten.

»Also ist der Mörder nach Engels gekommen«, sagte Wayne.

»Oder er war schon da, weil er wusste, dass Engels kommen würde«, sagte ich.

»Wohl kaum«, widersprach Moreck. »Die Hausdame hat erzählt, dass Adi sich erst verschiedene freie Zimmer angeschaut hat und dann die Romantiksuite gewählt hat. Die ist etwas rustikaler eingerichtet – so im Stil einer bayrischen Almhütte. Das konnte der Täter doch nicht wissen.«

»Wie viele Gäste waren denn zur Mordzeit noch im Haus?«

»Nur drei. Die Polizei wird sie überprüft haben«, erklärte Zorn. »Allerdings hatten wir am Samstag genau zu der Zeit den Handwerkernotdienst hier, weil die Abflüsse in ein paar Duschen defekt waren. Die sind zu dritt gekommen. Damit hat sich die Zahl der Verdächtigen weiter erhöht.«

Pott vom Herd

Wir schafften es gerade rechtzeitig zur Konferenz. Ich berichtete von unserem Gespräch im *Bordoll.*

»Wir durften die Fotos vom Tatort kopieren«, sagte Wayne. »Aber veröffentlichen können wir sie nicht. Die sind zu hart.«

»Auch nicht, wenn wir das Schlimmste wegpixeln?«, fragte Damm.

»Ich probiere es aus. Sonst nehmen wir die Fotos aus dem Büro des Geschäftsführers, das Polizeisiegel vor der Tür des Mordzimmers und einen aktuellen Außenschuss.«

»Hundert Zeilen«, nickte Damm. »Plus Fotos.«

»Soll ich Statements von Ensemblemitgliedern zum Tod ihres Obergurus einholen?«, bot Mareike an.

»Gute Idee«, lobte der Verleger. »Und Sie, Frau Dr. Wurbel-Simonis, recherchieren bitte, ob und wie es mit den Sommerfestspielen weitergeht.«

»Das habe ich schon«, entgegnete Mäggi. »Der Kulturverein nimmt den *Summer-Pott* vom Herd. Bildlich gesprochen.«

»Dann vierzig Zeilen dazu. Die ganze erste Seite gehört dem Fall Engels.«

Simon Harras räusperte sich. »Engels soll schon mal bei einem BVB-Heimspiel gewesen sein. Soll ich nachfragen, ob das nächste Spiel wegen des Mordes abgesagt wird?«

»Sehr witzig, Herr Kollege«, muffelte Damm. »Sie scheinen Langeweile zu haben. Das kann ich gern ändern: Kümmern Sie sich doch bitte um die Posts unserer Facebook-Gemeinde. Es sind wieder einige dabei, die aus rechtlichen Gründen nicht freigeschaltet werden dürfen.«

»Ich bin kein Jurist.«

»Sie haben aber vor drei Monaten auf Verlagskosten das Seminar *Rechtlicher Umgang mit den sozialen Medien* belegt«, konterte Damm. »Davon ist bestimmt einiges hängen geblieben.«

»Da hat dich Damm aber nach allen Regeln der Kunst ausgeknockt«, ärgerte ich Simon einige Minuten später. »Was ist eigentlich mit dir los? Du wirst immer zynischer.«

Simon sah mich an. »Willst du das wirklich wissen?«

»Klar, sonst hätte ich nicht gefragt.«

Er sah sich um. Die drei Sekretärinnen hatten die Ohren gespitzt. Simon war in den letzten Monaten zu ihrem Hauptfeind aufgestiegen, er hatte sich auch alle Mühe gegeben, diesen Titel zu erlangen.

»Lass uns einen Kaffee trinken«, schlug ich vor. »In der Kantine gibt es einen nagelneuen Automaten. Ich gebe einen aus.«

Wir verließen das Großraumbüro, holten uns zwei Becher mit der braunen Brühe und setzten uns.

»Wir kennen uns jetzt schon sehr, sehr lange«, begann ich. »Du warst zwar immer ein bekennender Macho, aber du hattest auch Humor und die Fähigkeit zur Selbstironie. Du hast dich verändert. Du bist hämisch, verletzend und beleidigend. Was ist passiert?«

»Ich hasse mich, ich hasse meinen Beruf, ich hasse mein Leben.«

»Warum?«

»Weil ich ein Arsch bin.«

»Dann sei kein Arsch.«

»Gut, Grappa, geht klar.« Er erhob sich.

Ich drückte ihn auf den Stuhl zurück. »Was gefällt dir an deinem Beruf und an deinem Leben nicht?«

»Ich bin allein. Ich hatte schon jahrelang keine Freundin mehr«, antwortete er. »Aber es ist nicht nur der Sex, der mir fehlt, sondern ...«, er suchte nach dem richtigen Wort »... die Wärme. Die Ansprache. Ich sitze an den Abenden, an denen kein Heimspiel oder kein beruflicher Termin stattfindet, allein in meiner Bude. Guck in die Glotze, besauf mich und schmeiß Tabletten rein, um rechtzeitig zur Konferenz wieder ansprechbar zu sein. Das ist doch kein Leben!«

»Stimmt. Willst du das ändern oder so lassen?«

»Grappa«, stöhnte er. »Was stellst du für Scheißfragen?«

»Och, sorry«, entgegnete ich. »Hast du damit gerechnet, dass ich dich bedauere?«

»Nein, nicht wirklich. Du bist ein harter Brocken.«

Wir schwiegen eine Weile.

»Du brauchst kein Bedauern«, sagte ich. »Du hast eine fette Depression und dagegen kannst du was machen – mit professioneller Hilfe.«

»Ich soll in die Klapse?«, fragte er entsetzt. »Vergiss es!«

»Keine Klapse. Nur eine Gesprächstherapie. Du brauchst jemanden, mit dem du über alles reden und über alles nachdenken kannst. Das wird dir helfen.«

»Und mit wem soll ich reden? Etwa mit dir?«

»Bloß nicht!«, wehrte ich mit erhobenen Händen ab.

»Danke.«

Dreier-Combo

Neugierige Blicke im Großraum. Stella, Sarah und Susi stellten ihre Arbeiten ein – wie drei Löwinnen auf der gemeinsamen Jagd nach einem Zebra.

»Ja, was hatte er denn?«, fragte Susi, obwohl Simon neben mir stand.

»Was hatte er denn?«, äffte er sie nach.

Ich warf ihm einen warnenden Blick zu.

»Hat Grappa dich rundgemacht?«, machte Sarah mit.

Stellas Kommentar fehlte noch, doch er kam prompt: »Können wir dir irgendwie helfen?«

Simon ging auf sie zu und deutete auf ihren rechten Unterarm, der in einem Elastikverband steckte.

»Oh, du bist verletzt?«, fragte er. »Hast du dir beim Onanieren einen Tennisarm geholt? Am vielen Arbeiten kann es ja nicht liegen.«

Totenstille im Raum. Stellas Gesichtsfarbe änderte sich, sie hyperventilierte und starrte Simon an. Der hielt die Arme verschränkt und grinste.

Mäggi Wurbel-Simonis rutschte noch tiefer in ihren Stuhl, zog den Kopf ein, als erwarte sie eine Schlägerei. Bärchen betrachtete die Szene amüsiert. Der Hauskurier, der die Post im Verlag verteilte, stand plötzlich im Türrahmen, stutzte, verharrte. Die ungewohnte Ruhe verwirrte ihn. Er kehrte um, ohne die Post einsortiert zu haben.

Stella fing sich wieder. »Das wird dir noch leidtun!«, schrie sie Simon an. »Das ist eine sexuelle Beleidigung. Das ist Me-too oder wie das heißt. Dafür fliegst du!«

»Wer fliegt?«, fragte Hans Damm, der unbemerkt den Raum betreten hatte.

Stella brach in Tränen aus. »Ich hab eine Sehnenscheidenentzündung«, rief sie aufgebracht und hielt Damm den Arm vors Gesicht. »Und komme trotzdem zur Arbeit. Und der Typ da fragt mich, ob ich …« Sie verstummte, deutete auf Simon und schluchzte laut.

»Was hat er denn nun gefragt, zum Teufel?« Damm runzelte die Stirn, die Ader an seinem Hals pochte.

»Ob ich mir beim Onanieren einen Tennisarm geholt habe!«, tobte Stella.

»Und? Haben Sie?«, fragte Damm.

Bärchen prustete los. Stella kreischte, stapfte durch den Raum und wäre fast über einen Papierkorb gestolpert. Sie trat wütend dagegen, der Abfall verteilte sich auf dem Boden. Die Tür knallte.

»Was für eine verdammte Dramaqueen«, grinste Simon.

»Ich erwarte Sie in dreißig Minuten in meinem Büro, Herr Harras«, befahl Damm. »Und den anderen Kollegen empfehle ich dringend, der Arbeit nachzugehen, für die Sie bezahlt werden.« Sprach's und verschwand.

»Das ging zu weit, Simon«, sagte ich. »Beim Austeilen bist du Spitze, nur einstecken kannst du nichts.«

Simon zuckte die Schultern. »Diese Dreier-Combo geht mir seit Jahren auf den Sack. Dumm wie Brot und faul wie die Sünde.«

»Du solltest dich bei Stella entschuldigen.«

»Den Teufel werde ich tun.«

»Dann jammere nicht, wenn du eins auf den Deckel kriegst.«

Ich ließ ihn stehen und ging ins Fotolabor, wo Wayne die Bilder aus dem *Bordoll* bearbeitete.

Engels mit ausgebreiteten Armen, an seiner Seite die beiden nackten blutbefleckten Puppen.

Wayne hatte einige Stellen unkenntlich gemacht, es sah aus wie eine amorphe Suppe. Ein Anblick, fast noch erschreckender als das Original.

»Wäre ein schwarzer Balken nicht besser?«, fragte ich.

Er probierte es aus.

»Bringt auch nicht viel«, meinte ich. »Die Puppen sehen aus wie weibliche Vampire. Hast du das Blut nachgedunkelt?«

»Ich hab die Kontraste verstärkt und die Farben leicht verändert. Deshalb wirkt das Blut jetzt dunkler. Geil, was?«

Ich betrachtete das Foto. »Kannst du die Dolls nicht ausschneiden und etwas tiefer setzen? Dann schneiden wir Engels den Kopf ab und verzichten auf den blöden Balken.«

Er folgte meinem Vorschlag. »Gut so. So aussagekräftig wie möglich und so dezent wie nötig.«

Wir sahen uns die anderen Fotos an. In der Blutlache auf dem Boden spiegelte sich die Wandlampe. Das war zu hart und ich sortierte es aus. Dann: Geschäftsführer Zorn in seinem Büro. Hinter ihm an der Wand ein großes Landschaftsbild. Irgendeine steile Küste mit Wald, weißem Felsen und wildem Meer. Expressionistische, grobe Pinselführung. Blau, weiß, schwarz – pastos aufgetragen.

»Das nehmen wir«, entschied ich, »Zorn hatten wir noch nie im Blatt. Und jetzt noch Moreck und ein aktueller Außenschuss mit dem *Bordoll*-Logo. Dann haben wir's.«

Keine Drogen, aber Musik

Viele Ensemblemitglieder hatten nach dem endgültigen Aus des Musicals die Koffer gepackt und waren abgereist. Mareike hatte jedoch noch einige Künstler erwischt – unter ihnen Francesca Romero und Adrian Schmaus.

Romero schwor dem Mörder ihres Gönners und Liebhabers Rache, bezeichnete das Werk des Toten als genial und lobte seine sensible Art im Umgang mit den Künstlern.

Adrian schilderte ihn als jähzornigen Despoten, für den Frauen nur Sexualobjekte waren, die er nach Belieben tyrannisieren konnte. Er habe seine Strafe dafür bekommen, dass er eine junge Sängerin nicht nur vergewaltigt, sondern auch in den Tod getrieben hatte.

»Pro und Kontra sind immer gut«, lobte ich Mareike. »Die Romero kannst du als ›Geliebte des Toten‹ bezeichnen. Das gefällt ihr bestimmt, weil es ihrer Karriere helfen kann.«

Ich rief die Pressestelle der Staatsanwaltschaft an und hatte Glück: Die Obduktion von Engels Leiche war abgeschlossen, nur die feinstoffliche Untersuchung stand noch aus. Er war verblutet. Drogen, Tabletten oder Alkohol hatte er nicht eingenommen. Schreien hatte er nicht können, weil sein Mund nicht nur mit Klebeband verschlossen war, das den Penis dort fixierte; sondern dahinter befand sich auch noch ein Knebel aus Zellstoff. Und noch etwas teilte der Staatsanwalt mit: Der Mörder hatte Engels Kopfhörer aufgesetzt und Musik abgespielt. Leider wurde die Musik nicht näher bezeichnet. *Es wird überprüft, ob die Musikauswahl etwas mit dem Mordmotiv zu tun haben kann.*

Es wurde Zeit, den Artikel zu schreiben.

›Sonnenkönig‹ verblutet im Puppen-Puff
zwischen Pam und Jessica
***Bordoll*-Chef befürchtet Umsatzeinbußen –**
Festspiele endgültig abgesagt

Maestro Adalbert Engels erlitt einen grausamen Tod. Das hat die Obduktion ergeben. Der Mörder verletzte ihn so schwer, dass er verblutete. Die Umstände seines Todes lassen auf einen sorgfältig geplanten Racheakt schließen. Der Täter traf sein Opfer in dem *Bordoll,* knebelte es, verletzte Engels schwer und legte dem Toten zwei Silikonpuppen namens Pam und Jessica in den Arm. Dass der Mord etwas mit den Vergewaltigungsvorwürfen gegen den Ex-Festspielchef zu tun hat, ist naheliegend, aber noch nicht bewiesen.

Die Frage, die die Ermittler zurzeit umtreibt: Wie gelangte der

Mörder ins Haus? Jeder *Bordoll*-Gast muss klingeln und wird von der Hausdame eingelassen. »An diesem Samstag jedoch waren Mitarbeiter eines Handwerkernotdienstes im Haus, um einen verstopften Abfluss zu reparieren. Kameraüberwachung gibt es nicht, um die Persönlichkeitsrechte der Besucher zu schützen«, erklärte *Bordoll*-Geschäftsführer Udo Zorn (Foto).

»Wenn dieses schreckliche Verbrechen nicht schnell aufgeklärt wird, kann ich meinen Laden schließen«, so Betreiber Olli Moreck (Foto) gegenüber dem *Tageblatt*. Er kündigte an, mit den Ermittlungsbehörden eng zusammenzuarbeiten. Noch gibt es keine ernst zu nehmenden Hinweise auf den Täter.

Ich stellte den Artikel online und widmete mich anschließend der Printausgabe. Dann war Feierabend. Auf dem Parkplatz lief mir Simon über den Weg.

»Ich war bei Damm«, verkündete er. »Alles halb so schlimm.«

»Ach ja?« Mein Ton war zweifelnd.

»Ich bekomme eine Abmahnung, mehr nicht.«

»Mehr nicht? Drei Abmahnungen bedeuten die Kündigung.«

»Ich weiß, Grappa«, grinste er. »Aber ich werde die Abmahnung aus meiner Personalakte herausklagen.«

»Prima Idee«, meinte ich. »Das wird ein interessanter Prozess. Wenn deine dämliche Bemerkung vor Gericht öffentlich diskutiert wird, kannst du dich nirgendwo mehr sehen lassen. Stella muss nur die Mobbingbeauftagte des Betriebsrates informieren, dann hat das *Tageblatt* seinen eigenen Me-too-Fall und dein Foto landet auf dem Titel der *EMMA*. Willst du das?«

»Nein.«

»Entschuldige dich bei Stella, lass die Machosprüche und nimm die Abmahnung hin. Reiß dich zusammen oder buche ein Antiaggressionstraining. Und jetzt tschüs.«

Der Hölle Rache kocht in meinem Herzen

Gartenidylle. Die dunkelroten Pfingstrosen standen in voller Blüte, die lila Schwertlilien reckten ihre Köpfe den letzten Sonnenstrahlen entgegen, die den Phoenixsee in eine silberne Fläche verwandelten. Kleist saß lesend im Garten. Ich holte eine Flasche Rosé aus dem Kühlschrank, nahm ein Weinglas und ging zu ihm. Auf dem Tisch lag der Ausdruck meines Onlineartikels, den ich vor einer guten Stunde hochgeladen hatte.

»Mein Projekt zur wissenschaftlichen Betrachtung der Clankriminalität stockt«, sagte er.

»Warum das?«

»Ich weiß es nicht. Vermutlich zieht irgendjemand im Hintergrund Strippen, weil er verhindern will, dass die Machenschaften eines bestimmten libanesischen Clans aufgedeckt werden. Der versucht aktuell, das Sportwettengeschäft an sich zu reißen. Die Betreiber von Wettlokalen sollen einhunderfünfzigtausend Euro an die Familie zahlen, wenn nicht, dann werde man sie töten.«

»Das ist doch gerade ein Grund, einzugreifen!«

»Eigentlich ja. Aber die zuständigen Kollegen haben auf Anweisung des Gerichts die Telefonüberwachung eingestellt. Es muss jetzt erst geklärt werden, ob und wie es weitergeht. Die von der Landesregierung beschworene Null-Toleranz-Strategie ist ein zahnloser Tiger.«

»Wenn die Gerichte nicht mitspielen, wird das auch nichts.«

»Die Gesetze müssten verschärft werden«, sagte Kleist. »Doch dann machen die Gutmenschen wieder Terror.«

»Ich bin auch gegen eine übertriebene Polizeiüberwachung.«

»Da gab es aber diese arabischen Clans noch nicht. Man sollte Gesetze an die aktuellen Zustände in einem Land anpassen.« Kleist deutete auf den Ausdruck meines Artikels. »Wer hat dir die Fotos von dem Tatort gegeben?«

Ich erklärte es ihm.

»Dieser Herr Zorn ist ganz schön abgebrüht. Die Kollegen werden das nicht gut finden. Hast du eine Idee, wer der Täter sein könnte?«

»Moreck und Zorn geben sich unschuldig und unwissend. Renate Kleinert ist der Schlüssel zur Tat, denke ich. Ich muss sie finden, aber wie? Die Hotels und Pensionen abzuklappern, dauert Jahre. Andererseits – selbst wenn sie in der Stadt wäre, warum sollte sie Engels ausgerechnet ins *Bordoll* locken? Viel zu kompliziert.«

Kleist schenkte mir Wein nach. »Mir gehen einige Dinge durch den Kopf. Zum Beispiel – die Kopfhörer. Welche Bedeutung haben sie? Was musste Engels sich anhören, als er gequält und ermordet wurde?«

»Es soll Musik gewesen sein«, antwortete ich. »Welche Art Musik, weiß ich aber nicht.«

»Vielleicht kann man von der Musik Rückschlüsse auf den Mörder ziehen. Ritualmörder sind Meister der Inszenierung«, sagte er, schaute auf die Uhr und erhob sich. »Ich muss telefonieren. Es dauert nicht lange.«

Er ließ mich allein. Langsam wurde es dunkel. Ein leichter Wind kam auf und wehte das Papier vom Tisch. Ich hob es auf. Das erste Blatt zeigte das Foto aus dem Büro des *Bordoll*-Geschäftsführers Udo Zorn, auch Utze Zorn genannt. Er passte rein äußerlich überhaupt nicht in dieses Milieu. Auch das Gemälde im Büro ließ auf guten Geschmack schließen. Es erinnerte an Nolde, ohne Nolde zu imitieren. Steilküste mit Wald, Wellen und dem tosenden Meer.

Ich starrte das Gemälde an und fiel in eine merkwürdige Starre. In meinem Hirn öffneten sich Schubladen, schlossen sich wieder, während sich andere aufschoben. Ein Bild aus dem Reiseführer blieb: Es zeigte den Kreidefelsen auf Rügen! Ich verglich Waynes Foto mit Bildern von einer Seite des Fremdenverkehrsamtes der Insel im Netz. Der Künstler hatte die Felsen nicht kopiert, sondern frei interpretiert, aber der Verlauf der Küste stimmte. Nur ein Zufall?

Die Uhr zeigte fast zweiundzwanzig Uhr. Das *Bordoll* hatte bestimmt noch Gäste und vielleicht war Zorn noch im Haus. Ich nahm mein Handy, doch bevor ich anrufen konnte, kehrte Kleist zurück. Ich überfiel ihn mit meiner Entdeckung und er zeigte sich beeindruckt, warnte mich aber vor einem Anruf im *Bordoll.*

»Pöppelbaum hat bestimmt mehrere Fotos von dem Motiv gemacht. Er soll sie sich noch einmal genau ansehen«, riet er – mit dem Ausdruck in der Hand. »Da ist eine Signatur, aber man kann sie nicht entziffern.«

Ja, er hatte recht. Rechts unten war ein Buchstabe zu erkennen, er sah aus wie ein großes *S.* Zorns Kopf verdeckte den Rest.

»Ich habe eine Info für dich«, sagte er. »Die letzte Musik, die Engels in seinem Leben hörte, war die Arie der *Königin der Nacht* aus Mozarts *Zauberflöte. Der Hölle Rache kocht in meinem Herzen, Tod und Verzweiflung flammet um mich her!*«

»Woher hast du das?«

»Keine Angabe.«

»Rache? Tod, Verzweiflung?«, rief ich. »›Sonnenkönig‹ und die ›Königin der Nacht‹! Das ist ein Hinweis auf den Täter oder die Täterin. Renate Kleinert kennt sich in der klassischen Musik aus, hat eine Gesangsausbildung.«

»Die Story der Zauberflöte passt aber nicht zu der Engels-Geschichte. Der Entführer der Tochter ist der Gute und die Königin die Böse«, gab Kleist zu bedenken. »Aber vielleicht geht es allein um die Botschaft des Textes: *Der Hölle Rache kocht in meinem Herzen.*«

Lasst Blumen sprechen

Am nächsten Morgen lud Wayne alle Fotos aus dem *Bordoll*-Büro auf den Monitor. Das Gemälde war mit den Buchstaben *S* und *J* signiert, die ineinander verschlungen waren. Das sagte mir nichts. Ich gab die Buchstaben und die Worte *Maler* und *Rügen* in eine Suchmaschine ein und bekam prompt alle Malerbetriebe der Insel auf den Schirm. Ich ersetzte das Wort *Maler* durch *Künstler*. Etwa achttausend Einträge von Menschen erschienen, die sich Künstler nannten. Das machte keinen Sinn.

»Facebook!«, schlug Wayne vor. »Da gibt es viele regionale Künstlergruppen. Du postest das Gemälde und fragst, wer den Künstler kennt.«

»Gute Idee.«

Dann fiel mir Renate Kleinerts Nachbarin Karin Kiefer ein. Ich rief sie an. Sie berichtete mir, dass Renate Kleinert noch immer nicht zurückgekehrt sei und dass sie überlege, Kater King ins Tierheim zu bringen. »Das Tier frisst mir die Haare vom Kopf. Außerdem hat er gestern eine Maus hochgebracht, in die fünfte Etage. Die lebte noch und ich musste sie mit dem Schrubber erschlagen. Die Schweinerei können Sie sich ja vorstellen.«

Ich bemitleidete sie im Rahmen meiner Möglichkeiten und stellte ihr die Frage nach einem Rügener Künstler mit den Initialen *S* und *J*.

»Ich interessiere mich nicht für Bilder. Der einzige Maler, von dem ich mal gehört habe, kommt nebenan aus Sassnitz. *Malerfürst von Rügen*, so nennt er sich. Den richtigen Namen weiß ich aber nicht.«

Ich gab den Begriff ein und Bingo. Der Maler hieß Sven Janotta und das Bild war definitiv von ihm. Auf seiner

Homepage waren rund zweihundert Bilder zu sehen – meist Motive von der Insel, aber auch erotische Darstellungen. Besonders angetan hatten es ihm offenbar Frauen mit Riesenbrüsten und großen Hintern. Ich notierte mir seine E-Mail-Adresse und die angegebene Telefonnummer.

Die Redaktionsrunde war komplett, auch Simon und Stella waren anwesend. War das ein gutes oder ein schlechtes Zeichen? Ich setzte mich neben Mäggi.

»Damm hat angeordnet, dass die beiden erscheinen müssen«, flüsterte sie.

Der Verleger erschien. Sein Gesichtsausdruck plakatierte Entschlossenheit. »Bevor wir zum Tagesgeschäft übergehen, möchte ich grundsätzlich etwas klären. Ich werde in Zukunft alle Attacken von und gegen Kollegen nicht hinnehmen. Der Vorfall gestern wird arbeitsrechtlich sanktioniert. Herr Harras bekommt eine schriftliche Abmahnung, die der Personalakte beigefügt wird. Das ist mit dem Justiziar und dem Betriebsrat abgesprochen.«

Stella warf triumphierend den Kopf in den Nacken. Ein echtes Opfer sah anders aus.

»Der Kollege Harras wird sich außerdem hier und jetzt entschuldigen«, fuhr Damm fort. »Bitte, Herr Harras.«

Alle Augen waren auf Simon gerichtet. So vorgeführt zu werden, war entwürdigend. Für den Betroffenen und für die Zuschauer. Jeder wusste, dass Stella – erst recht in Kombination mit ihren beiden Kolleginnen – ein echtes Miststück sein konnte. Sie hatte Simon bei jeder Gelegenheit angestichelt und lächerlich gemacht.

Simon schaute mich an. Fast flehend. Ich schüttelte ganz langsam den Kopf, warum, wusste ich nicht. Es war ein Gefühl. Die Abmahnung reichte als Schuss vor den Bug. Niemand konnte ihn arbeitsrechtlich zwingen, seiner öffentlichen Erniedrigung zuzustimmen.

»Wir warten, Herr Simon«, sagte Damm.

Simon reagierte. Er griff hinter sich und hielt plötzlich einen Blumenstrauß in der Hand: Lilien, Rosen und Cosmeen, nach moderner Floristenkunst eng zusammengetöpfert und mit Draht verstärkt.

Er sagte nichts, pflückte das Gebinde auseinander und bewarf Stella mit den Blumen. Erst langsam, dann schneller, bis er kein Grünzeug mehr in der Hand hielt.

»Das ist ja ein echtes Happening«, lachte ich, zog mein Handy aus der Hosentasche und machte Fotos. »Das macht sich gut auf unserer Homepage. Schlagzeile: Konfliktlösung beim *Bierstädter Tageblatt*. Lasst Blumen sprechen …«

Stellas Gesicht war vor Wut verzerrt. »Dass du diesem dreckigen Arschloch die Stange hältst, ist mir klar, Grappa! Du bist eine alte Schachtel, die längst aussortiert gehört. Wahrscheinlich fickst du diesen Kerl auch noch.« Ihr Körper bebte vor Wut.

Herrlich. Wunderbar. Hatte geklappt.

»Warum beleidigst du mich, Stella?«, fragte ich schluchzend. »Herr Damm, haben Sie gehört, was sie zu mir gesagt hat? Vor Zeugen! Ich verlange, dass sie eine Abmahnung bekommt und sich öffentlich bei mir entschuldigt.«

Bärchen Biber war der Nächste, der reagierte. Er applaudierte. Nach und nach folgten die anderen.

»Wie lösen wir jetzt dieses Problem?«, stöhnte Damm.

»Duell auf der Wiese hinter dem Verlagshaus«, schlug Mäggi vor. »Ich sekundiere Grappa. Simon darf die Waffen wählen.«

»Sie haben uns gerade demonstriert, wie schnell unbedachte Worte Verletzungen hervorrufen können. Kompliment, Frau Grappa«, sagte Damm.

»Darf ich einen Vorschlag machen?«, fragte Mäggi. »Simon und Stella sollten gemeinsam einen Kaffee trinken gehen und sich abregen. Wir sind seit vielen Jahren Kollegen und eigentlich klappt es ja ganz gut zwischen uns. Es geht doch darum, eine gute Zeitung zu produzieren, und das machen wir, oder nicht?«

Die Lage entspannte sich, als hätte jemand eine Nadel in einen stramm gespannten Luftballon gestochen.

Damm ging zum Tagesgeschäft über. Ich bekam sechzig Zeilen für die Fortsetzung des Sonnenkönig-Mordes, Simon sollte einen vierzehnjährigen hochbegabten Fußballspieler porträtieren, der bei der BVB-Jugend spielte und bald die Stammmannschaft verstärken sollte. Mareike wurde auf die Fotoausstellung eines Altenzentrums zum Thema *Neue Sinnlichkeit* angesetzt. Sechs Frauen und drei Männer hatten sich auf ein Akt-Shooting eingelassen und sich ausgezogen. Das jüngste Model war sechsundsiebzig, das älteste achtundneunzig Jahre alt.

»Will man so was wirklich sehen?«, fragte Bärchen Biber.

Dieser Satz hätte von Simon kommen können, dachte ich.

»Das werden unsere Leser ganz allein entscheiden, Herr Biber«, gab ihm Damm eins drüber. Er verteilte die anderen Themen und schloss die Konferenz.

Kein Kaffee von Stella

Stella saß an ihrem Schreibtisch, vor sich den neuesten Katalog einer Dessousfirma. Ihre beiden Kolleginnen waren im Haus unterwegs, die anderen saßen weiter entfernt. Als Stella mich kommen sah, klappte sie die Unterwäscheseiten zu.

»Hallo, Stella«, sagte ich leise. »Du hältst mich also für eine alte Schachtel, die aussortiert gehört?«

»N… nein«, stotterte sie. »Ich war nur sauer, weil du diese Blumenwerferei so lustig gefunden hast.«

»Macht ja nichts«, beruhigte ich sie. »Wir leben in einem

freien Land und dazu gehört die freie Meinungsäußerung. Meine Meinung ist, dass du eine bildungsferne, stinkfaule Assi-Tussi bist, die ihr erbärmliches Leben zwischen Erotik-Chat, *Bookworm*, *Bauer sucht Frau*, Nagelstudios und Versandhauskatalogen fristet.«

»Jetzt beleidigst du mich aber, Grappa!«, schniefte Stella mit Tränen in den Augen.

»Stimmt«, lächelte ich. »Und weißt du, was der Unterschied zwischen uns ist?«

Wusste sie nicht.

»Der Unterschied ist, dass du doof bist und ich clever bin. Du beleidigst die Leute vor Zeugen und ich nicht. Und jetzt darfst du mir einen Kaffee bringen!«

Sie war so perplex, dass sie meiner Aufforderung folgte. Ich bedankte mich und rührte den Kaffee nicht an, vielleicht hatte sie reingespuckt oder Schlimmeres gemacht.

»Was war das denn?«, fragte Mäggi. »Du warst ja total freundlich zu Stella. Sie hat vor Rührung fast geweint. Hast du ihr den Ausrutscher verziehen?«

»Hab ich«, nickte ich.

»Mutierst du zur zweiten Mutter Teresa?«, grinste die Kollegin.

»Ich verbitte mir eine solche Beleidigung!«

»Kommst du mit in die Kantine?«, fragte sie.

»Ja.« Ich nahm den vollen Kaffeepott und schüttete den Inhalt auf dem Weg in die Kantine ins Klo.

Simon saß allein an einem Tisch und knusperte ein Baguettebrötchen. An der Stuhllehne hing eine Plastiktüte. Er hatte meinen Blick bemerkt. »Da ist mein Versöhnungsblumenstrauß drin«, erklärte er. »Ich hab den ganzen Mist wieder aufgesammelt.«

»Das ist ja wohl das Mindeste.«

»Ich hol mal zwei Kaffee«, sagte Mäggi. »Du auch einen, Simon?«

Und so saßen wir kurze Zeit später traut vereint und hatten uns lieb. So wie früher.

Die Idylle wurde allerdings bald unterbrochen. Sarah brachte eine Pressemitteilung der Staatsanwaltschaft. Es gab eine Festnahme im Fall Engels.

Haftbefehl im Mordfall Adalbert Engels
Staatsanwaltschaft und Mordkommission haben am Morgen den 32-jährigen Adrian S. festgenommen, ein Richter erließ Haftbefehl wegen Mordes. Engels wurde am Samstag brutal ermordet. Adrian S. wird vorgeworfen, den Toten aus Rache in ein Puppen-Bordell gelockt, ihn getötet und verstümmelt zu haben. Kameraaufnahmen zeigen den Verdächtigen auf dem Bordoll-*Gelände. Der Beschuldigte streitet die Vorwürfe ab, räumt aber ein, am Ort gewesen zu sein. Er befindet sich in Untersuchungshaft. Die Ermittlungen dauern an.*

Erste Festnahme

Welche Kameras? Udo Zorn hatte versichert, keine installiert zu haben. Ich rief die Pressestelle der Staatsanwaltschaft an und fragte nach.

»Die Aufnahmen stammen von dem Überwachungssystem der Spedition gegenüber. Sie zeigen den Toten, wie er seinen Wagen auf dem Parkplatz vor dem Etablissement abstellt. Dann taucht der Beschuldigte auf und spricht Engels an, als er aus dem Wagen steigt.«

»Habe sie sich gestritten?«

»Davon ist aufgrund der Gesten auszugehen.«

»Ist Herr Schmaus Engels gefolgt, als er ins *Bordoll* ging?«

»Die Reichweite der Kamera lässt es nicht zu, diese Frage zu bejahen.«

»Wie geht es weiter?«, fragte ich.

»Wir haben DNA an der Leiche gefunden, will sagen: Unter den Fingernägeln des Toten wurden Hautpartikel gefunden. Wir gleichen das jetzt mit dem Material des Verdächtigen ab.«

»Ich denke nicht, dass Schmaus der Täter ist«, sagte ich. »Aber meine Meinung wird Sie wohl nicht interessieren.«

»Stimmt. Wir setzen auf Fakten. Schmaus hatte ein Motiv, denn er gibt Engels die Schuld am Tod seiner Freundin Liane Licht. Das muss Ihnen auch aufgefallen sein, Frau Grappa. Er hat die angeblichen Verfehlungen ja durch Sie öffentlich gemacht.«

»Rache als Motiv für einen solch brutalen Ritualmord? Schmaus ist ein sensibler Künstler, der schneidet keinem den Penis ab.«

»Umso besser für ihn, wenn es so wäre. Wir suchen Beweise – für seine Schuld, aber auch für seine Unschuld. Das ist unsere Aufgabe, aber das wissen Sie ja.«

Ich stellte die neuen Infos aus der Pressemitteilung und dem Gespräch online. Danach setzte ich mich an den Artikel, den ich wirklich schreiben wollte und den wir exklusiv hatten.

»Der Hölle Rache kocht in meinem Herzen« –
Was hat die Mozart-Arie mit dem Sonnenkönig-Mord zu tun?

Mozarts berühmteste Oper heißt: *Die Zauberflöte.* Sie schildert die Entführung einer Prinzessin aus dem Reich der Nacht in die Gefilde eines Sonnenpriesters. Das findet die böse Königin der Nacht nicht prickelnd und sie schwört Rache mit den (gesungenen) Worten: »Der Hölle Rache kocht in meinem Herzen, Tod und Verzweiflung flammet um mich her …«

Die Arie der bösen Königin war die letzte Musik, die der ermordete Festivalchef Adalbert Engels in seinem Leben hörte. Wie unsere Zeitung aus Ermittlerkreisen erfuhr, hat der unbekannte Mörder

dem Sterbenden diese Arie über Kopfhörer vorgespielt. Die Mozart-Musik gehörte offenbar zur Inszenierung des schrecklichen Ritualmordes.
Die Parallelen fallen ins Auge. Da ist eine junge Frau, die Engels der Vergewaltigung bezichtigt und Selbstmord begangen hat. Die Mutter dieser Frau ist seither verschwunden. Dass sie um ihre Tochter trauert, ist anzunehmen. Aber will sie auch Rache wie die Königin der Nacht? Steckt sie hinter dem Sonnenkönig-Mord?

Damm segnete die Artikel ab.

Ich bat ihn, den Verlagsanwalt zu beauftragen, mir eine Besuchserlaubnis bei Adrian Schmaus zu besorgen. Der Verleger machte mir keine große Hoffnung.

»Eine Besuchserlaubnis wird nur für Angehörige ausgestellt, und selbst das ist schwierig. Aber da Herr Schmaus unser Informant ist, werde ich ihm einen Strafverteidiger zur Seite stellen, damit er nicht von einem Pflichtverteidiger vertreten werden muss. Der wird Haftbeschwerde einlegen.«

Das hörte sich gut an.

Das Bild mit dem Rügenmotiv kam mir wieder in den Sinn. Es hing bei Zorn im Büro. Deutete das auf eine Verbindung von Zorn zu Rügen und dann vielleicht auch zu Renate Kleinert und ihrer Tochter?

Am Abend hatte ich Zeit, den Maler auf Rügen anzurufen. Ich schickte ihm das Foto des Bildes.

»Ja, das ist von mir«, bestätigte er.

»Ich hätte gern etwas Vergleichbares«, log ich.

»Super.«

»Können Sie mit den Namen Renate Kleinert, Oliver Moreck oder Udo Zorn etwas anfangen?«, ging ich gleich aufs Ganze.

»Der Name Moreck sagt mir nichts. Renate Kleinert und einen Herrn Zorn kenne ich flüchtig. Allerdings nicht unter dem Namen Udo, sondern unter Utze. Ich hab ihn auf einer meiner Vernissagen getroffen. Ist aber über zwanzig Jahre her. Die Renate war damals seine Freundin.«

»Das passt. Ihr Gemälde hängt bei Utze Zorn im Büro«, erklärte ich.

»Wenn Sie etwas Ähnliches wollen, dann schauen Sie auf meine Homepage. Da hab ich Fotos von allen Bildern, die zu haben sind, hochgeladen.«

»Kennen Sie Zorn näher?«

»Was wollen Sie eigentlich alles wissen?«, wunderte er sich. »Ich dachte, Sie interessieren sich für meine Bilder.«

»Das tue ich ja auch. Ich schreibe für eine Zeitung«, gestand ich. »Herr Zorn lebt in derselben Stadt wie ich und ich arbeite an einer Homestory über ihn. *Delikat Essen in Bierstadt,* eine Serie über die besten Restaurants. Dabei ist mir das Gemälde aufgefallen.«

»Suchen Sie sich ein Bild aus, über den Preis werden wir schon einig.«

Kleist hatte dem Gespräch gelauscht und grinste. »Deine Lügen werden immer dreister. Aber ich muss zugeben, dass du relativ erfolgreich bist.«

»Jetzt bin ich gespannt, was uns Utze Zorn über den Kreidefelsen von Rügen erzählt.«

Irisches Seestück

Bevor ich am Morgen zur Arbeit fuhr, rief ich Utze Zorn an.

»Ich recherchiere ein wenig herum über den Hintergrund von Adrian Schmaus. War der Schmaus schon mal Gast bei Ihnen?«, fragte ich.

»Nicht, dass ich wüsste. Die Polizei hat den Hausdamen sein Foto gezeigt, sie haben ihn noch nie gesehen.«

»Weil er schwul ist?«

»Das hab ich auf dem Foto nicht erkannt, Frau Grappa.«

»Mich interessiert außerdem der Kopfhörer, den Engels trug«, wechselte ich das Thema. »War der Bestandteil der Zimmereinrichtung?«

»Ja, in jedem Raum gibt es einen CD-Player und kabellose Kopfhörer. Manche Gäste bringen sich spezielle Musik mit, andere folgen unserer Auswahl.«

»Welche Musik bieten Sie an?«

»Die *Zauberflöte* ist nicht dabei, falls Sie darauf hinauswollen. Eher das übliche Repertoire der Kings of Kaufhausmusik.«

»Herr Moreck kannte Engels von früher. Was ist mit Ihnen? Kannten Sie Engels eigentlich?«

»Von Fotos aus der Zeitung. Ich hab ihn zum ersten Mal persönlich gesehen, als er tot auf dem Sofa lag«, antwortete Zorn. »Eine eher einseitige Bekanntschaft. Und nicht angenehm, mit diesem Teil, das ihm aus dem Mund hing.«

»Ich hab noch eine private Frage«, sagte ich. »Sie haben in Ihrem Büro ein sehr schönes Gemälde an der Wand. Steilküste mit Wald und rauer See. Haben Sie das selbst gemalt?«

»Um Himmels willen«, wehrte er ab. »Ich kriege keine drei Striche gerade aufs Blatt. Ich habe das Bild vor vielen Jahren irgendwo in einer Galerie gekauft. Wo, das weiß ich nicht mehr. Es zeigt eine Landschaft in Irland.«

Entweder hatte er ein lückenhaftes Gedächtnis oder er log. »Interessieren Sie sich für Malerei?«

»Ich habe nicht wirklich Ahnung davon«, antwortete er. »Wenn mir ein Bild gefällt, schlage ich schon mal zu. Immerhin hab ich auf diese Weise eine kleine Sammlung zusammenbekommen, die in meinem Ferienhaus in Italien hängt.«

»Warum sagt er nicht, dass er das Bild zusammen mit Renate Kleinert auf Rügen gekauft hat?«, fragte ich Kleist beim Frühstück.

»Vielleicht will er allem fernbleiben, was irgendwie mit dem Fall zu tun hat«, antwortete er. »Menschen, die im Rotlichtmilieu Geschäfte machen, legen auf Öffentlichkeit keinen Wert.«

»Da tickt Olli Moreck aber ganz anders«, widersprach ich. »Der spaziert mit einer Gummipuppe in eine Pressekonferenz und drängelt sich ins Bild. Sehr dezent ist das nicht gerade.«

»Es gibt immer Ausnahmen von der Regel, Maria. Noch Kaffee?«

»Immer.«

Ein Käfig voller Narren

Auf meinem Redaktionsschreibtisch lag der Ausdruck einer Mail von der Staatsanwaltschaft. Die Hautpartikel unter Engels Fingernägel stammten von Adrian Schmaus. Er gab zu, auf den Maestro eingeschlagen zu haben, weil dieser ihn provoziert hatte. Engels habe sich gewehrt, ihn gekratzt und sei dann im Eingang des *Bordolls* verschwunden.

Der Beschuldigte gibt an, ihm nicht in das Gebäude gefolgt zu sein. Er habe das Gelände stattdessen verlassen. Sein Gesicht weist Verletzungen auf, die nach Spuren des Getöteten untersucht werden. Die sichergestellten Spuren im Haus werden außerdem mit der DNA des Festgenommenen abgeglichen.

Ich trug die Neuigkeiten vor und bekam vierzig Zeilen plus Fotos.

»Grappas Mordfall hat mich auf eine Idee gebracht«, sagte Mareike. »Es gibt in der Nähe der Stadt einen Schweinemastbetrieb, in dem jeden Tag Tausende von Schweinen getötet und männliche Ferkel kastriert werden. Üble Massentierhaltung. Tierschützer haben dort geheime Aufnahmen von den Zuständen gemacht.« Sie sortierte ihre Zettel. »Die Schweinchen dürfen sogar ohne Betäubung kastriert werden. Es sollte verboten werden, aber die Lobbyisten haben ihre Sache gut gemacht. Die Schweinehalter haben eine Übergangsfrist bis 2020 eigeräumt bekommen.«

»Engels wurden nicht die Hoden abgeschnitten, sondern der Penis«, korrigierte ich. Der Unterschied war Mareike im Eifer des Gefechtes nicht aufgefallen.

»Das ist doch alles schon bekannt«, wandte Damm ein. »Was ist neu?«

»Dass ich Kontakt zu jemandem habe, der die Ferkel kastrieren musste. Er ist bereit, mit uns zu sprechen, und hat heimlich Fotos von der Kastration gemacht. Ein Video hat er mir schon gezeigt, das Ferkelchen schreit so erbärmlich, dass ich weinen musste«, schniefte sie, schon wieder den Tränen nahe.

»Klasse! Die Schreie des Ferkels machen sich bestimmt gut auf unserer Homepage«, schwärmte Bärchen Biber. »Unterlegt mit Musik. Vielleicht mit der Stimme von Johnny Cash. *I hurt myself today, to see if I still feel, I focus on the pain, the only thing that's real ...«* Er stimmte den Song an.

Mareike schnaufte wütend, raffte ihre Papiere zusammen und floh.

»Jeden Morgen ein neues Drama«, stöhnte Damm. »Ich finde das Thema zurzeit nicht angebracht. Hat vielleicht jemand eine Idee für eine Geschichte, die unseren Leserinnen und Lesern ausnahmsweise mal Freude macht und sie nicht in den Selbstmord treibt?«

Dem Mann konnte geholfen werden. Mäggi sprang in die Bresche. »Ich hab was anzubieten«, strahlte sie. »Am Theater wird gerade das Stück *Cinderella* geprobt, besser bekannt als *Aschenputtel.* Eine moderne, sehr lustige Inszenierung, die emanzipatorisch verändert wurde. *Cinderella* ist nicht das brave Mädchen, das auf den Traumprinzen wartet. Sie nimmt ihr Schicksal selbstbewusst in die Hand, während der Prinz eher ein leicht minderbemittelter Tunichtgut ist, der debil durchs Leben stiefelt.«

»Wie im richtigen Leben«, nickte Simon. »Frauen sind schlau, Männer sind blöd. Und das findest du lustig, Mäggi?«

»Du bist ja das beste Beispiel dafür, dass diese Inszenierung hochaktuell ist«, antwortete Mäggi grimmig.

Prompt erhielt sie Szenenapplaus von den drei Sekretärinnen.

»Geht das schon wieder los?«, polterte Damm. »Morgen drucke ich Eintrittskarten und verteile sie in der Stadt. Der Titel für das Theater, das hier jeden Morgen abgeht, lautet *Narrenschiff*. Noch weitere Vorschläge?«

»Besser: *Ein Käfig voller Narren*«, entgegnete Mäggi.

»*Einer kam durch*«, meldete sich Bärchen.

»*Für eine Handvoll Dollar*«, machte Wayne mit.

»*Tanz der Vampire*«, schloss ich mich an.

»Und jetzt Ende!« Damm haute auf den Tisch. »Und das ist kein Filmtitel, sondern eine dienstliche Anweisung. Es wäre schön, wenn Sie Ihre Kreativität in die Arbeit stecken könnten, für die Sie bezahlt werden!«

Lust auf ein paar geile Stunden?

Ich hatte nicht damit gerechnet, noch mal in Kontakt mit Francesca Romero zu treten. Umso überraschter war ich, als ich am Telefon ihre Stimme hörte.

»Ich wurde heute von der Polizei vernommen«, berichtete sie.

»Ach ja?«, fragte ich desinteressiert.

»Die unterstellen mir, dass ich Adi in diesen Puff gelockt

habe. Ich hätte eine SMS an ihn geschrieben. Hab ich aber nicht.«

»Dann ist ja alles prima«, sagte ich. »Sonst noch was?«

»Da will mich jemand reinlegen«, giftete sie. »Können Sie nicht schreiben, dass ich damit nichts zu tun habe? Ich könnte ein bisschen Publicity gebrauchen.«

Sollte ich ihr erklären, welche Aufgabe die Presse hatte? Bestimmt nicht, berechnenden Schlampen zu helfen, die aufs falsche, weil tote Pferd gesetzt hatten und jetzt Kapital daraus schlagen wollten.

»Hast du Lust auf ein paar geile Stunden?«

»Wie bitte?«

»Das stand in der SMS. Und dann Datum, Uhrzeit und Adresse, mit meinem Namen drunter«, erläuterte sie. »Adi liebte Rollenspiele und hat natürlich geglaubt, dass ich ihm die Nachricht geschickt habe. So ist er seinem Mörder in die Falle gegangen.«

»Interessant«, gab ich zu. »Danke für die Info.«

»Ich komme gern vorbei.«

»Wozu das?«

»Wollen Sie kein Foto von mir?«

»Nein.« Ich legte auf.

Ich telefonierte kurz mit der Polizei, um die Angaben der letzten Maestro-Braut zu verifizieren, und schrieb:

Mordfall Engels: SMS verspricht »geile Stunden«

Adalbert Engels wurde durch eine Nachricht auf seinem Handy in die tödliche Falle gelockt. Der unbekannte Mörder schickte ihm eine Kurznachricht, mit der ihm »geile Stunden« im Puppen-Puff versprochen wurden. Dort wurde er bestialisch ermordet. Unter der Nachricht stand der Name seiner aktuellen Geliebten F. R., die von einer SMS aber nichts weiß. Der Text wurde von einem Prepaidmobiltelefon verschickt, dessen Eigentümer nicht zu ermitteln ist. Wir berichten weiter.

Ich hatte Romero abblitzen lassen. Bei den Kollegen von der *Bild*-Zeitung fand sie allerdings das Gehör, das sie sich gewünscht hatte. Bei *Bild-online* poppten jede Menge Fotos von ihr auf. Romero in sexy Posen, sehr offenherzig und lebensbejahend, um es höflich zu beschreiben.

Wir liebten erotische Rollenspiele und *Der Maestro mochte es hart* waren nur zwei Aussagen zu ihrem ach so ausschweifenden Sexualleben mit dem verblichenen Sonnenkönig. Das Mitgefühl über den Tod ihres Sexualpartners hielt sich in Grenzen, das Bedauern über ihren Karriereknick war größer. »Er war von meinem Talent überzeugt und wollte mich weiter fördern. Durch seinen Tod stehe ich jetzt ohne Engagement da«, jammerte sie.

Einen neuen Fakt enthielt der *Bild*-Artikel aber doch: Am Tag des Mordes war Francesca Romero bei ihren Eltern in Berlin gewesen, was diese auch bestätigten.

Ich nahm den Rest des Tages frei. Die Ereignisse der letzten Tage hatten mich ermüdet – eine Müdigkeit, die nicht durch zehn Stunden Schlaf zu beseitigen war. Meine Gedanken kreisten nur noch um Engels, Licht, Schmaus, Moreck, Zorn sowie Kleinert. Schon lange hatte ich kein Buch mehr gelesen, kein Menü gekocht, meine Lieblingsmusik nicht mehr gehört.

Anneliese Schmitz' Mandelhörnchen, meine Geheimwaffe gegen Frust jeglicher Art – ich hatte sie einfach vergessen. Aber da ich jetzt an sie dachte, ereilte mich ein Heißhunger, der mich zum Zombie machte. In Trance packte ich mein Zeugs, stolperte wie eine Mondsüchtige aus dem Verlagshaus, öffnete mit zitternden Händen die Autotür und startete den Motor des Golf. Zum Glück sprang er an.

Der Weg zu Frau Schmitz war Routine. Ich fuhr zu schnell, hupte hektisch, wenn ein Langweiler an der Ampel trödelte und parkte mit quietschenden Reifen vor der Bäckerei.

Frau Schmitz ließ fast das Blech mit dampfenden Brötchen fallen. »Frau Grappa, wie siehst du denn aus?«

»Ich bin unterzuckert«, krächzte ich. »Hast du Mandelhörnchen?«

»Geh erst mal durch!«

Ich wankte ins Bistro. Dort schrie ein kleiner Junge wie am Spieß. Als das Kind meinen Blick sah, verstummte es und suchte Schutz bei seiner Mutter.

Ich fand plärrende Bälger schon immer nervig, aber inzwischen war ich wohl zum Kinderschreck mutiert. Ich setzte mich und atmete tief ein. Dreh nicht durch, Grappa.

Der Junge hatte den Schock meines Anblicks überwunden und kam auf mich zu. Zögernd, als wolle er ein seltsames Insekt oder eine giftige Natter näher betrachten.

»Leander, geh ma wech von die Tante und komma bei die Mamma bei«, beendete seine Mutter die geplante Kontaktaufnahme. »Nu komm, sonst krisse se.«

»Die Tante tut dir nix«, versprach die Bäckerin leichtfertig. »Die hat nur Hunger.«

Sie stellte mir einen Pott Kaffee und einen Teller mit zwei Mandelhörnchen hin. »Lass es dir schmecken, Frau Grappa.«

Leander ließ zunächst von mir ab, trat Frau Schmitz gegen das Bein und klaute mir danach ein Mandelhörnchen vom Teller. Er aß es nicht, sondern zerquetschte es in seiner Faust und warf es auf den Boden.

Ich hatte mich irgendwann gegen Kinder entschieden und mir wurde klar, dass es die richtige Entscheidung gewesen war. Leander ging zum Angriff auf das zweite Hörnchen über. Ich griff seine Hand und hielt sie fest. »Verpiss dich, du hässliches Balg!«

»Pass ma uff, du Tier«, krähte die Mutter und erhob sich. »Pack mein Kleinen nich an. Und hässlich isser schon ga nich. Kommt nach 'm Vatta.«

Frau Schmitz stellte sich zwischen uns. »Leander«, sagte

sie. »Ich tu die nächsten Brötchen rein. Willste ma mit zum Ofen kommen?«

Leander ließ von mir ab und folgte Frau Schmitz.

Leanders Mutter räumte den Müll zusammen, den ihr Sohn fabriziert hatte, während ich das gerettete Mandelhörnchen verputzte. Mein Blutzuckerspiegel stieg sofort an, mir wurde warm und ich entspannte mich.

Leander beobachtete abwechselnd seine Mutter beim Aufräumen und mich beim Kauen. Sein Blick war der eines Serienkillers in spe.

Ich starrte zurück. Dieses grauenhafte Kind hatte den wunderbaren Namen Leander nicht verdient.

»Kommse, Leander?«, rief die Mutter. »Kriegse auch Bömmsken vonne Mamma.« Sie wedelte mit einer Tüte Marshmellos.

Das half.

»Die sind eigentlich ganz nett«, meinte Frau Schmitz, als Mutter und Sohn die Bäckerei verlassen hatten.

»Davon bin ich überzeugt.«

»In echt! Der Kleine hat ADHS oder wie das heißt. Das ist so 'ne Zappelkrankheit. Hat mit den Nerven im Gehirn zu tun.«

»Die allseits beliebte Aufmerksamkeits-Defizit-Hyperaktivitäts-Störung«, nickte ich. »Befällt hauptsächlich vernachlässigte Kinder.«

»Die Frau Sikorsky sagt aber, dass vor allem die Umwelt schuld ist.«

»Klar, schuld sind immer die anderen.«

»Gut, dass du keine Kinder hast, Frau Grappa«, seufzte die Bäckerin.

»Finde ich auch.«

Bathing fishes

Im Auto bemerkte ich, dass mein Handy auf dem Sitz liegen geblieben war. Zwei Anrufe von Kleist und zwei Nachrichten auf der Mailbox.

»Wir haben Besuch. Kannst du noch ein paar Sachen fürs Abendessen einkaufen?« Und später: »Hab dich nicht erreicht. Ich beauftrage den Pizzaservice.«

Ich rief zu Hause an.

»Adrian Schmaus ist aus der Haft entlassen worden. Er ist hier und hat eine Menge zu erzählen«, berichtete Kleist.

Ich trat aufs Gas.

»Sie haben keine Spuren von mir im *Bordoll* gefunden«, erzählte Adrian Schmaus. »Wie auch? Ich war nicht in dem Schuppen. Die Spuren unter Engels Fingernägeln sind von mir, weil er mich angegriffen hat.« Er deutete auf seinen Hals, der durch mehrere lange Kratzer verunziert war.

»Warum sind Sie ihm überhaupt gefolgt?«

»Das war Zufall. Er kam in die Pension und wollte zu Francesca, aber die war nicht da. Ich machte ihn an wegen Liane. Er meinte, dass ich schuld sei an ihrem Tod, weil ich sie animiert hätte, ihn zu beschuldigen. Er sei froh, dass Liane weg ist. Dann fragte er nach Francesca. Bevor ich was sagen konnte, bekam er eine SMS auf sein Handy. Er las die Nachricht, drehte auf dem Fuß um und fuhr weg. Ich bin dann hinter ihm her.«

»Warum?«

»Ich weiß es nicht. Einfach so. Vielleicht wollte ich ihm meine Meinung sagen oder ihm die Fresse polieren. Er fuhr zu diesem Puppen-Puff. Ich stellte ihn, als er ausstieg. Er beleidigte mich als Schwuchtel und ich ihn als alten, geilen

Sack. Er packte mich am Hals, hielt mich fest und wollte mich schlagen. Ich wehrte mich natürlich. Erst als die Tür vom Puff aufging und eine Frau rausguckte, ließ er mich los.«

»Die Hausdame. Hat sie ihn reingelassen?«

»Ja«, bestätigte Adrian. »Ich bin dann weg. Das war alles.«

»Hat die Hausdame den Streit mitbekommen?«

»Muss sie wohl.«

»Und die Polizei glaubt Ihnen?«

Er zuckte mit den Schultern. »Herr Damm hat mir einen Anwalt gestellt und der hat vor Gericht erreicht, dass der Haftbefehl gegen Kaution und Auflagen außer Vollzug gesetzt wurde«, erklärte er. »Ich darf die Stadt nicht verlassen und muss den Behörden zur Verfügung stehen. Ich wohne weiterhin in der Pension – aber auf eigene Kosten.«

»Und die Kaution hat wirklich Damm gestellt?«, fragte ich.

»Ja. Ein sehr großzügiger Mann.«

In der Tat.

Der Pizzabote brachte das Essen. Kleist öffnete eine Flasche Chianti classico. Adrian stürzte sich auf die Pizza und zerteilte sie mit den Händen.

»Lecker«, kaute er. »Der Fraß im Knast ist echt das Allerletzte.«

»Sie haben ihn nicht lange essen müssen«, sagte ich.

»Ein Mittagessen. Aber das hat gereicht.«

»Wie geht es jetzt weiter mit Ihnen? Haben Sie schon ein neues Engagement in Aussicht?«, fragte Kleist.

»Mein Agent sucht zwar, aber es ist illusorisch, dass mich im Moment jemand besetzt. Erst muss feststehen, dass ich unschuldig bin. Bei den anderen Festspielen in der Sommersaison ist sowieso schon alles besetzt. Ich muss wohl bis zum Jahresende warten.«

Der Wein machte Adrian gesprächig und er erzählte uns einige Storys aus seinem Leben. Leider fing er in der Kindheit an, was die Schilderungen sehr zäh machte. Ich gähnte mehrmals. Er reagierte nicht darauf. Schließlich rief Kleist ein Taxi.

Ich ging mit Adrian vor die Tür, um etwas frische Luft zu schnappen. Im Vorgarten blühten noch die Rhododendren, erste Rosenblüten trauten sich ans Licht und die Madonnenlilien leuchteten im Abendlicht.

»Eins wüsste ich noch gern. Renate Kleinert singt doch in einer Jazzband. Wissen Sie, wie die Gruppe heißt?«

»Bathing fishes.«

Das gelbe Schild des Taxis näherte sich und Adrian verabschiedete sich.

Bathing fishes. Auf dem Weg ins Haus flüsterte ich den Namen mehrmals vor mich hin und schrieb ihn sofort auf. Vielleicht kam ich ihr über den Namen ihrer Band auf die Spur.

In der ersten Reihe

In der Redaktion tippte ich am Morgen den Namen *Renate Kleinert* in die Suchmaschine. Nichts. *Bathing fishes* brachte allerdings jede Menge Treffer. Renate Kleinert sang offenbar unter dem Künstlernamen *Rena Klein.* Die Gruppe gastierte in Restaurants, Kleinkunstbühnen und auf Open-Air-Festivals. Die Band war regional bekannt und ziemlich gut beschäftigt.

Im Netz gab es durchweg positive Rezensionen wie diese:

In intimem Rahmen interpretiert das perfekt harmonierende Quartett Bathing fishes *mit der Sängerin Rena Klein zeitlose Gershwin-Klassiker. Begleitet wird die Jazzsängerin von einem exzellent aufspielenden Trio mit Piano, Saxophon und Trompete. Mit dem Song* Love Is

Here To Stay *vermittelt Rena Klein auf mitreißende und auch berührende Weise nicht nur die Magie der Gershwin-Klassiker, sondern auch, wie viel Seele, Eleganz, Ehrlichkeit und Klasse in diesen Evergreens stecken und warum sie niemals aus der Mode kommen werden.*

Bei YouTube waren ein paar Mitschnitte zu finden, die Liveauftritte zeigten. Jetzt wusste ich endlich, wie Liane Lichts Mutter aussah. Eine attraktive Frau um die fünfzig mit blondem kurzem Haar und einer mittleren Stimmlage. Sie interpretierte die Jazzsongs mit Bravour und es machte Spaß, ihr zuzuhören. Das Publikum applaudierte frenetisch. Rosen flogen auf die Bühne. Die Kamera schwenkte von der Band auf die Zuhörer und … In der ersten Reihe saß Utze Zorn.

Ups. Ich stoppte das Video und schaute mir die Szene noch einmal an. Ja, er war es, da gab es keinen Zweifel.

Ich speicherte den Link und atmete durch. Der Film zeigte, dass Zorn und Kleinert aktuell in Verbindung standen, denn das Konzert hatte erst vor drei Monaten in Sassnitz stattgefunden.

Dort wohnte auch der Maler Sven Janotta, an den sich Utze Zorn nicht erinnern wollte, obwohl er in Begleitung von Renate Kleinert ein Bild von ihm gekauft hatte.

Zorn war am Mordtag im Haus gewesen, er hatte die Leiche gefunden und die Polizei gerufen. Seine Spuren im Zimmer brachten ihn nicht in Verdacht, denn er war als Geschäftsführer überall im Haus unterwegs. Ich wusste, dass bei Mordermittlungen die anwesenden Personen auf Blutspuren untersucht wurden, und nahm an, dass die Polizei bei Utze Zorn ebenso gehandelt hatte. Offensichtlich ohne Ergebnis. Ich wollte auch nicht wirklich daran glauben, dass der *Bordoll*-Geschäftsführer ausgerechnet am eigenen Arbeitsplatz jemanden um die Ecke bringen würde.

Der kurze Aufenthalt von Adrian Schmaus im Gefängnis sollte natürlich Thema in der morgigen Ausgabe des *Tageblattes* sein.

»Die Behörden tappen offenbar noch immer im Dunkeln, sonst hätten sie diesen harmlosen Sänger nicht in Gewahrsam genommen.« Damm schien ungehalten. »Der Anwalt sagte mir, dass die Beweislage dermaßen dünn war, dass er sich wundert, dass der Richter den Haftbefehl überhaupt unterschrieben hat. Können wir denen nicht mal auf die Sprünge helfen, Frau Grappa?«

»Ja, ich habe da auch schon eine Idee«, antwortete ich. »Aber ich muss die Relevanz noch abchecken.«

»Machen Sie das.«

Ich musste liefern. Damm hatte mich bisher vorbehaltlos unterstützt. Aus dem skurrilen Großwildjäger auf dem Elefantenzahn-Thron war ein guter Chef geworden. Auch äußerlich hatte er sich gemausert: keine oliv-grau-braune Tarnkleidung mit Patronentaschen mehr, sondern Jeans und Hemd. Klar, immer noch beste, maßgeschneiderte Ware, aber man gönnte sich ja sonst nix.

Ob er den Elefantenkopf noch im Büro hängen hatte? Ich würde es bei Gelegenheit überprüfen und ihm stattdessen ein Gemälde von Sven Janotta empfehlen.

»Und wir haben ein Problem«, sagte Damm. Er schaute in die Runde. »Wir brauchen jemanden für die Sportberichterstattung. Kollege Simon Harras hat sich krankgemeldet. Mareike, haben Sie Lust einzuspringen?«

Die Volontärin erwachte aus einem Sekundenschlaf. »Ich hab aber keine Ahnung von Fußball. Ich kenne nur eine Regel und die betrifft das Elfmeterschießen. Ist der Ball drin, gibt es ein Tor.«

»Egal. Für die Fußballberichterstattung haben wir für viel Geld die Nachrichtenagenturen und den Sportinformationsdienst abonniert. Kümmern Sie sich um den Sport, den unsere Leser selbst ausüben können, zum Beispiel die Nordic-Walking-Gruppen aus den Altenheimen. Oder Kegeln mit jungen Migranten in der Jugendfreizeitstätte in der Nordstadt. Meinetwegen auch das Turnier der *Schachzwerge Scharnhorst*. Sportliche Betätigung gibt es in der Stadt genug, man muss sie nur sehen wollen. Herr Harras ist da etwas einseitig festgelegt.«

Mareike stimmte ihrer Ernennung als vorübergehende Sportberichterstatterin zu.

»Muss ich dann die Kulturberichterstattung übernehmen?«, fragte Bärchen Biber. »Nur mal so als Frage.«

»Wieso?«, fragte Mäggi. »Ich bin kerngesund.«

»Weil hier gerade das lustige Ressortverteilen stattfindet«, antwortete er. »Wer will noch mal, wer hat noch nicht?«

»Ich sage dir schon Bescheid, wenn ich krank werden will«, zickte ihn Mäggi an. »Und wenn es dich erwischt, mach ich deinen Job mit. Kann ja nicht so schwierig sein bei deinem Output.«

Damm trommelte mit den Fingern auf den Tisch. »Ich finde es wirklich wunderbar, wie hier ein Kollege den anderen unterstützt. So viel Solidarität gibt es zurzeit noch nicht mal in der SPD!«

Ein geplanter Fehler?

Am Telefon ging ich Zorn gegenüber in die Offensive.

»Ich habe einige Fragen an Sie«, sagte ich.

»Um was geht es denn?«, fragte er reserviert.

»Um den Mord an Engels.«

»Ist das nicht Sache der Polizei?«, kam es zurück.

»Ich bin Journalistin und zu meinem Berufsbild gehört die Recherche. Kann ich zu Ihnen ins *Bordoll* kommen? Es gibt einige Unklarheiten, die Sie vielleicht aufklären könnten.«

»Wirklich?«

»Es könnte sein.«

Seine Neugier siegte, er nannte eine Uhrzeit und legte den Hörer auf.

Eine halbe Stunde später parkte ich auf dem Hof des Etablissements. Ich schien die einzige Besucherin zu sein, der Laden hatte sich noch nicht davon erholt, Schauplatz eines Mordes gewesen zu sein. Manches Gras wächst langsam.

Zorn hatte meine Ankunft beobachtet, denn er öffnete die Tür, bevor ich klingeln konnte. Ich folgte ihm in sein Büro.

»Kaffee? Prosecco? Tee?«, fragte Zorn.

Ich lehnte ab. Er platzierte sich hinter dem Schreibtisch und deutete auf den Holzschemel davor, der nicht zur übrigen Einrichtung passte und an einen Verhörstuhl erinnerte. Ich setzte mich. Über Zorns Kopf hing das Bild von der Steilküste.

»Ich habe einige Fragen, die mich nicht mehr loslassen«, begann ich. »Eine betrifft dieses Gemälde hinter Ihnen. Es gefällt mir gut. Ist Ihnen inzwischen eingefallen, wie der Maler heißt?«

»Nein, sollte es das? Wir sprachen doch schon darüber.«

»Stimmt, und weil mir das Bild nicht aus dem Kopf geht, habe ich im Internet recherchiert. Der Künstler heißt Sven Janotta und nennt sich ›Malerfürst von Rügen‹. Ich habe mit ihm gesprochen und er kann sich sehr genau an das Gemälde, an Sie und Ihre Begleiterin erinnern. Hatten Sie das vergessen?«

»Meine Schwachstelle«, lächelte er. »Ich besitze sehr viele Gemälde, mein Privathaus ist voll davon. Da geht einem schon mal durch, wann und mit wem man was gekauft hat. Ist dieser Fakt denn von Bedeutung?« Zorn war ruhig geblieben.

»Da ist noch was«, antwortete ich. »Ihre Begleiterin beim Bildkauf hieß Renate Kleinert. Sie ist die Mutter von Liane Licht, der toten jungen Frau.«

Er machte eine abwehrende Handbewegung. »Ich weiß, wer Liane Licht ist. Warum ist das so wichtig für Sie?«

»Womöglich hätten Sie ein Motiv gehabt, Engels zu hassen.«

»Was mich mit vielen anderen Personen verbindet. Denken Sie an die vielen Frauen, die er sexuell belästigt hat. Da gibt es bestimmt einige Partner, die es dem Sonnenkönig heimzahlen wollen. Glauben Sie wirklich, ich meuchele Engels ausgerechnet hier und lenke den Verdacht auf mich?«

Der alte Trick, dachte ich. Ein absichtlich geplanter ›Fehler‹ wird zum Verteidigungsinstrument umfunktioniert.

»Sind Sie deshalb hier in Bierstadt aufgetaucht, um sich den Mann anzuschauen, der die Tochter Ihrer Freundin auf dem Gewissen hat?«

»Es reicht.« Zorn erhob sich. »Woher kommt bloß diese Verbissenheit? Ich habe das Gefühl, dass Sie mir einen Mord in die Schuhe schieben wollen. Ich kenne Frau Kleinert von früher, so wie Herr Moreck den Toten von früher kannte. Ich hatte viele Jahre keinerlei Kontakt mehr zu ihr. Und jetzt gehen Sie bitte.«

»Frau Kleinert ist verschwunden. Können Sie mir sagen, wo sie sich befindet?«

»Liebe Frau Grappa, was haben Sie an meiner Bitte zu gehen nicht verstanden?«

»*Bathing fishes* – so heißt eine Jazzband auf Rügen. Rena Klein ist die Sängerin. Vor drei Monaten hat die Gruppe in Sassnitz ein Konzert gegeben. Ein Video auf YouTube zeigt, wie Sie in der ersten Reihe sitzen. Sie haben also auch aktuell Kontakt zu ihr.«

»Jetzt wieder«, lächelte er. »Sie ist wunderbar auf der Bühne, finden Sie nicht?«

»Ja, die Tochter hat das Talent ihrer Mutter geerbt. Sind Sie der leibliche Vater von Liane Licht?«

»Ts, ts, ts«, schnalzte er. »Lianes Vater ist tot, das kann ich Ihnen versichern.«

»Dann kannten Sie ihn?«

»Nein. Ich glaube Rena.« Er schaute auf die Uhr. »Gibt es sonst noch etwas? Ich habe einen Termin.«

Ich erhob mich. Es hatte keinen Sinn, ihn weiter zu löchern.

Die Tür öffnete sich und eine Frau betrat den Raum. Sie war um die fünfzig, hatte kurzes, blond gefärbtes Haar und zog das Bein nach: Renate Kleinert.

Mordfantasien

»Ich habe alles mitangehört«, informierte sie mich – auf ein schwarzes elektronisches Gerät deutend, das neben einem Flachbild-TV stand.

»Rena«, sagte Zorn. »Was willst du hier? Du bist krank. Geh bitte wieder in dein Zimmer.«

Endlich hatte er seine Chuzpe verloren.

»Ich kann mich nicht ewig verstecken«, gab sie zurück. »Und will es auch nicht.« Sie humpelte zum Fernseher und legte eine CD in die dafür vorgesehene Schublade.

»Setzen Sie sich doch wieder, Frau Grappa«, forderte sie mich auf.

»Was wird das?«, fragte ich.

»Ich zeige Ihnen das Video von der Vergewaltigung meiner Tochter durch Adalbert Engels.«

Mich ergriff Panik. »Ich will das nicht sehen. Zeigen Sie es der Polizei.«

»Warum? Das ist doch sinnlos. Die Hauptdarsteller des Films sind beide tot.«

»Rena!« Zorns Stimme hatte einen flehenden Ton. »Willst du dir das wirklich antun?«

Sie lachte auf. »Ich spüre nichts mehr, mach dir keine Sorgen.« Sie drückte die Fernbedienung und auf dem Monitor erschien das erste Bild.

Liane Licht sitzt auf einem Bett und bekommt ein Sektglas gereicht – von wem, ist nicht zu erkennen. Zögernd nimmt sie es, blickt auf, eine behaarte Hand mit Glas kommt ins Bild. An ihr prangt etwas Goldenes.

Die Kopie des Rings von Ludwig dem Vierzehnten, dem legendären Sonnenkönig.

Gläser klirren. Liane trinkt. Die beiden unterhalten sich, aber der Ton ist so schlecht, dass nichts zu verstehen ist. Schnitt.
Liane nackt auf dem Bett. Zwei kräftige Männerhände greifen nach ihr und drehen sie um. Sie drücken ihre Oberschenkel auseinander. Liane wird unruhig, versucht, die Augen zu öffnen, wälzt sich zur Seite, stöhnt. Vergebens.

»Es reicht«, sagte ich, ging zum Fernseher und stellte ihn aus. »Woher haben Sie den Film?«

»Engels hatte ihn Liane aufs Handy geschickt mit der Drohung, ihn im Netz zu veröffentlichen und an ihre Agentur zu schicken, falls sie ihn weiter belastet. Er hat den Tod mehr als verdient.«

»Warum hat sie ihn nicht angezeigt?«, fragte ich. »Vergewaltigung, Erpressung, Körperverletzung – jeder Staatsanwalt hätte ihn sofort festgenommen.«

»Sein Gesicht ist in dem Film leider nicht zu sehen«, antwortete sie. »Aber Liane ist gut zu erkennen. Sie hätte das nicht durchgestanden, so im Internet präsentiert zu werden.«

»Seit wann kennen Sie Engels?«

Sie zögerte, schaute Zorn an und sagte leise: »Etwa seit fünfundzwanzig Jahren. Ich habe ihm damals vorgesungen. Die Partie der *Königin der Nacht* aus der *Zauberflöte.*«

»Die Koloraturarie! Der Mörder hat sie Engels im Todeskampf vorgespielt«, rief ich aus.

Renate Kleinert wandte sich ab. »Es war damals schon bekannt, dass Engels die Sängerinnen sexuell belästigte. Einige machten mit, andere nicht – und die bekamen keine Rolle. Engels hat mich nach dem Vorsingen in München zum Bahnhof gefahren. Unterwegs baute er einen Unfall. Dabei wurde mein Bein zerschmettert und ich hab die Rolle nicht bekommen. Obwohl – eine *Königin der Nacht*, die über die Bühne humpelt – das wäre mal innovativ gewesen.«

»Hat Engels Sie auch sexuell genötigt oder gar vergewaltigt?«

»Wir saßen gerade mal fünf Minuten im Auto, als er den Wagen in den Gegenverkehr steuerte.«

»Wann haben Sie erfahren, dass Liane bei Engels' *Summer-Pott* auftreten sollte?«

»Sie hat mir freudestrahlend von dem Engagement erzählt. Ihre erste Hauptrolle. Als ich den Namen des Intendanten hörte, habe ich ihr abgeraten.«

»Haben Sie ihr gesagt, warum?«

»Nein. Sie war so beseelt – auch darüber, dass sie einen Studienkollegen und Freund wiedergetroffen hatte. Das hat mich wiederum ein bisschen beruhigt. Ich wollte ihr den Job nicht madig machen. Das war leider ein schlimmer Fehler.«

Sie schwankte und hielt sich an der Tischkante fest. Zorn stützte sie und rückte ihren Stuhl zurecht.

»Ich möchte gar nicht wissen, was Sie jetzt denken, Frau Grappa«, sagte Zorn.

»Warum nicht? Ich sage es Ihnen trotzdem. Ich denke, dass Sie beide ein sehr gutes Motiv hatten, Engels zu töten.«

»Wenn alle Menschen ihre Mordfantasien ausleben würden, wäre die Menschheit vermutlich längst ausgestorben.«

»Wann hat Liane von ihrer Schwangerschaft erfahren?«, fragte ich.

»Ein paar Tage vor ihrem Selbstmord.«

»Können Sie uns jetzt bitte allein lassen?«, drängelte Zorn.

Er legte den Arm um Renate Kleinerts Schultern, zog sie vom Stuhl und schob sie sanft zur Tür. »Entscheiden Sie selbst, was Sie aus den Informationen machen, die Sie heute bekommen haben, Frau Grappa. Es gibt keine Beweise gegen uns, und das ist so, weil wir Engels nicht umgebracht haben. Rena hat genug gelitten. Suchen Sie Ihren Mörder woanders!«

Ein Teppich mit zu vielen Fäden

»Renate Kleinert hatte ein fettes Motiv, Engels zu töten«, erklärte ich Kleist abends. »Ihr Hass auf ihn war schon da, bevor sie wusste, dass ihre Tochter sein Opfer werden würde. Er ist schuld, dass sie humpelt. Ihre Karriere als Opernsängerin war zu Ende, bevor sie überhaupt begonnen hatte.«

»Reicht das, um jemanden so bestialisch zu töten?«, zweifelte er.

»Sie muss es ja nicht selbst gemacht haben«, antwortete ich. »Immerhin hat sie Zorn an ihrer Seite und der wiederum dürfte Leute kennen, die jemanden für ein paar Tausender killen.«

»Was willst du jetzt tun?«

»Zumindest schreiben, dass es den Film, mit dem Engels Liane erpressen wollte, wirklich gibt. Und dann abwarten, was passiert.«

»Ich fände es besser, wenn du den Kollegen den Tipp mit dem Film gibst und erst mal die Füße stillhältst.«

»Warum?«

Er seufzte, als habe er ein störrisches Kind vor sich. »Du hast keine Zeugen für das Gespräch. Zorn und Kleinert werden bestreiten, dass es so stattgefunden hat.«

»Warum sollten sie das tun?«, fragte ich. »Engels ist tot

und kann nicht bestraft werden, Liane ist tot und kann nicht bloßgestellt werden.«

»Trotzdem – überlass es der Polizei.«

»Ich schlaf drüber«, gähnte ich. »Ab ins Bett.«

Der Schlaf wollte nicht kommen. Mein Fall war ein Teppich mit vielen Fäden, die verknüpft werden wollten, aber nicht konnten.

Im Morgengrauen erinnerte ich mich an Zorns Bemerkung: *Lianes Vater ist tot, das kann ich Ihnen versichern.*

Wenn Moreck, Zorn und Renate sich von früher kannten, konnte einer der beiden Männer der Erzeuger von Liane sein. Aber noch ein dritter kam infrage: Engels! Dieser Gedanke war so unglaublich, dass ich ihn verscheuchte. Doch er kam immer wieder. Hatte Engels seine eigene Tochter vergewaltigt und geschwängert?

Wir saßen gerade mal fünf Minuten im Auto, als er den Wagen in den Gegenverkehr steuerte. Das war die Aussage von Renate Kleinert.

Kleist fand meinen Verdacht nicht ganz abwegig, als ich ihm bei der ersten Tasse Kaffee des Tages davon erzählte.

»Dann hätte Kleinert gelogen.«

»Das soll vorkommen«, sagte er. »Ich werde einen DNA-Abgleich zwischen Liane und Engels veranlassen.«

Beziehungsgestörte Männer

Olli Moreck wollte seinen Puppen-Puff vor dem drohenden Konkurs retten. Auf Flyern pries er einen kostenlosen Schnuppertag an. Und zwar für morgen, am Samstag, ab zwölf Uhr mittags bis neunzehn Uhr abends. Damit die Gäste nicht Gefahr liefen, von irgendwelchen Medien identifiziert zu werden, konnten sie sich Karnevalsmasken ausleihen und so inkognito das *Bordoll* betreten und wieder verlassen. Wie verrückt war das denn?

In der Redaktionskonferenz stieß Morecks Aktion auf großes Interesse. »Wer hat Bereitschaftsdienst?«, fragte ich.

»Frau Dr. Wurbel-Simonis«, wusste Damm. Er lächelte maliziös. »Das wäre doch mal eine schöne Gelegenheit, aus dem Tempel der erhabenen Kunst hinabzusteigen in die Niederungen der menschlichen Triebe.«

Mäggi sah ihn an und ihr Blick war verschleiert. Rote Flecken an Hals und Dekolleté. Zu allem Unglück setzte sie noch die Brille ab. Mäggi-Alarm! Gespannte Stille in der Runde.

»Mir ist nichts Menschliches fremd«, lächelte sie. »Deshalb lassen mich Ihre Attacken auf meine journalistische Professionalität relativ kalt, Herr Damm. Natürlich berichte ich über den Schnuppertag im *Bordoll*. Soll ich Ihnen eine Puppe als Belegexemplar mitbringen? Vielleicht diesen hübschen Diego?«

Das war heftig. Alle hielten den Atem an.

Erst Simon, jetzt Mäggi. Mein Ruf als Schreckschraube der Redaktion bröckelte. Ich musste dringend nachbessern.

»Es reicht mir, wenn Sie die Geschehnisse auf eloquente Weise schildern«, gab Damm zurück. »Aus Ihrer ganz persönlichen Sicht als emanzipierte ältere Frau auf Entdeckungsreise in einer für sie fremden Welt.«

»Gerne, Herr Damm«, strahlte Mäggi. »Ich werde ein fiktives Interview mit einer Silikonpuppe führen. Über beziehungsgestörte Männer.«

»Und ich mache die Fotos«, sagte Wayne.

»Ich geh auch mit«, kündigte Mareike an.

»Will noch jemand mit?«, fragte Damm.

Bärchen meldete sich. »Ich leiste Erste Hilfe – falls nötig.«

»Sieht nach einem Betriebsausflug aus«, stellte Damm amüsiert fest. »Und jetzt zur morgigen Ausgabe. Ich höre!«

»Das Video von der Vergewaltigung von Liane Licht gibt es wirklich«, sagte ich. »Engels hat es ihr zugeschickt, damit sie ihre Aussage zurückzieht. Ich habe den Film teilweise gesehen.«

»Wie bitte?«

»Ich habe die Mutter von Liane Licht gefunden. Sie hat ihn mir vorgespielt. Frau Kleinert ist in der Stadt und wohnt im *Bordoll.* Sie und der Geschäftsführer sind Freunde oder auch mehr. Engels und sie kannten sich ebenfalls. Er hat vor fünfundzwanzig Jahren einen Unfall gebaut, der sie zum Krüppel gemacht hat. Sie hatte ihm vorgesungen – aus Mozarts *Zauberflöte.*«

»Dann haben wir ja unsere Mörderin!«, rief Damm aus. »Bessere Motive gibt es wohl kaum!«

»Ich kann mir das nicht vorstellen«, antwortete ich. »Dazu war der Mord zu gut geplant. Sie wirkt traumatisiert durch den Verlust ihrer Tochter.«

»Weiß die Polizei das alles?«

»Noch nicht. Wir haben die Sache exklusiv.«

»Prima. Haben wir ein Foto von der Frau?«

»Das können wir problemlos beschaffen. Bei YouTube gibt es ein Musikvideo. Sie ist Sängerin in einer Jazzband auf Rügen.«

»Dann nehmen wir die Fotos, die öffentlich zugänglich sind«, entschied Damm. »Sechzig Zeilen ohne Fotos.«

»Geht klar. Ich nehme an, dass die Polizei anschließend von uns wissen will, wo sich Kleinert befindet.«

»Informantenschutz!«, sagte Damm. »Ich kläre das zur Sicherheit noch mit unserem Justiziar.«

Männerhand mit Goldring

»Sonnenkönig« filmte Vergewaltigung –
Mutter des Opfers: »Er hat den Tod verdient!«
Exklusivbericht von Maria Grappa
Renate K. (50) drückt die Starttaste des Videoplayers. Wenige Sekunden später erscheint das Gesicht ihrer toten Tochter auf dem Monitor. Auch im Bild: eine Männerhand mit Goldring und einem Glas Sekt. Die junge Frau trinkt zögernd. Schnitt. Kurz danach liegt die 24-Jährige auf einem Bett, offensichtlich betäubt. Ein Mann tritt ins Bild, mit dem Rücken zur Kamera. Sein Gesicht ist nicht zu erkennen. Er öffnet die Schenkel der Frau.
»Engels hat meiner Tochter den Film zugeschickt, um sie daran zu hindern, ihn weiterhin der Vergewaltigung zu beschuldigen«, so die Mutter der verstorbenen Schauspielerin.
Rückblick: Lange war unklar, ob das Video überhaupt existiert. Nachdem sowohl Engels als auch sein Opfer tot sind, gab es für die Polizei keinen Grund, weiter danach zu suchen. Gegenüber dem *Tageblatt* räumt Renate K. ein, dass sie den Ex-Intendanten schon lange Jahre kennt – sie hat sich vor fünfundzwanzig Jahren bei ihm um eine Rolle beworben. Anschließend verschuldete Engels einen Unfall, bei dem K. schwer verletzt wurde. Seither hat sie eine Gehbehinderung. »Engels hat drei Leben zerstört. Meins, das meiner Tochter und das ihres ungeborenen Kindes. Man kann sicher darüber nachdenken, ob er den Tod nicht verdient hat.« Mit dem Mord an Adalbert Engels will die Jazzsängerin jedoch nichts zu tun haben.

Ich speicherte den Text ab. Wayne legte eine Auswahl von Fotos auf den Tisch. Rena Klein mit den *Bathing fishes* als Aufmacherbild, Liane, Engels – Champagner schlürfend und ein Außenschuss vom *Bordoll*-Gebäude.

Damms Büro klärte, ob wir das YouTube-Video veröffentlichen durften. Wir bekamen die Erlaubnis und setzten einen Link auf unsere Homepage.

Eine Stunde später meldete sich die Polizei beim Verleger und fragte nach dem Aufenthaltsort von Renate Kleinert. Er verweigerte die Antwort. Die Polizei kündigte an, sie zur Fahndung auszuschreiben.

»Na, da hast du dich ja einigermaßen gut aus der Affäre gezogen«, meinte Kleist am Abend. »Die Kollegen werden Renate Kleinert finden. So abwegig ist es nicht, sie im *Bordoll* zu vermuten.«

Der Schnuppertag fällt aus

Olli Moreck tobte. Er beschimpfte die Polizei als Terrororganisation, bis ihm ein Beamter mit Festnahme wegen Beleidigung drohte. Die Staatsanwaltschaft hatte eine Hausdurchsuchung im *Bordoll* beantragt, ein Richter hatte sie genehmigt.

Eine halbe Stunde, bevor der Tag der offenen Tür im Puppen-Puff beginnen sollte, machte die Polizei den Laden dicht und sicherte das Gelände.

Mäggi, Wayne und ich standen hinter dem rot-weißen Absperrband.

»Drehen wir die Story halt um«, schlug ich vor. »*Polizei verhindert Schnuppertag.* Niemand soll uns mangelnde Flexibilität vorwerfen.«

»Okay, ich bin dann mal unterwegs«, sagte Wayne und schlenderte Richtung *Bordoll*-Eingang.

Dort standen bereits andere Medienvertreter, die sich um Fotos, O-Töne und Statements bemühten.

Langsam trudelten auch die Schnuppertag-Gäste ein. Morecks Werbeflyer waren auf fruchtbaren Boden gefallen.

Gemischtes Publikum. Vom Jugendlichen bis zum Greis. Auch ein paar Frauen waren unter den Neugierigen.

Die ersten Besucher murrten und schimpften beim Anblick der Absperrung. Zwei junge Männer wollten unter dem Band hindurch, doch Polizisten drängten sie zurück. Die Männer wehrten sich und wurden abgeführt. Angehörige eines Spezialeinsatzkommandos mit Helm und Schild bezogen Stellung direkt vor den aufgebrachten Leuten.

»Hier findet eine Polizeiaktion statt!«, schallte es aus dem Megafon. »Die angekündigte Veranstaltung fällt aus. Verlassen Sie umgehend das Gelände! Für die Medienvertreter wird eine mobile Pressestelle eingerichtet. Wer unserer Aufforderung nicht nachkommt, hat mit Konsequenzen zu rechnen.«

Die Besucher verzogen sich schimpfend. Moreck war nicht zu sehen. Nach und nach brachten Beamte in weißen Plastikanzügen Aktenordner, Kisten und elektronisches Gerät nach draußen und verstauten sie in einem Polizeiwagen.

Während Wayne seinen Job machte, beobachtete Mäggi die Vorgänge mit ungläubigem Staunen. »Hast du das gewusst, Grappa?«, fragte sie.

»Klar. Die Polizei fragt mich immer um Rat, bevor sie eine Hausdurchsuchung durchführt.«

Sie verdrehte die Augen. »Mein fiktives Interview mit einer Doll kann ich mir jetzt wohl abschminken. Ich hatte mir schon so tolle Fragen überlegt.«

»Dann schreibst du halt über die Hausdurchsuchung.«

»Kannst du das nicht machen?«

»Mäggi! Das machst du doch mit links.«

Ein weiterer Polizeiwagen fuhr aufs Gelände: die mobile Pressestelle.

Ich wollte mich gerade abwenden, da sah ich im Augenwinkel Renate Kleinert, eingerahmt von zwei Polizisten. Sie wurde mit gefesselten Händen aus dem Haus geführt.

»Das ist die Mutter der toten Sängerin«, sagte ich. »Sie haben sie erwischt. Jetzt wird es spannend.«

Die mobile Pressestelle wurde bereits von den Kollegen belagert. Wir stellten uns dazu.

Der Pressesprecher telefonierte und gab danach die Festnahme von Renate Kleinert bekannt. »Es geht um eine Zeugenaussage im Mordfall Engels, vielleicht ergibt sich der Verdacht der Verschleierung einer Straftat bis hin zur Beihilfe zum Mord.«

»Frau Kleinert ist krank. Depression!«, rief ich.

»Sie wird vor der Vernehmung einem Arzt vorgestellt. Machen Sie sich keine Sorgen um Ihre Informantin, Frau Grappa. Hätten Sie uns früher über den Aufenthaltsort der Zeugin informiert, hätten wir uns diese Aktion heute sparen können. Heute Nachmittag gibt es eine Pressemitteilung der Staatsanwaltschaft mit neuen Fakten. Mehr gibt es zurzeit nicht zu sagen. Die Aktion ist beendet. Vielen Dank für Ihr Interesse.«

Der Sprecher wandte sich ab, stieg ins Auto, schloss die Schiebetür und fuhr weg. Das Spezialeinsatzkommando war auch schon wieder abgerückt. Vor dem Absperrband parkte nur noch ein Polizeiwagen mit zwei Beamten. Die Stallwache – für den Fall, dass noch Schnuppertag-Nachzügler auftauchen würden.

Ich zeigte meinen Presseausweis vor, näherte mich dem Haus und klingelte.

Moreck erschien in der Tür.

»Das haben wir Ihnen zu verdanken, Frau Grappa«, blaffte er mich an. »Ihr Artikel hat meine Werbeaktion zunichte gemacht.« Die Narbe in seinem Gesicht glühte. »Bisher haben wir vertrauensvoll zusammengearbeitet, aber damit ist jetzt Schluss. Ich werde daraus Konsequenzen ziehen.«

»Ist das eine Drohung?«, fragte ich nach.

»Das können Sie gerne so auffassen.«

Moreck bemerkte, dass Wayne ihn ablichtete. »Freundchen!«, schrie der *Bordoll*-Besitzer. »Lass das. Wenn dieses Foto erscheint, kriegt ihr richtig Stress.«

»Natürlich bringen wir das Foto! Wir haben als Berichterstatter eine Polizeiaktion beobachtet. Und Sie gehören nun mal dazu. Sonst haben Sie doch auch nichts dagegen, Ihren Kopf in jede Kamera zu halten«, blaffte nun auch ich.

Moreck ließ uns stehen, stapfte zu seinem Wagen, stieg ein, startete, würgte den Motor ab, startete erneut und düste von dannen.

»Wo er wohl hinwill?«, fragte ich.

»Ist doch egal«, zirpte Mäggi. »Was für ein unfreundlicher Kerl! Können wir jetzt los, Grappa?«

»Ich fahre ihm hinterher«, kündigte ich an. »Kommt ihr ohne mich klar?«

Küsse im Strandkorb

Moreck nahm die Bundesstraße, die noch weiter in den Süden der Stadt führte. An der Abfahrt zur Hohensyburg bog er ein. Ich folgte ihm durch einen kleinen Wald, ein Wohngebiet mit Einfamilienhäusern und suizidalen Schottergärten. Hier wuchs und blühte nichts mehr. Die Vorgartengestaltung versprach, den letzten Insekten in diesem Gebiet den Garaus zu machen.

Moreck hielt vor einem unauffälligen Einfamilienhaus, stieg aus und knallte die Tür zu. Er drückte die Fernbedienung der Zentralverriegelung, öffnete die Haustür mit einem Schlüssel und begrüßte jemanden. Dann verschwand er im Haus.

Ich verließ meinen Golf etwa fünfzig Meter entfernt und ging auf das Haus zu. Vom Bürgersteig bis zum Klingelschild waren es etwa acht Meter. Die Fenster zur Straße waren mit einer blickdichten Jalousie verhängt. Die Chance, dass ich gesehen wurde, war gering.

Moreck – stand auf dem Namensschild. Was hatte ich anderes erwartet? Der Gummikönig hatte sich eine spießige Bude zugelegt. Ein geflochtener grüner Plastikkranz mit wetterfesten Keramikäpfeln klebte an der Tür und auf der Fußmatte prangte ein eingeknüpftes *Willkommen.* Ich würde das nicht wörtlich nehmen.

Neben dem Haus standen mehrere verschiedenfarbige Mülltonnen. Moreck war offenbar ein bekennender Anhänger der Getrenntmüllsammlung. Neben den Tonnen führte ein schmaler Weg in den Garten hinter das Haus. Ich drückte mich an der Wand entlang und hatte bald einen Blick auf die Terrasse. Moreck saß mit einem Mann in einem Strandkorb in der Sonne. Die beiden küssten sich. Der zweite Mann war Adrian Schmaus!

»Guten Tag, die Herren!«, rief ich und ging auf die beiden zu. Sie schauten, als hätten sie eine Begegnung mit einem Alien. »Ich störe doch nicht?«, fügte ich sicherheitshalber hinzu.

Adrian erholte sich als Erster von dem Schock. »Hallo, Frau Grappa. Schön, Sie zu sehen.«

Moreck atmete schwer. Schmaus legte die Hand auf seinen Arm. »Lass gut sein, Schatz.«

Der Kampfhund mutierte zum Pinscher. »Setzen Sie sich doch zu uns«, presste er heraus.

»Sie wundern sich bestimmt, mich hier zu finden«, lächelte Adrian. Er sah tipptopp aus: Muskelshirt, Knackpo in kurzen Shorts, braun gebrannte rasierte Beine, um die ihn jede Frau beneidet hätte.

»Ich freue mich immer, wenn sich zwei Menschen gefunden haben«, sülzte ich. »Dass Adrian schwul ist, wusste ich ja, aber Sie, Herr Moreck? Sie wirken, als hätten Sie jedes der Häschen flachgelegt, das für Sie anschaffen geht.«

»Ich habe nichts gegen diesen Ruf«, sagte er. »In meiner Branche gelten Schwule als Weicheier und Jammerlappen.«

»Wie haben Sie beide sich denn kennen- und lieben gelernt?«

So ganz passte Moreck mein Fragestil nicht. »Ist das ein Interview für Ihr Käseblatt?«, brauste er auf.

Ich verneinte. »Rein private Neugierde. Die Öffentlichkeit interessiert es nicht, mit wem Sie zusammen sind.«

»Ich fand Ollis Aktion auf der Pressekonferenz mit der Puppe so toll«, erzählte Adrian. »Wie er dem dauergeilen Engels die Doll auf den Schoß gesetzt hat. Da hab ich ihn angerufen und ihm gesagt, dass ich das ungeheuer mutig fand. Wir sind ins Gespräch gekommen und es hat schnell klick gemacht. Und jetzt hole ich Ihnen einen Drink, Frau Grappa. Prosecco, Gin Tonic oder Wein?«

»Wasser, bitte.«

Leichten Schrittes tänzelte er zum Haus. Moreck sah ihm verliebt nach. Nie hätte ich diesem groben Kerl solche Gefühle zugetraut.

»Kennen Sie Renate Kleinert auch schon von früher?« wollte ich wissen.

»Was heißt ›früher‹?«, fragte er vorsichtig.

»Vor Lianes Geburt. Als sie mit Utze Zorn befreundet war.«

»Nein. Ich kenne nur Engels von früher. Utze hab ich vor einigen Monaten zum ersten Mal getroffen und Kleinert, als er sie in seinem Appartement im *Bordoll*-Gebäude untergebracht hat. Mir war nicht klar, dass sie die Mutter von dem Mädchen ist. Das hab ich erst später gerafft.«

»Wann ist Frau Kleinert denn in Bierstadt aufgetaucht?«

»Kurz nach Engels Tod.«

»Und Sie haben sich nicht gewundert?«

»Warum sollte ich? Ich kannte die Zusammenhänge nicht. Sie hat bei Utze gewohnt und gut.«

Adrian kehrte mit der Flasche Wasser zurück. Er goss mir etwas in ein Glas und setzte sich wieder.

»Und Sie?«, fragte ich. »Haben Sie Frau Kleinert im *Bordoll* gesehen?«

»Ich war doch noch nie in dem Laden und kann sie deshalb dort auch nicht gesehen haben«, antwortete Adrian.

»Was hat Zorn eigentlich vor dem Job als Geschäftsführer im *Bordoll* gemacht?«

»Hey, hey«, regte sich Moreck auf. »Können Sie nicht aufhören mit dieser ewigen Fragerei?«

»Ich will mir nur ein Bild machen«, beschwichtigte ich. »Ich krieg das auch ohne Sie raus.«

»Utze war Steuerberater, hat den Job aber an den Nagel gehängt. Es gab Unregelmäßigkeiten. Mehr weiß ich nicht. Seinen Job im *Bordoll* macht er klasse. Er kann gut mit Banken und Finanzbehörden.«

Ich schaute auf die Uhr. Es wurde Zeit, nach Hause zu fahren. Auf dem Rückweg schaltete ich das Radio ein. Die Festnahme von Renate Kleinert und die Durchsuchung des *Bordolls* waren die Spitzenmeldungen.

Mäggis Artikel über den geplatzten Schnuppertag stand schon im Netz, als ich zu Hause ankam.

Polizei »schnuppert« im *Bordoll* –
Hausdurchsuchung und eine Festnahme

Puppen-Puff-Besitzer Olli Moreck hatte zum kostenlosen Beschnuppern seiner lebensgroßen Silikonsexspielzeuge eingeladen, um seinen Laden wieder in Schwung zu bekommen. Doch die Polizei schnupperte zuerst und schickte Morecks potenzielle Kunden flugs wieder nach Hause. Alle Proteste der erotisch interessierten Männer waren vergebens: Absperrband und ein Spezialkommando der Polizei zeigten den Besuchern, wo es lang ging – nämlich nicht ins *Bordoll*.

Die Beamten beschlagnahmten zahlreiche Papiere und Computer und nahmen eine Frau fest: Renate K. (Foto) ist die Mutter der 24-jährigen Liane Licht (Foto), die sich umgebracht hat, nachdem sie gegen Maestro Adalbert Engels schwere Vorwürfe erhoben hatte. In einer Pressemitteilung teilte die Staatsanwaltschaft am Nachmittag mit, dass Renate K. aufgrund ihrer gesundheitlichen Probleme einem Arzt vorgestellt worden ist, der sie als vernehmungsunfähig eingestuft hat. K. befindet sich in einem Krankenhaus. Die beschlagnahmten Utensilien aus dem *Bordoll* werden zurzeit ausgewertet. Wir berichten weiter.

Die Welt urteilt nach dem Scheine

»Mein Fall bringt mich um den Verstand!«, rief Kleist und schleuderte seine Aktentasche in den Flur.

Huch. So genervt kannte ich ihn nicht.

»Ich kann auch trösten«, behauptete ich. »Was ist passiert?«

»Maulwürfe. Kollegen haben geplaudert. Zwei Polizisten, eine Sachbearbeiterin und zwei Mitarbeiterinnen bei der Bezirksregierung sollen illegal Informationen weitergegeben haben. Die Staatsanwaltschaft ermittelt gegen fünf Beschuldigte wegen Verrats von Dienstgeheimnissen an den Miri-Clan. Das wird jetzt erst mal geklärt.«

»Och, schön, dann kannst du mir ja beim Mordfall Engels helfen.«

Er schaute mich an, als wüsste er nicht, ob er lachen oder weinen sollte. Ich küsste ihn auf die Wange. »War nur Spaß. Hast du schon was gegessen?«

»Nein, mir knurrt der Magen.«

»Dann mach ich was, um dich zu beruhigen«, kündigte ich an.

»Dann muss es aber schon ein Fünf-Gang-Menü sein«, sagte er genervt.

»Fünf Gänge? Ich krieg nur einen zustande.«

»Dann ist ja alles wie immer. Ich dachte schon, du mutierst doch noch zum Hausfrauentier. Lass mich mal!«

Er riss die Kühlschranktür auf. Eingelegte Gürkchen, Preiselbeeren, zwei Packungen Doppelrahmfrischkäse, Frühlingszwiebeln. Im Gemüsefach eine Avocado, Datteln und Bacon.

»Für einen Dip reicht das. Ist noch Brot da?«

Ich schaute nach. »Nur Knäcke. Es biegt sich aber schon.«

»Egal. Gib her.«

Er warf den Käse in eine Schüssel, zerhackte Zwiebeln und Datteln, würzte mit Salz, Pfeffer und einer Prise Zucker und vermischte alles mit einer Gabel. Das Knäckebrot trocknete er im Toaster, belegte es mit Avocadoscheiben und garnierte diese mit Preiselbeeren.

Ich wählte derweil den Wein aus. Einen lachsfarbenen Syrah aus dem Lubéron.

Der Dip schmeckte köstlich. Ich berichtete von dem missglückten Schnuppertag im *Bordoll* und Kleinerts Festnahme. Kleist amüsierte sich und meinte: »Moreck ist ein verrückter Vogel, aber nicht ungefährlich. Er weiß sehr genau, was er will und nicht will.«

»Was meinst du damit?«

»Er ist mehrere Male wegen Körperverletzung und Steuerdelikten vorbestraft. Das ist allerdings schon Jahre her. Inzwischen scheint er ruhiger geworden.«

»Er und Adrian sind ein Paar.«

»Moreck ist schwul?«, fragte Kleist ungläubig.

»Hätte ich auch nicht gedacht. Aber mir gefällt es, wenn die eigenen Vorurteile von der Realität ad absurdum geführt werden.«

»Ja, das ist schön. *Die Welt urteilt nach dem Scheine,* sagte schon Goethe.«

Da Kleists Dip die letzten Vorräte im Haus erschöpft hatte, fuhren wir am späten Sonntagmorgen in ein Hotel, dessen Frühstücksbuffet legendär war. Ich war früher als Single häufiger hier gewesen, auch mit den Kollegen, die allein lebten oder vergessen hatten, einzukaufen. Die Sonne zeigte sich freundlich und es gab einen Garten mit Tischen und Stühlen zwischen blühenden Sträuchern. Mit gefüllten Tellern suchten wir nach einem Platz.

»Hallo, Grappa!«

Ich zuckte zusammen. Langsam drehte ich mich um. Simon Harras saß entspannt in einem Korbstuhl und grinste uns an.

»Du erwartest hoffentlich nicht, dass wir uns zu dir setzen«, stellte ich klar.

»Auf keinen Fall, Grappa«, entgegnete er. »Ich will das junge Glück nicht stören.«

Kleist lauschte amüsiert unserem Schlagabtausch. »Was war das denn?«, fragte er, als wir uns aus dem Sichtfeld des Kollegen entfernt hatten.

Ich erklärte ihm die Situation. »Ich mag ihn ja eigentlich«, seufzte ich. »Aber er kann sein freches Maul nicht halten und seine Machosprüche sind oft übel. Er muss aufpassen, dass Damm ihn nicht rausschmeißt. Jetzt hat er erst mal einen Krankenschein.«

Leider hatte ich nicht mit Simons Durchhaltevermögen gerechnet. Er ließ uns zwar in Ruhe frühstücken, wartete aber in der Hotellobby auf mich.

Ich sah ihn schon von Ferne. »Och, nee!«

»Na, komm«, ermunterte mich Kleist. »Du magst ihn doch eigentlich.«

»Geht es dir besser?«, fragte ich brav, als wir auf Simons Höhe waren.

»Nein. Ich saufe nicht mehr und ich geh ins Fitnessstudio. Einen Prosecco, Grappa?«

»Nein. Die Sonne scheint noch zu hell.«

»Ab morgen arbeite ich wieder«, kündigte Harras an. »Ich halte es zu Hause noch weniger aus als in der Redaktion.«

»Stella wird begeistert sein. Und Mareike auch – sie arbeitet sich zurzeit in dein Ressort ein.«

»Mareike?« Ihm fiel alles aus dem Gesicht. »Wer hatte denn diese bekloppte Idee?«

»Der Besitzer unserer Zeitung«, lächelte ich süffisant. »Er heißt Hans Damm.«

»Es wird wirklich Zeit, dass ich zurückkomme«, murrte er grimmig. »Um aufzuräumen.«

»Darf ich dir einen Ratschlag geben?«

»Wenn es sein muss.«

»Geh mal lieber mit gebremstem Schaum an dein Aufräumen. Kriegst du das hin?«

Nacktkegeln

Am Montagmorgen saß Simon tatsächlich in der Konferenz, als sei nie etwas gewesen. Stellas Miene gefror, ihr Körper versteifte sich.

Carsten Biber guckte amüsiert. »Hallo, Simon, bist du dem Tod noch mal von der Schüppe gesprungen?«, fragte er.

»War ganz knapp«, antwortete Simon. »Aber Unkraut vergeht nicht.«

Damm betrat den Raum. Er schien nicht überrascht, Simon zu sehen. Also hatte wohl ein Gespräch zwischen den beiden stattgefunden.

»Guten Morgen in die Runde.« Er setzte sich. »Bevor wir zum Tagesgeschäft kommen: Herr Harras ist wieder an Bord. Trotz einiger unschöner Vorfälle in der letzten Zeit erwarte ich ein kollegiales Miteinander, und zwar von allen.« Er schaute Stella direkt an. »Ich bitte ausdrücklich um eine ruhige

Atmosphäre. Wir sind nicht hier, um uns zu mögen, sondern um zusammen an einem guten Produkt zu arbeiten.«

Das Wort zum Montag.

Stella wollte reagieren, doch Damm war schneller. »Ich werde meine Ansage nicht diskutieren. Halten Sie sich einfach alle daran. Und jetzt kümmern wir uns um die neue Woche. Polizei und Staatsanwaltschaft haben telefonisch zu einer Pressekonferenz in Sachen Engels-Mord eingeladen. Die Mail mit der genauen Zeit kommt noch. Es geht um die Ergebnisse der Hausdurchsuchung gestern im *Bordoll*. Wir hatten ja schon einen Onlinebericht und einen Artikel heute im Blatt. Danke, Frau Wurbel-Simonis. Frau Grappa und Herr Pöppelbaum besuchen den Termin heute. Ich plane sechzig Zeilen plus Fotos ein. Gibt es noch weitere Themen vom Wochenende, die wir nachtragen müssen?«

Mareike meldete sich. »Ich hatte ja das Sportressort übernommen.« Ein vielsagender Blick traf Simon Harras. »Und deshalb war ich am Samstag auf einem Kegelturnier. Der Vorsitzende beklagte, dass Kegeln als Volkssport keinen jungen Menschen mehr interessiert. In spätestens fünf bis zehn Jahren sei Kegeln Geschichte.«

»Sehr innovativ«, unkte Simon. »Das nenne ich mal eine investigative Recherche.«

»Ist es auch«, verteidigte sich Mareike. »Deshalb hat sich der Verein *Grüne Tanne* ein neues Format einfallen lassen. Er bietet einmal die Woche eine neue Show, um Nachwuchs zu rekrutieren. Nacktkegeln. Also, nicht ganz nackt. Nur oben ohne.«

»Und darüber sollen wir berichten?«, fragte Damm ungläubig.

Mareike wurde unsicher. »Ist doch eine skurrile Sache. Ich dachte, dass wir immer das Besondere in den Fokus stellen. Und das ist besonders.«

»Wir sorgen aber nicht dafür, dass sich besoffene Opis an

halb nackten Frauen aufgeilen können«, polterte Damm. »Verehrte Kollegin, dass Sie als Frau einen solchen Vorschlag machen, enttäuscht mich. Soll der Typ doch sehen, wie er seine Bude vollkriegt. Abgelehnt.«

»Ich hätte ja auch kritisch darüber berichtet«, versuchte Mareike, sich zu verteidigen.

»Egal. Jeder Artikel – auch ein negativer – ist Werbung. Bitte weitere Vorschläge.«

Mäggi startete einen Versuch. »Das Schauspiel zeigt ab nächste Woche ein Jugendstück, und zwar eine Kammeroper mit dem Titel: *Hamlet – Sein oder Nichtsein?* Ich denke an einen Vorbericht.«

»Und was ist daran jugendkompatibel?«

»Das Geschehen wird aus der Perspektive eines pubertierenden Hamlet geschildert, der den Tod seines Vaters nicht verkraftet hat und glaubt, dass der Vater umgebracht worden ist. Im Gefühlschaos zwischen Depression, Verdächtigungen und seiner Liebe zu Ophelia hört er Stimmen.«

»Hamlet sollte dem Kegelklub *Grüne Tanne* beitreten«, frotzelte Bärchen Biber. »Dann sieht er die raue Realität und das mit den Stimmen hat sich bald erledigt.«

»Meine Güte«, seufzte Damm. »Da ist eine Jubilarehrung der IG Metall prickelnder. Wenn das in dieser Woche mit den Themen so weitergeht, verkaufe ich die Zeitung für einen Euro. Und Sie alle können beim Arbeitsamt Kegeln gehen. Meinetwegen auch nackt.«

Wutentbrannt sprang er auf und knallte die Tür.

Zwei Kinder im Mann

»Na, wie isses?«, fragte ich Simon am Mittagstisch in der Kantine.

»Ich bin in einer Gesprächstherapiegruppe«, erzählte er.

»Du hast es tatsächlich getan?«, erkundigte sich Wayne.

»Ich will ein netterer Mensch werden.« Das Grinsen des Sportreporters ließ mich an der Ernsthaftigkeit der Aussage zweifeln. »Ich werde allen Honig um den Bart schmieren und niemals wieder Kritik an anderen Menschen üben«, beteuerte er. »Stella werde ich Kaffee bringen und zum Wochenanfang Blumen.«

»Das ist ja schon mal danebengegangen«, erinnerte ich ihn.

Wir bekamen ein Zeichen, dass unser Mittagessen fertig war. Es gab erstmals vegane Currywurst. Sie wurde aus alten Brötchen getöpfert, die mit Zwiebeln, Milch, Kichererbsenmehl vermischt, weich gemacht und wurstähnlich geformt wurden, wie uns die Kantinenwirtin erklärte.

»So was esst ihr?«, fragte Simon angeekelt und haute die Zähne in seine Frikadelle. »Warum ahmen Menschen, die konsequent auf tierische Produkte in ihrer Ernährung verzichten, ausgerechnet Würste nach?«

»Warum nicht?«, entgegnete ich. »Das erleichtert ihnen den Ausstieg aus dem Fleischbusiness.«

»Schmeckt gar nicht schlecht«, sagte Wayne und versenkte ein Stück im Mund.

»Stimmt«, kaute ich. »Es schmeckt nach gewürztem altem Brot.«

»Was passiert denn so in deiner Therapiegruppe?«, wechselte Wayne das Thema. »Musst du deinen Namen tanzen?«

»Bisher nicht. Das Kind in mir muss seine Heimat finden.« Das klang theatralisch.

»Willst du aus Bierstadt weg?«, grinste ich.

»Nur wenn du mitkommst, Grappa!«

»Nun erzähl schon.« Ich schob die Brotwurst von mir.

»Wir alle haben ein Schattenkind in uns. Das steht symbolisch für negative Prägungen aus der Kindheit. Meine Therapeutin hat meine schädlichen Denkmuster analysiert.«

»Die hätte ich dir auch benennen können«, behauptete ich. »Du denkst von dir: Ich kann alles. Ich bin der Größte und – mir müssen alle zu Füßen liegen. Und nicht zu vergessen: Alle Frauen sind Schlampen.«

»Falsch, Grappa. Mein Denkmuster ist: Ich genüge nicht! Ich bin nix wert! Keine Frau kann mich lieben. Und der Clou ist: Wenn das Schattenkind getröstet wird, kommt das Sonnenkind zum Vorschein und alles wird gut.«

»Ich hol uns einen Kaffee«, seufzte Wayne. »Willst du auch einen, Simon? Oder musst du erst die beiden Kinder in dir fragen?«

Stella stürzte in die Kantine, sah uns und eilte zum Tisch. Simon würdigte sie keines Blickes.

»Für dich, Grappa.« Sie reichte mir eine ausgedruckte Mail. »Pressekonferenz im Polizeipräsidium. Schon in einer halben Stunde.«

Ich schaute auf das Sendedatum. Die Einladung war vor zwei Stunden an die Redaktion geschickt worden.

»Warum gibst du mir die Mail erst jetzt?«, fragte ich.

»Ich war beschäftigt.«

»*Bookworm* oder Erotik-Chat?«

Simon applaudierte.

Nicht vernehmungsfähig

Rappelvoll war's. Die Mischung aus Verbrechen, Sex und Glamour zog die Medien – besonders die Boulevardpresse – immer noch an. Die meisten Kollegen kannte ich seit vielen Jahren und sah sie nur wieder, wenn ein spektakuläres Verbrechen geschah. Das Waten in Blut, Gewalt und Sperma hatte viele zu Zynikern werden lassen, und älter geworden waren wir auch alle.

Ich ließ Wayne an meinen tiefschürfenden Gedanken teilhaben und er meinte: »Du bist nicht alt, Grappa, sondern nur weise.«

Schleimer. Aber es tat dennoch gut.

Polizeipräsident, Oberstaatsanwalt Beyer, die Leiter von der Mordkommission ›Sonnenkönig‹ und der Pressestelle nahmen Platz, die Mikrofone wurden installiert, die Kameras eingerichtet.

Nach der Begrüßung ging der Staatsanwalt gleich in die Vollen. »Unsere Hausdurchsuchung im sogenannten *Bordoll* war erfolgreich. Wir haben eine wichtige Zeugin festgenommen und in ihrem Besitz ein Video gefunden, das die Vergewaltigung der inzwischen verstorbenen Liane Licht durch Adalbert Engels zeigt. Die Vorwürfe, die die junge Frau gegen ihn erhoben hat, sind also wahr.«

»Konnte Engels in dem Video eindeutig identifiziert werden?«, fragte ein Kollege.

»Ja. Der Film ist rund acht Minuten lang. Die Kamera war fest installiert und manche Szenen sind bearbeitet worden. Das Gesicht des Täters ist nicht zu erkennen, weil es verpixelt wurde. Aber man sieht eine auffällige Narbe unter dem Nabel des Täters, die eindeutig Herrn Engels zuzuordnen ist. Außerdem eine Männerhand mit einem goldenen Ring, den Engels nie abgelegt hat und den wir an seiner Leiche gefunden haben. Es handelt sich um eine eigens für ihn angefertigte Kopie eines Ringes des Sonnenkönigs Ludwig dem Vierzehnten. In der Pressemappe, die wir vorbereitet haben, ist dieser Ring auf einem Foto zu sehen.«

»Woran ist zu erkennen, dass die Frau vergewaltigt worden ist? Vielleicht hat sie ja freiwillig mitgemacht«, fragte ein Radioreporter. »In Künstlerkreisen geht es ja oft ziemlich locker zu.«

»Aus der Reaktion des Opfers ist eindeutig zu erkennen, dass es nicht mit dem Geschlechtsverkehr einverstanden war. Die junge Frau wurde unter Drogen gesetzt und war fast bewegungsunfähig.« Der Oberstaatsanwalt setzte die Brille ab und rieb sich die Augen. »Glauben Sie mir, ich habe in meinem Beruf einiges gesehen, aber dieses Video hat mich erschüttert. Der Täter ist sehr brutal vorgegangen, hat seinem Opfer nichts erspart. Er hat sie geschlagen und gewürgt. Die junge Frau hat um Erbarmen gebettelt, aber das störte Engels nicht – ganz im Gegenteil.«

»Wir haben einen Kriminalpsychologen zurate gezogen«, ergänzte der Leiter der Mordkommission. »Er ist ebenfalls davon überzeugt, dass es sich nicht um eine vorgetäuschte Tat handelt.«

»Was hat der Film für eine strafrechtliche Relevanz?«, fragte ich. »Opfer und Täter sind tot. Wen wollen Sie bestrafen?«

»Engels hat diesen Film an sein Opfer geschickt, um es zu erpressen«, antwortete der Ermittler. »Das Video spielt eine Rolle bei der Aufklärung des Mordes an Engels. Es war im Besitz der Mutter, die es leider nicht an uns weitergeleitet hat.«

»Sie wollte nicht, dass ihre Tochter so gezeigt wird«, stellte ich fest. »Auch nicht, als Liane tot war. Ich verstehe das sehr gut. Warum haben Sie die Mutter festgesetzt? Was werfen Sie ihr vor?«

»Frau Kleinert könnte Täterin oder Auftraggeberin eines Rachemordes sein.«

»Haben Sie Frau Kleinert schon vernommen?«

»Frau Kleinert befindet sich in einem psychiatrischen Krankenhaus und ist nach Aussage der Ärzte nicht vernehmungsfähig.«

»Sie haben im *Bordoll* Kisten voller Unterlagen beschlagnahmt. Was haben Sie dort gefunden?«, fragte die *Bild*-Reporterin.

»Die Untersuchungen laufen. Es sieht aber im Moment so aus, dass es keine Hinweise auf schwere Straftaten gibt. Die

Unterlagen liegen jetzt zur Überprüfung bei der Finanzbehörde.«

Mein Handy gab einen Klang von sich. Kleist hatte mir eine SMS geschickt: *DNA-Test. Engels ist der Vater von Liane Licht.*

Renate Kleinert hatte gelogen. Sie war doch von Engels vergewaltigt worden und der hatte der eigenen Tochter das Gleiche angetan. Ich mochte mir den Hass, den Kleinert entwickelt haben musste, gar nicht vorstellen.

Was für eine kranke Kiste, dachte ich und wünschte dem Mörder oder der Mörderin alles Gute.

Wieder zurück in der Redaktion rief ich Kleist an. »Danke für die Nachricht. Wissen deine Kollegen schon davon?«

»Ja. Aber sie halten die Info noch unter Verschluss. Ich denke, sie werden Renate Kleinert damit konfrontieren, sobald sie vernehmungsfähig ist.«

»Dann darf ich also nicht darüber schreiben?«

»Auf keinen Fall, zumal ich das Ergebnis über den kleinen Dienstweg erfahren habe«, sagte er. »Ich habe einen Kollegen auf Rügen – sagen wir mal – überredet, die DNA von Liane Licht an das Kriminallabor in Bierstadt zu schicken mit der Bitte, sie mit der von Engels zu vergleichen.«

»Gut, dann behalte ich das erst mal für mich«, versprach ich. »Es gibt ja auch genug anderes. Gerade hat die Staatsanwaltschaft bekannt gegeben, dass der Film von der Vergewaltigung beschlagnahmt worden ist.«

»Weiß ich schon. Lokalradio.«

»Klar, die elektronischen Medien und ihr Zeitvorsprung. Ich leg dann auch mal los.«

»Und ich kümmere mich ums Abendessen. Besondere Wünsche?«

»Alles – nur keine vegane Currywurst.«

Staatsanwalt: Engels ist ein Vergewaltiger! –
Videofilm gibt Einblicke in die kranke Welt des Sonnenkönigs

Er setzte sie unter Drogen, vergewaltigte sie und filmte die Tat, um sie erpressen zu können. Liane Licht, das Opfer des Ex-Intendanten der Sommerfestspiele wurde schwanger, wollte so nicht weiterleben und beging Selbstmord.

Oberstaatsanwalt Beyer zeigte sich erschüttert über das, was er in dem Video sehen musste. »Engels ist sehr brutal vorgegangen, hat seinem Opfer nichts erspart«, so Beyer wörtlich.

Die Ermittler haben Engels eindeutig anhand einer Narbe und eines goldenen Rings identifiziert. Vor Gericht wird er sich nicht mehr rechtfertigen müssen, denn ein Unbekannter tötete ihn – wir berichteten. Der Film ist bei einer Hausdurchsuchung im *Bordoll* beschlagnahmt worden. Dabei ist auch die Mutter der jungen Sängerin vorläufig festgenommen worden. Sie gilt als verdächtig. Die Frau befindet sich zurzeit in einer Klinik und ist vernehmungsunfähig.

Der tägliche Sarkasmus

Der wunderschöne sonnige Morgen wollte so gar nicht zu meinen finsteren Gedanken passen. Liane Licht, vergewaltigt und schwanger vom eigenen Vater. Das war nicht nur widerlich, sondern auch abgrundtief traurig.

»Du siehst erschöpft aus«, bemerkte Kleist beim Frühstück.

»Dieser Fall geht an meine Substanz«, gab ich zu. »Oder ich werde alt. Ich habe Tagträume von Stunden an tropischen Stränden, Flügen über den Regenwald in Südamerika und Wellness in den Schweizer Alpen. Alles ist besser, als ständig in Blut und Verbrechen zu stecken und darüber auch noch schreiben zu müssen.«

»Dir würde schnell langweilig«, orakelte er. »Aber ich kann dich verstehen. Mir geht es ähnlich. Ich habe einfach zu viel Blut, zu viele Tote und zu viele Straftäter erlebt, die mit lächerlichen Strafen davongekommen sind. Meine Bilanz ist also auch nicht erfreulicher als deine.«

Er räumte den Tisch ab und das Geschirr in die Spülmaschine. Der Mann war vielseitig begabt.

Auf dem Weg zum Verlag schossen mir ungeklärte Fragen durch den Kopf. Hatte Renate Kleinert ihrer Tochter erzählt, dass sie vom eigenen Vater schwanger war? War nicht die Schwangerschaft allein der Auslöser für den Selbstmord gewesen, sondern auch der Fakt, dass Engels Lianes leiblicher Vater war? Das Baby wäre gleichzeitig Lianes Kind und ihr Geschwisterchen gewesen und hätte Engels als Vater und Opa gehabt. Gruselig.

Im Großraumbüro platzte ich mitten in eine intime Zusammenkunft der drei Sekretärinnen. Stella hatte sich ein Fußkettchen stechen lassen und nahm die Bewunderung ihrer Kolleginnen Sarah und Susi entgegen. Die Kettenglieder waren blau, die ›Edelsteine‹ rot tätowiert. Tussikram.

Das Fußgelenk rund um den Knöchel war leicht geschwollen. »Das geht wieder weg«, meinte Stella.

»Das Muster ist dafür aber total schön«, tröstete Sarah. »Wie viel kostet so was? Guck mal, Grappa, sieht das nicht hammergeil aus?«

»Lass dir lieber deine Hammerzehen operieren, Stella«, sagte ich. »Dann müssen wir nicht mehr mitleiden, wenn du auf hohen Absätzen daherwackelst.«

»Das ist böse, Grappa«, meinte Susi und zog einen Flunsch.

»Ich mache mir nur Sorgen um die Gesundheit meiner Kollegen«, lächelte ich.

In der Konferenz präsentierte Mäggi den Aufmacher des Tages. Der Leiter der städtischen Kulturbetriebe stand kurz vor der Verabschiedung in den Ruhestand und sollte mit dem Verdienstorden des Landes ausgezeichnet werden. Das rief seine Gegner auf den Plan.

»Bei einer Inventur, ausgelöst durch einen Wirtschaftsprüfer, wurde festgestellt, dass Kunstwerke, die der Stadt gehören, verschwunden sind«, berichtete Mäggi. »Im Kunstarchiv der Stadt fehlen rund fünfhundert Arbeiten, den Museen sind über hundert Gemälde und Skulpturen abhandengekommen. Der Schaden soll sechsstellig sein. Jetzt wird hektisch gesucht. Ein paar Bilder sind inzwischen in einer Schulgarage gefunden worden – verdreckt und teilweise zerstört, weil dort Obdachlose hausten.«

»Unglaublich«, kommentierte Damm. »Was sagt dieser Mann, der den Orden kriegen soll, dazu? Und die anderen Verantwortlichen?«

»Die Stadt spielt das Thema herunter. Es käme halt manchmal was weg.«

»Was sind das für Bilder?«

»Die Stadt kauft seit Jahrzehnten Werke von heimischen Künstlern an, um ihre Pflicht zur Kulturförderung zu erfüllen«, erläuterte Mäggi. »Ich kenne einige von ihnen und sie wären bereit, mit uns zu reden und ihre Empörung zum Ausdruck zu bringen. Einige der Gemälde sollen in den privaten Wohnzimmern von Amtsleitern hängen, so hört man.«

Sie bekam hundert Zeilen und einen lobenden Blick des Verlegers.

»Frau Grappa, was macht unser Dauerbrenner?«

»Heute nichts. Ich muss recherchieren, wie ich an die festgenommene Frau herankomme. Sie liegt ja im Krankenhaus.«

»Prima. Aber immer schön legal bleiben, bitte.«

»Ich hatte eigentlich vor, mit einer Kalaschnikow bewaffnet in die Klinik einzudringen, die Frau zu entführen, sie in Ihrem Büro einzusperren und dort zu befragen.«

Damm starrte mich an. »Nehmen Sie lieber die MP 40, die ist leichter und liegt besser in der Hand.«

Na also, langsam klappte es mit dem täglichen Sarkasmus.

Kein Schmuddelimage mehr

Mein Weg zu Renate Kleinert führte über Adrian Schmaus. Er wohnte inzwischen bei Moreck und der wusste bestimmt von Zorn, in welchem psychiatrischen Krankenhaus Lianes Mutter sich befand.

Ich rief Schmaus an und wir verabredeten uns in Schmitzens Bistro.

Die Bäckerin staunte über den attraktiven jungen Mann an meinem Tisch. Wir bestellten Toast Hawaii, der zurzeit der Renner war. Schön altmodisch mit Schmelzkäse und Maraschinokirsche.

»Wie geht es Renate Kleinert?«, fragte ich.

»Eigentlich will ich mit der ganzen Sache nichts mehr zu tun haben«, antwortete er. »Der Mörder hatte den Mut, den sonst keiner hatte. Warum hören Sie nicht auf mit Ihren Nachforschungen?«

»Weil ich die Story ordentlich beenden will. Und dabei interessiert mich die Bestrafung des Mörders weniger. Es ist diese tragische Geschichte. Engels hat seine eigene Tochter geschwängert.«

»Wie bitte?« Adrian wurde bleich. »Wie kommen Sie denn darauf?«

»Durch einen DNA-Test.«

»Sie bluffen.«

Ich wartete, bis sich die Information in seinem Hirn eingenistet hatte.

Frau Schmitz verkürzte die Wartezeit mit der Frage nach dem »Befinden des Herrn Kleist«.

»Alles in Butter«, strahlte ich, ohne Schmaus aus den Augen zu lassen. »Langsam gewöhne ich mich daran, nicht mehr allein zu leben. Kannst du mir noch ein Wasser bringen?«

Sie verstand und entfernte sich.

»Ich bluffe nicht. Die Ermittler werden Engels Vaterschaft bald öffentlich machen. Man will nur zuerst mit Kleinert reden. Sie ist die Hauptverdächtige.«

»Und was wollen Sie von mir?«

»In welchem Krankenhaus wird sie festgehalten?«

»In der psychiatrischen Abteilung des Landeskrankenhauses.«

Mist. Da kam ich nicht so einfach rein.

»Darf sie Besuch empfangen?«

»Morgen dürfen Olli und Zorn zu ihr. Der Arzt meint, dass es ihr guttut, wenn sie Freunde sehen darf.«

»Ich will mit.«

»Wie soll das gehen?«, fragte er. »Sie sind keine Freundin.«

Da hatte er leider recht.

»Ollis Anwalt ist ein scharfer Hund. Er bekommt Rena frei. Sie hat nämlich ein Alibi. Sobald die Polizei das überprüft hat, ist sie draußen. Dann frage ich sie, ob sie mit Ihnen redet. Immerhin haben Sie mit dafür gesorgt, dass Engels aufgeflogen ist.«

»Leider mit einem furchtbaren Ergebnis«, seufzte ich. »Zwei Tote und eine verstörte Mutter.«

»Das lag an den Umständen und nicht an Ihnen.«

»Das tröstet mich nur wenig. Wie geht es denn mit Ihnen weiter? Bleiben Sie in der Stadt?«

»Zunächst schon. Olli und ich verstehen uns gut. Er will mich in sein Geschäft einbinden.« Es klang nicht begeistert.

»Und Ihre Karriere als Sänger?«

Schmaus zuckte die Schultern. »Es gibt zu viele gute Sänger auf dem Markt und zu wenige Stellen für sie. Und diese Abhängigkeit von den Bossen wird immer unerträglicher.

Alles läuft über Beziehungen. Das Gehalt ist schlecht, die Verträge sind befristet und die Arbeitsbedingungen saumäßig. Wir hausen in den schlimmsten Absteigen, während die Intendanten in Luxushotels Champagner schlürfen und von den Schauspielern oder Sängern sexuelle Dienstleistungen erpressen. Der Fall Engels ist leider nicht die Ausnahme, sondern die Regel.«

»Ist Ihnen so was auch schon passiert?«

»Ja, es gibt auch den einen oder anderen Maestro, der auf Männer steht. Ich erkundige mich immer vorher nach der sexuellen Orientierung der Theaterleitungen. Die Frauen sind allerdings schlimmer dran. Natürlich nur die jungen und hübschen, die erst noch Karriere machen wollen, unsicher sind und ihre Rechte nicht kennen.«

»Warum singt Francesca Romero dann eigentlich immer noch im Chor und bekommt keine Hauptrolle?«, fragte ich.

Er lachte. »Die Frau ist hartgesotten. Aber so gut kann sie im Bett nicht sein, dass jemand ihre falschen Töne überhört. Noch nicht mal Engels.«

Sein Handy klingelte. Er ging ran und hörte zu. Dann sagte er: »Ich bin unterwegs.«

»Olli braucht mich«, erklärte er mir. »Wir müssen das *Bordoll* neu aufstellen, sonst müssen wir in einigen Wochen schließen.«

Er sagte ›wir‹. Wie süß!

»Unser Angebot muss das Schmuddelimage loswerden«, fabulierte er weiter. »Wir erfüllen schließlich im weitesten Sinn eine gesellschaftliche Aufgabe.«

»Interessanter Ansatz«, spöttelte ich. »Von einer Masturbationsfabrik zum Sozialinstitut.«

»Ja, so ähnlich.« Er hatte meine Ironie nicht verstanden. »Andere Anbieter drängen auf den Markt, bei amazon bieten die Chinesen jetzt Silikondolls an, die um die vierhundertfünfzig Euro kosten, und Masturbatoren mit fehlenden

Gliedmaßen und fehlendem Kopf, dafür aber mit zwei Öffnungen. Die kriegt man schon für 'n Fuffi.«

Er winkte Frau Schmitz heran. »Zahlen, bitte. Geht alles auf mich.«

Mordmerkmale erfüllt

Adrians Prophezeiung traf ein: Renate Kleinert war schon am Nachmittag wieder ein freier Mensch, weil sie ein unumstößliches Alibi vorweisen konnte. An Engels' Todestag war sie in Berlin gewesen, um sich bei einem Jazzinstitut als Gesangslehrerin vorzustellen. Mehrere Personen hatten Kleinerts Erscheinen unabhängig voneinander bestätigt. Ihr Anwalt erreichte die Aufhebung des Haftbefehls. Die Entlassung aus der Klinik erfolgte prompten Fußes.

Damm bat mich in sein Büro. »Peinlich für die Ermittler«, meinte er. »Schon die zweite Verdächtige, die ihnen abhandenkommt.«

»Mich persönlich würde es nicht stören, wenn der Täter überhaupt nicht gefunden wird«, gab ich zu.

»Liebe Frau Grappa, Sie haben ein etwas merkwürdiges Verhältnis zur Strafgesetzgebung«, attestierte der Verleger. »Mord ist Mord – egal, ob das Opfer es verdient hat oder nicht.«

»Da ist noch etwas«, sagte ich. »Engels war Liane Lichts Vater.«

»Wer sagt das?«, fragte er entsetzt.

»Es gibt einen neuen DNA-Test. Die Staatsanwaltschaft hat die Ergebnisse bisher aber zurückgehalten.«

Damm ging im Zimmer auf und ab. »Vergewaltigung, Mord, Erpressung, Inzest – es wird immer ekliger. Aber wir müssen das wohl oder übel zu Ende bringen. Reden Sie mit der Mutter. Heute reichen vierzig Zeilen über die Freilassung der Frau. Erst mal nichts über den Inzest. Wir warten, bis die Staatsanwaltschaft damit rausrückt.«

Ich fügte mich und schrieb ein paar sachliche Zeilen über Kleinerts Freilassung. Natürlich juckte es mir in den Fingern, die ganze schreckliche Wahrheit zu veröffentlichen. Noch hatten wir die Info exklusiv und es war nur eine Frage der Zeit, wann etwas durchsickern würde.

Am Abend schimpfte Kleist mit mir. »Ist es Sensationsgier, die dich dazu treibt, diese äußerst unappetitlichen Details schildern zu wollen?«

»Ich hab es ja nicht getan.«

»Ja, weil Damm es verboten hat. Und – wem nutzt diese Information? Engels kann nicht mehr belangt und Liane nicht mehr gerettet werden.«

»Das stimmt zwar, aber das Verständnis für den Mörder wächst«, hielt ich dagegen. »Wenn er gefasst wird, bekommt er vielleicht mildernde Umstände.«

»Damit kann er nicht rechnen«, widersprach er. »Die Mordmerkmale sind erfüllt. Die Tat war durchgeplant, grausam und heimtückisch. Und Engels war völlig arglos. Das sind niedere Beweggründe nach dem Strafgesetzbuch.«

»Aber man muss doch berücksichtigen, was Engels getan hat.«

»Dann wäre ein Mord aus Rache okay für dich?«

Ich zögerte mit der Antwort und sagte dann: »Bei Engels schon.«

»Die Justiz bestraft Verstöße gegen Gesetze. Nicht der einzelne Bürger«, sagte er immer noch leicht verärgert. »Wenn jeder denjenigen töten würde, der ihm was angetan hat, hätten wir Leichenberge und Chaos. Du solltest mal deine Beziehung zur Gewaltenteilung in einem demokratischen Staat überprüfen.«

Vertrauensbildende Maßnahmen

Ich frühstückte allein und verließ früh das Haus. Kleists Ermahnungen hatten mich aufgebracht. Mir ein gestörtes Verhältnis zur Demokratie vorzuwerfen, hatte ich nicht verdient. Ich bemühte mich immer, Gesetze und moralische Standards nicht zu verletzen. Natürlich sollte der Mörder von Engels bestraft werden – aber vielleicht nicht so hart.

In der Konferenz bekam Mäggi jede Menge Verlegerlob für ihren Artikel über die verschwundenen Gemälde und Skulpturen aus städtischem Besitz. Sie hatte einen Kunsthändler aufgetan, der zufällig an einem Müllcontainer am Rathaus vorbeigekommen war. Zwischen Möbelstücken und Gerümpel ragte ein Bild heraus, an das er sich zu erinnern meinte. Er suchte weiter und fand zwei Aquarelle eines Bierstädter Heimatmalers. Der Leiter der Kulturbetriebe hatte nach den ersten Vorwürfen über den Bilderschwund erklärt, dass er davon ausgehe, dass mit den Werken pfleglich und verantwortungsvoll umgegangen werde.

»Jetzt kann der Typ den Landesverdienstorden vergessen«, freute sich Mäggi.

»Verfolgen Sie die Sache weiter, Frau Wurbel-Simonis«, ermunterte sie Damm. »Was macht die Sonnenkönig-Story, Frau Grappa?«

»Ich bin an Frau Kleinert dran.«

»Der Leitende Oberstaatsanwalt hat mich heute Nachmittag zu einem diskreten Hintergrundgespräch eingeladen.«

»Ein Gespräch, um uns von einer Berichterstattung abzubringen?«, fragte ich. »So was machen die nur, wenn sie der Presse einen Maulkorb verpassen wollen. Denen ist es wohl peinlich, dass sie jetzt schon zwei Verdächtige haben laufen lassen müssen. Gehen Sie da etwa hin?«

Die letzte Frage war wohl etwas genervt ausgefallen.

»Contenance, Frau Grappa! Es wird keinen Maulkorb geben, es sei denn, es gibt sehr triftige Gründe.«

Triftige Gründe, soso. Ich konnte mir keine vorstellen außer Vulkanausbruch, Sonnensturm, Tsunami oder Weltuntergang. Mist, dass Adrian sich noch nicht wieder gemeldet hatte, denn ohne Renate Kleinert saß ich auf dem Trockenen.

Nach der Konferenz verzog ich mich in die Kantine. Stella und Harras saßen zusammen an einem Tisch und unterhielten sich. In welcher Stimmung die beiden waren, konnte ich nicht erkennen – jedenfalls prügelten sie sich nicht.

Als ich mich am Kaffeeautomaten zu schaffen machte, bemerkte mich Simon. »Setz dich doch zu uns, Grappa!«, rief er.

»Führt ihr Friedensgespräche?«

»Wir verhandeln vertrauensbildende Maßnahmen«, gab er zurück. »Machst du mit?«

»Keine Lust«, muffelte ich und verzog mich an einen weiter entfernten Tisch. Der Streit mit Kleist saß mir tief in den Knochen. Nach der dritten Tasse Kaffee ging es mir besser.

Ich wischte meine Gewissensbisse beiseite, wählte die Handynummer von Adrian Schmaus und fragte nach Renate Kleinert.

»Kommen Sie.«

Ich folgte Moreck durch ein lichtdurchflutetes Wohnzimmer in den Garten. Dort saßen Renate Kleinert und Adrian Schmaus im Schatten einer Laube. Er sprang auf, als er mich erblickte, und kam mir entgegen.

»Seien Sie bitte vorsichtig«, sagte er leise. »Es geht ihr noch nicht gut, aber sie ist stabil.«

Kleinert saß in einem Korbsessel. Eine große Sonnenbrille verbarg ihre Augen. Das blondierte Haar wirkte stumpf. Sie war bleich und ihre Hand war kühl.

Moreck und Adrian ließen uns allein.

»Was erwarten Sie?«, fragte sie.

Ich setzte mich ihr gegenüber. »Ich will die ganze Geschichte. Die erste Begegnung mit Engels. Er hat Sie nicht in Ruhe gelassen, wie Sie behauptet haben.«

»Gut. Ich erzähle Ihnen alles«, sagte sie leise. Sie sammelte sich. »Nachdem das Vorsingen beendet war, bot Engels an, mich zum Bahnhof zu bringen.«

Den Teil der Story kannte ich schon.

»Er fuhr einen dicken BMW, auf den er sehr stolz war. Er lobte die Annehmlichkeiten des Wagens, besonders die Liegesitze. Das kam mir schon etwas merkwürdig vor. Plötzlich bog er von der Straße in ein Waldstück ab. Ich bekam immer mehr ein mulmiges Gefühl.«

»Wussten Sie, wo Sie sich befanden?«

»Nein, es war dunkel und regnerisch«, antwortete sie. »Aber ich begriff, dass wir nicht auf dem Weg zum Bahnhof sein konnten.«

Auf ihrer Stirn bildete sich Schweiß. Sie nahm die Sonnenbrille ab und rieb sich Tränen aus den Augen. »Er hatte angehalten und sich vom Fahrersitz aus zu mir herübergebeugt, um mich zu küssen. Ich wollte das nicht und hab ihn abgewehrt, doch er ließ mich nicht los.«

»Warum sind Sie nicht einfach abgehauen?«

»Ich hatte Angst, mich im Dunkeln zu verirren. Außerdem hatte ich gehofft, dass er aufhört. Hat er aber nicht.«

»Konnten Sie sich nicht bemerkbar machen? Bei anderen Autofahrern oder Passanten?«

»Auf einem Waldweg? Da fuhren keine anderen Autos. Und Handys gab es damals noch nicht so wie heute. Er zerrte an meiner Kleidung und wälzte sich zu mir rüber, bis sein Körper über meinem war. Er schob meinen Rock hoch und zog seine Hose herunter. Dabei brüllte er mich an. Irgendwann dachte ich: Der einzige Weg, das zu beenden, liegt darin, meinen Widerstand aufzugeben. Er ist über mich hergefallen und hat mich vergewaltigt. Als er fertig war, hat er sich sofort von mir abgewandt. Mühsam habe ich mich wieder angezogen. Ich war total zittrig und verzweifelt. Er sprach kein Wort mehr und als er wieder auf die Straße einbog, passierte der Unfall.«

»Warum haben Sie ihn nicht angezeigt?«

»Durch den Unfall war ich schwer verletzt, mein Bein musste fast amputiert werden. Und ich war zunächst ohne Bewusstsein. Ich hatte Glück, dass ich überlebt habe. Schädelhirntrauma, gebrochene Rippen und ein Riss in der Leber.«

»Und später?«

»Ich hab mich vor Engels gefürchtet und vor den Folgen für meinen Beruf. Dann kam die Scham hinzu. Und die Angst vor den Fragen.«

»Haben Sie sich nie jemandem anvertraut?«

»Nein. Ich habe mich zu sehr geschämt.«

»Waren Sie damals verheiratet oder liiert?«

»Ich hatte einen Freund, ja. Er hat nie etwas erfahren und mich verlassen, als klar wurde, dass ich schwanger war. Er dachte, ich sei untreu gewesen.«

Mir dämmerte etwas. »Hieß der Freund vielleicht Udo Zorn?«

Sie sah mich erstaunt an. »Ja, das war Utze.«

»Aber er ist immer noch ihr Partner, oder?«

»Wir sind nur gute Freunde. Ich konnte seit der Vergewaltigung mit keinem Mann mehr schlafen«, antwortete Kleinert. »Utze und ich haben uns Jahre später zufällig wiedergetroffen.«

»Haben Sie Engels mit der Schwangerschaft konfrontiert?«

»Um Himmels willen! Nein! Ich wollte mit dem Schwein nichts mehr zu tun haben!«

»Und ein Abbruch kam für Sie nicht infrage?«

»Dazu war es zu spät. Ich habe Liane dann aber bewusst

bekommen, weil sie ja auch ein Teil von mir war. Mein Leben hat sich dadurch vollkommen verändert. Meine Bühnenkarriere war ja sowieso vorbei, ehe sie überhaupt angefangen hatte, ich hatte ein uneheliches Kind und war ein Krüppel. Aber ich habe Liane – so gut ich konnte – geliebt.« Sie schluchzte.

Ich konnte Männer nicht weinen sehen und Frauen schon gar nicht.

»Ich hätte ihr die Wahrheit über meine Begegnung mit Engels sagen sollen, als sie das Engagement bei den Festspielen angeboten bekommen hat. Aber ich war zu feige.« Erneut schluchzte sie auf.

»Haben Sie ihr gesagt, dass Engels ihr Vater war?«

»Sie hat mir von der Vergewaltigung erzählt … Als sie Engels' Namen nannte, erlitt ich einen Nervenzusammenbruch und war erst mal völlig außer Gefecht. Deshalb habe ich ihr die alte Geschichte erst später erzählt. Am Tag danach hat sie sich erhängt.«

Sie legte den Kopf in die Hände und weinte hemmungslos. »Ich bin schuld an Lianes Tod. Hätte ich nur geschwiegen.«

»Nein, Sie haben nichts falsch gemacht. Das Schwein heißt Adalbert Engels. Wusste er, dass er Lianes Vater war?«

»Er hat es erfahren, als er starb.«

»Wie bitte? Woher wissen Sie das?«, fragte ich verblüfft.

»Ich war an dem Tag bei der Jazzakademie in Berlin und habe einen Film auf mein Handy geschickt bekommen. Da lag Engels schon tot und gefesselt zwischen den Puppen.«

»Man hat Ihnen ein Video von dem Mord geschickt?« Ich konnte es noch immer nicht glauben. »Haben Sie den Mörder erkannt?«

»Nein.«

»Sie lügen. War es Utze Zorn?«

»Ich werde das nicht bestätigen, denn ich habe nichts gesehen.«

»Was haben Sie gefühlt, als Sie Engels so liegen sahen? Hatten Sie Mitleid?«

»Mitleid?«, fragte sie. »Mit diesem Schwein? Ich muss doch sehr bitten, Frau Grappa! Ich habe mich erleichtert gefühlt. Endlich hat der Typ für seine Taten bezahlt. Die Bilder auf dem Handy waren zwar unappetitlich, aber was soll's? *Der Hölle Rache kochte in meinem Herzen.*«

»Haben Sie das Video noch?«, fragte ich.

»Nein, ich habe es gelöscht und das Handy anschließend zerstört.«

»Sie werden nicht gegen den Täter aussagen, richtig?«

»Richtig«, bestätigte sie.

»Frau Kleinert, Sie wissen, dass ich Journalistin bin«, sagte ich. »Warum erzählen Sie mir das alles? Damit ich es nicht schreibe?«

»Ich erzähle Ihnen das, weil ich auf Ihr Verständnis hoffe«, antwortete sie. »Sie waren eine der wenigen, die Liane geglaubt haben.«

Damit war alles gesagt.

»Ich wünsche Ihnen alles Gute und hoffe, dass Sie Ihr Leben wieder in den Griff bekommen«, sagte ich und reichte ihr die Hand.

Völlig erschöpft kam ich zu Hause an. Kleist saß vor dem Fernseher und folgte dem Regionalmagazin. Es lief ein Bericht über einen neuen Me-too-Fall im Land. Eine Bestsellerautorin, die mit schlüpfrigen Romanen mit schlüpfrigen Titeln Erfolg hatte, war vom Chef des WDR-Fernsehspiels bei einem Gespräch über die Verfilmung ihrer Romane an den Hintern gefasst worden.

O-Ton Autorin: »Er gab mir die rechte Hand und legte mir die linke gleichzeitig fest mitten auf den Po. Das war ganz schlimm für mich.«

»Och, nee«, entfuhr es mir. »Das ist eine Frechheit gegenüber wirklichen Opfern. Die Frau schreibt Bücher über Intimrasuren, Analsex, Hämorrhoidenoperationen und eklige Körperflüssigkeiten. Und dann beschwert sie sich, wenn ihr jemand an den Hintern packt.«

»Du hast ja eine blendende Laune«, stellte Kleist fest und stellte die Glotze aus. »Was ist passiert?«

»Zorn muss der Mörder sein, aber ich kann es nicht beweisen und nicht schreiben.«

»Aha. Du hast mit Frau Kleinert gesprochen?«

»Ja, aber das war eine Sackgasse.« Ich schilderte den Ablauf des Gesprächs in Kurzversion.

Netterweise verzichtete Kleist auf Bemerkungen wie: Das hab ich dir doch gleich gesagt. Stattdessen fragte er: »Was willst du jetzt machen?«

»Ich werde mit Damm reden, ihm alles erklären und die Sonnenkönig-Story beenden. Die Polizei soll sich allein um die Sache kümmern, ich bin raus.«

Er sah mich zweifelnd an ... und glaubte mir kein Wort.

Nackte Hunde

Manches Gras wächst langsam. Das Gras über dem Sonnenkönig-Mord jedoch beeilte sich. Nachdem ich Damm von dem Gespräch mit Kleinert erzählt hatte und wir uns einig waren, die Berichterstattung zunächst ruhen zu lassen, ging die Redaktion schnell zur Tagesordnung über.

Obwohl ich selbst vorgeschlagen hatte, die Geschichte auf Eis zu legen, war ich unzufrieden.

Mäggi hatten einen Pop-up-Künstler aufgetan, der mit seinen dreidimensionalen Papierobjekten in der Kunstszene zu landen versuchte.

»Ich müsst euch das so vorstellen ...« Sie hielt ein Buch in der Hand, wedelte damit und klappte es auf.

Alle starrten auf die geöffneten Seiten. Nichts geschah.

»Bei der Pop-up-Kunst würde aus diesem Buch jetzt ein großes Papierobjekt herausspringen. Das Besondere daran ist, dass es ganz flach gefaltet wird und zwischen die Buchdeckel passt.«

»Und das ist Kunst?«, fragte Biber erstaunt. »Dann kann ich das auch. Schon als Kind hab ich Papierflugzeuge gefaltet. Ich war ein echtes Talent. Und die Glückwunschkarten, bei denen ein Blumenstrauß erscheint, wenn man sie öffnet, kennen wir doch alle.«

»Du kannst eben alles«, lächelte ich. »Wie schön, dass du uns so oft an den Ergebnissen deiner Talente teilhaben lässt.«

Mäggi verdrehte die Augen nach oben und verteilte ein paar Fotos quer über den Tisch. »Hier könnt ihr euch von der Vielfalt der Objekte überzeugen. Ihr werdet kein Papierflugzeug à la Bärchen darunter finden. Der Künstler hatte übrigens schon eine Ausstellung in Korea.«

»Nord- oder Südkorea?«, fragte Simon Harras.

»Bestimmt hat Kim Jong Un so ein Ding auf seinem Nachttischchen stehen«, spottete Biber. »Und immer, wenn er jemanden foltern lässt, klappt er es auf. Auf-zu-auf-zu ...«

Mäggis Gesichtszüge vereisten. »Eure Scherze werden immer schlechter«, zischte sie.

»Das finde ich auch«, sprang Damm ihr bei. »Das Thema ist durchaus interessant. Haben die beiden witzigen Herren hier am Tisch auch etwas zum Programm beizutragen?«

»Aber sicher. Im Kleingartenverein *Bergfrieden* brennt der Baum«, brachte sich Bärchen Biber erneut ein. »Eine Laubenpieperin hält insgesamt vierzehn Nackthunde in ihrer Hütte von sechs Quadratmetern. Die Tiere sind in schlechtem Zustand. Abgemagert und aggressiv. Sie haben hohe Beckenknochen, die Rippen stehen hervor, die Haut ist entzündet. Außerdem sollen sie einige merkwürdige Verletzungen haben, als seien sie geschlagen worden. Der Raum ist vollgeschissen und stinkt bestialisch. Das Veterinäramt wurde alarmiert.«

»Was sind denn Nackthunde?«, fragte Harras.

»Hunde mit dichtem Wuschelfell«, blaffte Biber. »Wie der Name schon sagt.«

Gekicher.

»Tiere kommen immer gut, besonders, wenn sie gequält werden«, meinte Damm. »Achtzig Zeilen plus Fotos. Kommen wir an die Viecher ran?«

»Das kriegen Wayne und ich schon hin«, sagte Biber.

»Aber nur gegen Schmutzzulage«, sagte Pöppelbaum.

»Die ist durch Ihr Gehalt abgedeckt«, stellte Damm klar.

»Darf ich mit?«, fragte Mareike. »Ich kann gut mit Tieren.«

»Auch, wenn sie nackt sind?«, fragte Simon fett grinsend.

»Mit dir rede ich überhaupt nicht«, zischte sie.

»Du kannst die Fiffis ablenken und aufpassen, dass wir nicht gebissen werden«, stimmte Biber zu. »Dann kann ich in Ruhe recherchieren.«

Aufräumen und nachdenken

Ich machte mich daran, meine Unterlagen zum Sonnenkönig-Mord durchzusehen und abzuheften. Es war wie ein Abschied. Ich beschriftete die Fotos mit Namen, Datum und Ort, sah die Telefonlisten durch und druckte die Artikel aus, die ich bei der Recherche gefunden und abgespeichert hatte. Die Sachen würden später in unserer Dokumentation landen.

Ich betrachtete das Foto von Utze Zorn, dem mutmaßlichen Mörder. Unsere erste Begegnung hatte in der Kaffeeküche des *Bordolls* stattgefunden. Er war zurückhaltend gewesen, fast scheu und passte gar nicht zu dem lauten, extrovertierten Moreck. Hatte Zorn im *Bordoll* angeheuert, um Engels bestrafen zu können?

Ich beschriftete das Foto. *Udo ›Utze‹ Zorn, Geschäftsführer* Bordoll *im Büro, Gemälde an der Wand von Sven Janotta, dem Malerfürsten von Rügen.* Das Bild gefiel mir noch immer. Die wilden Pinselstriche erinnerten an meine Recherche. Irgendwo fingen sie an, wurden kräftiger und verschwanden letztendlich in einem undurchdringlichen Farbknäuel, das niemand mehr entwirren konnte.

Ein Foto von Francesca Romero. Die letzte Geliebte des Sonnenkönigs. Sie sah aus, als habe sie eine Achtstunden-Gangbang-Party hinter sich. Sie hatte bei unserem ersten Kontakt die sexuelle Beziehung zu Engels mit dem Hinweis abgetan, dass sie Schlimmeres erlebt habe. Wie war das noch? *Drei Jahre lang hab ich Bahnhofsklos in Berlin geputzt, dagegen ist ein Blowjob bei Engels das reinste Zuckerschlecken.*

Die Fotos vom gemeuchelten Maestro in Bestform machten mich traurig und nachdenklich. Wie konnte ein Mann, der Musik liebte, ein anerkannter Komponist und Regisseur war, so tief sinken, Frauen jahrelang zwingen, ihn sexuell zu befriedigen und einige von ihnen zu vergewaltigen? Fotos vom jungen Engels zeigten ihn als vielversprechenden aufstrebenden Künstler.

Liane Licht. Gewaltsam gezeugt, hatte sie dennoch die musikalische Begabung von Vater und Mutter geerbt. Sie war eine sehr gute Sängerin mit Starpotenzial. Die Beziehung zu ihrer Mutter war problematisch gewesen und sie hatte zu spät erfahren, warum das so war.

Adrian Schmaus. Er hatte den Fall ins Rollen gebracht mit dem Satz: *Frau Grappa, ich muss Sie unbedingt sprechen.*

Oliver ›Olli‹ Moreck, Gummikönig mit Schalk im Nacken. Auch er hatte eine Rechnung mit Engels offen gehabt, aber nie einen Hehl daraus gemacht. Eine alte Männerfeindschaft, die sich im Verlauf der Jahre in Desinteresse verwandelt hatte und durch das Auftauchen von Zorn und Klein wiederbelebt worden war.

Ich lochte die Papiere und beschriftete die Mappen. Ein haptisches Archiv war immer noch sicherer als ein Ordner in einer Cloud. Man hatte was in der Hand, wenn der Strom ausfiel oder ein Meteorit auf dem Weg zur Erde war, um sie zu zerstören.

Mein Telefon klingelte. Mäggi. »Kommst du mit essen, Grappa?«, fragte sie. »In der Kantine gibt es Currywurst-Pommes. Nicht vegan, sondern in echt.«

»In fünf Minuten bin ich da.«

»Bist du mit deinem Papierfritzen fertig?«, fragte ich.

»Noch nicht, der kann erst am Nachmittag. Aber ich hab die Sachen ja schon vorbesichtigt.«

»Hältst du so was wirklich für Kunst?«

»Natürlich. Was soll das denn sonst sein?«, fragte sie.

»Eine nette Spielerei«, antwortete ich. »So ähnlich wie Klöppeln oder Kampfstricken.«

»Das heißt Papierdesign. Man muss sehr genau arbeiten und darf keine Fehler machen, sonst kann man alles wegschmeißen.«

»Ist beim Stricken auch so.«

»Nein, das kannst du wieder aufribbeln.«

»Und er muss eben neu falten.«

Die Kantinenwirtin rief, dass unser Essen fertig sei. Als wir mit vollen Tellern zum Tisch zurückkehrten, saß Simon da.

»Hallo, Mädels«, meinte er. »Ich darf doch?«

»Freundliche und entspannte Kollegen sind uns immer willkommen«, sagte Mäggi.

Ob er den Hinweis kapierte?

»Ergebensten Dank.« Er deutete eine Verbeugung an, klaute mir ein Pommesstäbchen vom Teller und steckte es in den Mund. »Lecker! – Was ist mit deiner Story, Grappa? Warum steigst du plötzlich aus?«

»Bist du hier, um mich das zu fragen?«

»Ja. Du gibst doch nie auf. Vor wem oder was hast du Schiss?«

»Es gibt nichts mehr zu recherchieren.«

Er nahm die nächste Pommes. »Dann willst du also nicht mehr wissen, wer Engels abgeschlachtet hat?«

»So ist es. Für die Aufklärung von Morden ist die Polizei zuständig.«

»Wo ist dein Biss geblieben, Grappa? Geht es dir nicht gut oder wirst du müde?« Schwups, und die dritte Pommes verschwand in seinem Mund.

Es reichte. Ich schob ihm den Teller hin und verließ die Kantine.

Auf ein Neues

Harras war ein Stinkstiefel. Jemand, der andere mit Freude piesackte. Aber auch einer, der zielgerecht seine Finger in offene Wunden zu legen wusste. Ich musste die Sache zu Ende bringen, mir zuliebe, und nicht, um die *Tageblatt*-Leser mit einer weiteren Geschichte zu »beglücken«.

Ich rief im *Bordoll* an und verlangte, Utze Zorn zu sprechen.

»Der Chef ist zwar im Haus, aber gerade im Gespräch«, hörte ich. »Kann ich was ausrichten?«

Nein, konnte die Dame nicht.

»Tut mir leid, Grappa.« Harras war hinter mich getreten, auf seinem Kinn Schmierspuren der Currywursttunke. »Ich wollte dich nicht ärgern.«

Ich reichte ihm ein Papiertaschentuch. »Abwischen!«, forderte ich und deutete auf sein Kinn.

Er feudelte sich mit dem Tempo über das Gesicht. »Weg?«

»Alles wieder sauber. Hat's denn geschmeckt?«

»War lecker. Bist du noch sauer?«

»Nein. Du liegst mit deiner Einschätzung nicht daneben. Ich muss die Sache zu Ende bringen. Für mich.«

»Kann ich was tun?«

»Nein. Ich fahre jetzt zum *Bordoll* und versuche, den Mann zu sprechen, der wahrscheinlich der Mörder ist. Wenn jemand fragt, hab ich einen Zahnarzttermin. Wenn ich nie mehr auftauche, rufst du meinen Mann zu Hause an und sagst ihm, wo ich wirklich war, damit er mich retten oder zumindest meine Leiche bergen kann.«

»Du machst mir echt Angst, Grappa«, stammelte Harras. »Soll ich nicht lieber mitkommen?«

»Lass mal. Ich liebe es dramatisch. Wird schon gut gehen.«

Es war nicht viel los rund ums *Bordoll.* Nur vier Autos parkten vor dem Gebäude, darunter der Lkw einer Speditionsfirma. Ich stellte meinen Golf daneben. Der Bote zog gerade ein großes, längliches Paket von der Ladefläche und hievte es auf eine Sackkarre. Eine Sendung aus China.

»Nachschub?«, fragte ich.

Ein fragender Blick aus schwarzen Augen traf mich. »Nix verstehen.«

Alles klar.

Er brachte das Paket zur Tür und klingelte. Eine Frau öffnete. Eine gute Gelegenheit, ins Haus zu gelangen.

Ich wollte dem Boten folgen, wurde aber aufgehalten.

»Moment!«, sagte eine Stimme. Ich schaute auf und blickte in das Gesicht von … Francesca Romero.

»Wie kommen Sie denn hierher?«, fragte ich perplex.

»Ich arbeite hier. Als Hausdame«, lautete die Antwort.

»Glückwunsch. Das ist die passende Umgebung für Sie«, lächelte ich.

»Werden Sie bloß nicht frech!« Die Spanierin sprang wirklich über jedes Stöckchen.

»Wo kann ich Herrn Zorn finden?«

»In seinem Büro. Sind Sie angemeldet?«

»Natürlich«, log ich. »Ich kenne den Weg.«

Zum Glück wurde sie durch den Zusteller abgelenkt und ich konnte in die erste Etage entschwinden.

Die Tür zum Büro des Geschäftsführers stand offen, auf dem Flur bemerkte ich einige Kartons mit Büchern und das Gemälde des Malerfürsten von Rügen, in durchsichtige Luftpolsterfolie verpackt. Er macht den Abflug, dachte ich und schaute in das Büro. Zorn war nicht da.

Ich drehte mich um und wäre fast mit ihm zusammengestoßen. »Hallo«, sagte ich. »Ich wollte zu Ihnen.«

»Haben wir einen Termin?«

»Nein.«

»Eben. Ich habe zu tun, wie Sie sehen.« Er war noch nicht unfreundlich, aber kurz davor.

»Ziehen Sie um?«

»Ich ziehe aus. Ich habe gekündigt und packe meine Sachen.«

»Und wohin geht es?«

Er schüttelte fassungslos den Kopf. »Sie sind ziemlich dreist, Frau Grappa. Gehen Sie oder ich lasse Sie rauswerfen.«

»Ich hatte mit Frau Kleinert ein langes Gespräch.«

»Sie hat mir davon erzählt.«

»Sie deutete an, dass Sie Engels getötet haben.«

»Sie lügen. Rena wünscht sich das vielleicht, weil sie es selbst nicht gekonnt hat. Eine Art Übersprunghandlung«, seufzte er. »Ich habe Engels lediglich tot aufgefunden, das ist ja bekannt. Rena hat eine tief greifende posttraumatische Belastungsstörung, die dringend behandelt werden muss. Auch deshalb werden wir die Stadt verlassen.«

»Sie hat von einem Video erzählt, in dem der Mord zu sehen ist.«

»Ach, Frau Grappa!«, rief Zorn genervt aus. »Ich wäre Ihnen wirklich sehr verbunden, wenn Sie uns in Ruhe ließen. Die Polizei hat mich ausführlich vernommen, mein Büro, meine Wohnung, meinen Computer, meine Konten und auch meinen Körper überprüft und nichts gefunden, was mich in irgendeiner Weise belastet ...« Er stockte. »Doch, etwas haben sie moniert: Ich habe die Putzfrau für meine Wohnung hier im Haus nicht bei der Knappschaft angemeldet, was ich wirklich hätte tun sollen. Ein gar furchtbares Vergehen, das mich aber nicht in den Knast bringen wird. Vielleicht wäre diese Tatsache einen Artikel in Ihrem Blatt wert.« Er verspottete mich.

»Ich würde lieber einen Artikel mit der Überschrift schreiben: Bordoll-*Geschäftsführer gesteht: Ich tötete Engels aus Rache.*«

»Darauf können Sie lange warten.« Zorn ging zur Tür und öffnete sie. »Alles Gute für Sie, Frau Grappa.«

»Ich bin wieder da«, begrüßte ich Simon Harras.

»Schade«, gab er zurück. »Ich hätte dich so gern gerettet. Was hat der Mörder denn zu seiner Verteidigung gesagt?«

»Was alle Mörder sagen. Dass er unschuldig ist«, antwortete ich. »Er packt gerade seine Sachen, um die Stadt zu verlassen. Mit Renate Kleinert.«

»Und das lässt du zu?«, rief Harras.

»Könnt ihr ein bisschen leiser schreien?«, bat Mäggi. Sie grübelte über ihrem Papierkünstler und hatte sich Bilder von den Objekten auf den Monitor geholt.

»Na, faltest du schon oder lebst du noch?«, fragte ich.

»Das Ganze lebt vom Bild«, gestand sie. »Ich kann wenig dazu sagen. Es ist wirklich schöne Deko. Aber welche künstlerische Aussage steckt dahinter? Darüber denke ich gerade nach. Irgendwie kann das jeder, der einigermaßen geschickt ist. Die Volkshochschule bietet Workshops an.

Papierkunst hat Makramee, Strickliesel und Brotteigtöpfern abgelöst. In drei Jahren redet keiner mehr davon.«

»Schreib doch einfach, dass die filigranen Papierobjekte die Zerbrechlichkeit unseres Planeten verkörpern«, schlug ich vor. »Der Umweltaspekt kommt immer gut. Jahrhundertsommer, Gletscherschmelze, Artensterben. Und mach die Fotos etwas größer, dann sparst du Text.«

Plötzlich zog ein merkwürdiger Geruch durchs Büro. Wayne, Biber und Mareike kehrten von ihrem Termin in dem Kleingarten zurück.

»Was stinkt denn hier so?«, kreischte Susi.

Simon schnüffelte. »Igitt! Unsere Hundeflüsterer sind zurück.«

Kleist war nicht begeistert, dass ich das Gespräch mit Zorn gesucht hatte. »Hattest du nicht versprochen, dich aus der Geschichte rauszuhalten?«

»Ja. Aber ich wollte von ihm hören, dass er es war. Sein Geständnis. Dann hätte ich etwas schreiben können. Hat aber leider nicht geklappt.«

»Du bringst dich leichtfertig in Gefahr. Er hätte dir etwas antun können.«

»Dazu ist er zu schlau. Außerdem hat er jetzt sowieso seine Koffer gepackt und verlässt Bierstadt zusammen mit Renate Kleinert.«

Kleists Handy klingelte, er ging in den Garten.

»Entschuldige, dass ich dich stehen gelassen habe«, sagte er, als er zurückkehrte. »Oberstaatsanwalt Beyer wollte Zorn doch noch mal vernehmen, hat ihn aber nicht mehr erwischt. Wo wollen die beiden denn hin?«

»Ich weiß es nicht. Vielleicht sind sie unterwegs nach Rügen.«

»Die Kollegen beobachten die Wohnung von Frau Kleinert. Zorn wird zur Fahndung ausgeschrieben.«

Abgrundtiefe Wut

Wayne, Mareike und Carsten Biber waren die Stars der Konferenz. Sie hatten miterlebt, wie mehrere Nackthunde aus dem stinkenden Verschlag im Kleingarten ausgebrochen waren, um einen Vater mit Kind und eine Frau anzugreifen. Die Frau war durch Bisse und Krallen leicht an den Beinen verletzt worden.

Wayne hatte die Hunde, die wirklich erbarmungswürdig aussahen, fotografiert und die Kratzer an den strammen Waden der Frau dokumentiert.

»Der Kleingartenverein will jetzt gegen die Hundehalterin klagen und die Polizei ermittelt wegen fahrlässiger Körperverletzung«, ergänzte Bärchen. »Das Veterinäramt kassiert die Tölen ein.«

Die Fahndung nach Zorn bescherte mir vierzig Zeilen in der nächsten Ausgabe.

»Nur die Fakten«, ordnete Damm an. »Keine Ausschmückungen und vor allem keine Erwähnung der schrecklichen familiären Zusammenhänge.«

Das gefiel mir nicht. »Das geht nicht. Um den Lesern das Motiv des Mörders klarzumachen, muss ich sie zumindest andeuten. Sonst kann niemand verstehen, woher diese abgrundtiefe Wut des Mörders kommt.«

»Andeuten ist okay«, meinte Damm.

Fahndung nach *Bordoll*-Geschäftsführer –
Wird Sonnenkönig-Mord jetzt aufgeklärt?

Eins steht fest: Udo Z. hat die Leiche von Adalbert Engels gefunden, aber hat er den Sonnenkönig auch bestialisch ermordet? Die Polizei fahndet nach dem Geschäftsführer des Puppen-Puffs im Süden der Stadt. Dass die Ermittler jetzt endlich den Durchbruch

bei der Aufklärung des Mordes erzielen, wäre zu hoffen. Über die Verdachtsmomente ist nicht viel bekannt. Aus gut unterrichteten Kreisen verlautet jedoch, dass es ein sehr belastendes Video geben soll, das die Tat zeigt.
Eine Schlüsselrolle in dem Fall spielt nach wie vor Renate K., die Mutter eines Vergewaltigungsopfers. Die Tochter hatte den Toten schwer belastet und Selbstmord begangen, als sie von ihrer aus der Vergewaltigung resultierenden Schwangerschaft erfahren hatte.
Eine weitere ungeheuerliche Information lässt vermuten, dass der Mord an Engels ein klarer Rachemord war und zweifach motiviert war. Renate K. kennt Engels seit vielen Jahren. Sie behauptet, Engels habe auch sie vor Jahrzehnten nach einem Vorsingen vergewaltigt. Wir berichten weiter.

Die Andeutung im vorletzten Satz reichte. Der aufgeweckte Leser konnte sich jetzt selbst einen Reim auf die verwandtschaftlichen Beziehungen zwischen Engels und Liane Licht machen. Ich garnierte den Artikel mit Fotos von Engels, Zorn, Kleinert und Liane.

Damm fand den Artikel angemessen, stellte ihn online und machte ihn für die Printausgabe fertig.

Eine halbe Stunde später spekulierte die Boulevardpresse im Internet: *Schwängerte Sonnenkönig die eigene Tochter?*

Der Baum brennt

Nach Erscheinen meines Artikels im Internet und auf Facebook explodierten die Kommentarspalten. Ich verbrachte die nächsten zwei Stunden damit, die Hassmails auszusortieren, auf die Netiquette hinzuweisen und die User zu gepflegteren Ausdrucksformen zu bewegen. Schließlich sperrte ich die Kommentarfunktion.

Sarah, Stella und Susi wimmelten derweil aufgeregte Anrufer ab, die Zorn und Kleinert irgendwo gesehen haben wollten, ähnliche Fälle des Inzests in ihrer unmittelbaren Nachbarschaft bemerkt hatten oder die Ermordung von Engels ausdrücklich begrüßten und dem Täter das Bundesverdienstkreuz wünschten.

Alles ziemlich unangenehm und lästig, aber es zeigte das ungebrochene Interesse an dem Fall.

Auch Olli Moreck meldete sich. Er bat mich um ein Gespräch unter vier Augen. Wir verabredeten uns in der Bäckerei.

»Frau Grappa, wie isses?«

»Nicht gut. Bei uns brennt der Baum, Frau Schmitz.«

»Das denk ich mir. Es kam schon im Radio. Kaffee?«

»Ja. Ich krieg gleich Besuch. Schickst du ihn nach hinten?«

»Geht klar.«

Das Bistro war gut gefüllt. Das Wochenende stand bevor, viele Stammkunden kauften Brot oder Pizzabrötchen und gönnten sich einen Pott Kaffee oder einen Kakao. Auch Donka war heute da, Frau Schmitzens ehemalige Auszubildende, die ich vor Jahren anlässlich einer Recherche auf dem Straßenstrich kennengelernt hatte. Die junge Frau hatte ihren Weg gefunden, war verheiratet und bestens integriert. Sie brachte mir den Kaffee und ein frisches Mandelhörnchen, das noch warm war.

»Geht aufs Haus«, lächelte sie. Ich biss hinein. Köstlich.

Olli Moreck betrat das Bistro. »Danke, dass Sie Zeit für mich haben«, sagte er.

»Kommt drauf an, was Sie wollen«, entgegnete ich.

»Nicht das, was Sie vielleicht annehmen.«

»Und was nehme ich an?«

Er setzte sich und bestellte bei Donka einen Espresso.

»Sie denken, dass ich mit Ihnen über Utzes Schuld oder Unschuld reden möchte«, antwortete er. »Will ich aber nicht. Das ist jetzt Sache der Polizei. Ich will Ihnen mitteilen, dass ich das *Bordoll* schließe, die Stadt verlasse und mich künftig nur noch um meine Geschäfte auf St. Pauli kümmere. Ich werde die Dolls abstoßen und plane eine große PR-Aktion.«

»Wow! Ein neuer Tag der offenen Tür mit Versteigerung?«, spöttelte ich. »Und diesmal ohne Polizei?«

»Im Internet unter dem Titel *Dolls für Sale* und live in der Stadt.«

»In der Bürgerhalle des Rathauses? Mit dem Oberbürgermeister als Auktionator?«

Er lachte dröhnend. »Gute Idee, Frau Grappa. Aber ich will die Spießer nicht zu sehr provozieren. Abnehmer könnten Alten- und Pflegeheime, Behinderteneinrichtungen und Asylunterkünfte sein.«

Mir blieb die Spucke weg. War das nur der Schalk im Nacken oder eher Instinktlosigkeit, die ihn auf diese Idee gebracht hatte?

»Es gibt Vorschläge von Wissenschaftlern, dass Dienste wie die, welche die Dolls leisten können, Bestandteil der Kassenleistungen und der Pflegeversicherung werden sollen«, erläuterte er. »Schon jetzt werden regelmäßig Damen in Heime bestellt, meist am letzten Tag des Monats, wenn die Rente ausbezahlt ist. Der *Bundesverband sexuelle Dienstleistungen* hat nachgezählt. Die Frauen sind angeblich Enkelinnen, die den Opa besuchen und ein Stündchen bleiben.«

»Dabei kann man es doch belassen«, sagte ich.

»Eben nicht!« Moreck kam in Schwung. »Es wäre doch auf Dauer preiswerter, wenn die Versicherungen alten Menschen die Einmalanschaffung einer Doll finanzierten. Die kommt in den Schrank und wird bei Bedarf rausgeholt. Eine Hure nimmt ungefähr hundert Euro pro Stunde, das kann auf die Dauer teuer für Opa werden.«

Ich hörte ihm aufmerksam zu. Ganz abwegig kam mir der Plan nicht mehr vor. »Gibt es den Bedarf wirklich?«, fragte ich. »Sex im Alter wird oft überbewertet.«

»Nach Analysen eines Altersforschers sind in Deutschland bis zu neunzig Prozent der Männer zwischen sechzig und siebzig sexuell aktiv, zwischen siebzig und achtzig Jahren immerhin noch fast achtzig Prozent«, behauptete er.

»Gefakte Zahlen! Kein Mann gibt zu, dass bei ihm der Ofen aus ist.«

»Das sehe ich anders. Aber – es gibt ja nicht nur die Oldies. Denken Sie an Behinderte und männliche Flüchtlinge. Auch Menschen mit Handicap haben das Recht auf Sex und die vielen jungen Männer aus den islamischen Ländern stehen voll im Saft. Und was wollen diese jungen Kerle? Ficken! Es würden weniger Frauen begrapscht und sexuell belästigt, die Biodeutschen regten sich ab, die Nazis hätten nicht mehr so viel Zulauf und die Migranten würden sich schneller integrieren.«

»Ihr Weltbild ist verblüffend einfach«, grinste ich. »Endlich verstehe ich, wie das Leben so läuft.«

»Machen Sie sich ruhig lustig«, polterte er.

Die Bäckerin schaute fragend um die Ecke.

Moreck entdeckte sie und winkte sie heran. »Habe Sie was Süßes da, gnädige Frau? Ich bin unterzuckert.«

»Gib ihm ein Mandelhörnchen, Frau Schmitz«, schlug ich vor. »Und mir auch noch eins. Und noch einen Milchkaffee.«

»Isses dir gut, Frau Grappa?«

»Alles gut«, beruhigte ich sie. »Der Herr hat zu viel Temperament. Aber wir kommen klar.«

»Ich habe in Sachen Flüchtlinge schon eine Onlinepetition vorbereitet.« Er legte ein Blatt auf den Tisch und reichte Frau Schmitz ein zweites.

Ich las:

Steuerfinanzierte Prostituierte für Asylbewerber!
Die Unterzeichner fordern die Bundesregierung auf, eine Gesetzesvorlage mit dem Ziel einzubringen, männlichen

Asylbewerbern einmal im Monat Geschlechtsverkehr mit einer Prostituierten zu ermöglichen. Die Kosten hierfür soll die Staatskasse tragen. Es soll außerdem geprüft werden, ob der Geschlechtsverkehr auch mit Sexpuppen aus Silikon stattfinden kann. Die Anschaffung solcher Puppen ist durch den Staat zu finanzieren.
Begründung der Petition: Flüchtlinge sollen sich bei uns wohlfühlen. Dazu gehört auch ein ausgeglichenes Sexualleben.

Frau Schmitz lachte los. »Ich soll mit meinen Steuern bezahlen, dass diese Jungs rumvögeln können? Schon mal was von Handarbeit gehört, junger Mann?«

»Handarbeit ist oldschool«, erwiderte Moreck ungerührt.

»Ich hol dann mal die Hörnchen«, murmelte die Bäckerin.

»Sie haben originelle Ideen, Herr Moreck«, gab ich zu. »Aber – zum Teufel – was habe ich damit zu tun?«

»Sie sollen meine Pläne medial begleiten und bekannt machen, Frau Grappa. Natürlich gegen ein angemessenes Honorar.« Er strahlte mich an, als habe er mir ein Angebot gemacht, dass ich nicht ablehnen konnte. Die Narbe in seinem Gesicht glitzerte und die Äuglein blitzten. In welchem Film war ich? Komödie oder Tragödie?

»Ich glaube, Sie haben völlig falsche Vorstellungen von den Aufgaben einer freien Presse«, sagte ich. »Aber selbstverständlich schreibe ich, dass Sie das *Bordoll* schließen, weil der Mord an Engels Ihrem Geschäft nicht gut bekommen ist. Und ich schreibe auch, wenn Sie Ihre Puppen tatsächlich im Pflegeheim oder in einer Asylbewerberunterkunft abladen. Das ist Chronistenpflicht.«

Frau Schmitz stellte vier Mandelhörnchen auf den Tisch. »Bitte schön, die Herrschaften.«

»Darf ich die Petition bei Ihnen auslegen, gnädige Frau?«, fragte Moreck. »Ich hab dreihundert Kopien dabei.«

»Das lassen Se mal. Das hier ist ein anständiger Laden.«

Moreck seufzte kopfschüttelnd. »Es war einen Versuch wert.« Er legte einen Fünfzigeuroschein auf den Tisch. »Der Rest ist für Sie, gnädige Frau.« Sprach's und verschwand.

»Du kennst Leute, Frau Grappa.«

»Alles beruflich«, verteidigte ich mich. »Du kannst dir deine Kunden auch nicht aussuchen, oder?«

Yoga gegen das Warten

Zorns Ferienhaus befand sich am Gardasee. Interpol hatte es ausfindig gemacht. Noch waren Zorn und Kleinert nicht aufgetaucht. Kleist überraschte mich am Morgen mit dieser Information. Er wusste auch, dass eine gerichtliche Durchsuchungsanordnung für das Haus vorlag. Die Staatsanwaltschaft hatte für den Nachmittag eine Pressemitteilung angekündigt.

Jetzt hieß es: Abwarten.

Wir verbrachten den Tag im Garten – unsere Handys in Reichweite und das Tablet griffbereit. Doch drei Stunden lang rührte sich nichts. Oder doch: Im Norden der Stadt waren zehn Schafe ausgebrochen und auf die Autobahn gelaufen, was zu einem Verkehrschaos führte. In meiner Eigenschaft als Bereitschaftsreporterin formulierte ich eine Meldung und stellte sie ins Netz.

Wieder Warten. Bis zum Mittag. Dann machte sich Kleists Handy bemerkbar.

Er stellte es laut.

»Kollege Kleist«, sagte eine mir unbekannte Stimme. »Noch kein Zugriff. Aber es ist eine Frau aufgetaucht, die das Ferienhaus des Verdächtigen während seiner Abwesenheit betreut. Zorn hat sich für heute angekündigt. Die Frau hat die Post vorbeigebracht, die in den letzten Wochen angekommen ist. In einem Brief war ein USB-Stick. Darauf ist die Videodatei mit dem Mord. Der Beschuldigte hat sich den Film offenbar selbst zugeschickt, damit er in Bierstadt nicht gefunden wird.«

»Danke, Kollege«, sagte Kleist und legte auf.

Zwei Stunden später meldeten sich Interpol, Mordkommission ›Sonnenkönig‹ und die Staatsanwaltschaft per Mail und gaben die widerstandslose Festnahme von Udo Zorn bekannt. Er wurde jetzt als Mordverdächtiger geführt, weil er im Besitz des Films gewesen war.

Der Beschuldigte im sogenannten Sonnenkönig-Mord wird zurzeit vernommen. Er zeigt sich kooperativ.

Ich rief die Polizeipressestelle an. »Was heißt ›kooperativ‹?«, fragte ich. »Hat Zorn schon gestanden?«

»Gedulden Sie sich bitte.«

»Haben Sie ihn mit dem Video von der Tat konfrontiert?«

»Wir melden uns, wenn es Neuigkeiten gibt.«

Mist. Da war nichts zu holen. Ich schrieb zwanzig Zeilen über die Festnahme und stellte die Meldung online.

Wieder Warten.

Ich hasste Warten, stellte mir vor, was sich gerade am Gardasee abspielte. Der Kaffee, den ich in mich hineinschüttete, verstärkte meine Nervosität noch. Ich praktizierte die einzige Yogaübung, die ich kannte, den *Hund.* Ich stützte mich mit Händen und Füßen auf dem Boden ab und streckte zugleich den Hintern in die Höhe. Tief ein- und ausatmen und dreißig Sekunden verharren.

»Bist du gefallen?«, fragte Kleist, der plötzlich in der Tür stand.

»Ich mach den *Hund*«, keuchte ich.

»Wo ist ein Hund?«

Ich brach meine Übung ab und setzte mich auf den Boden.

»Das war Yoga. Prima zur Entspannung.«

»Bist du sicher?« Er schaute mich skeptisch an. »Die Farbe in deinem Gesicht sieht aus, als würdest du kurz vor einem Herzkasper stehen.« Er half mir auf.

Schwer atmend ließ ich mich auf einen Stuhl fallen, griff nach dem Tablet und schaute nach den Mails. Da war eine und sie stammte tatsächlich von der Staatsanwaltschaft.

Geständnis im Sonnenkönig-Mord.

Vor fast vier Wochen hatte alles angefangen und jetzt ging es unspektakulär zu Ende. Zorn hatte ein umfassendes Geständnis abgelegt und Renate Kleinert entlastet. Sein Motiv: abgrundtiefer Hass auf Engels.

Durch Kleinert hatte er erfahren, dass Liane in die Fänge des Mannes geraten war, der Renate Kleinert vor fünfundzwanzig Jahren vergewaltigt und zum Krüppel gemacht hatte. Zorn heuerte bei Moreck an und zog nach Bierstadt. Von Beginn an hatte er vor, Renate zu rächen. Nach Lianes Selbstmord arbeitete er dann einen detaillierten Plan aus und setzte ihn in die Tat um.

Die Polizei teilte mit, dass Zorn in den nächsten Tagen nach Deutschland ausgeliefert würde. Ich schrieb für die Homepage des *Tageblattes* einen kurzen Bericht.

Schönschreiben klappt nicht

Schon am Abend gab es in Radio und Fernsehen Nachrichten über die Verhaftung Udo Zorns. Die Agenturen hatten eine Meldung verbreitet. Am Sonntagmorgen wurden sogar Bilder gezeigt, die das italienische Fernsehen gemacht hatte: Zorn in Handschellen, wie er aus einem Polizeiwagen stieg und in eine Wache geführt wurde. Auf die lauten Zurufe der anwesenden Reporter reagierte er nicht.

Ich fuhr in die Redaktion, um die neuen Mails zu lesen und den Artikel für die Montagsausgabe zu schreiben.

Das Großraumbüro war leer. Ich stellte das Radio an, um etwas Geräuschkulisse zu haben. In der Post war nichts Auffälliges, nur die üblichen Leserbriefe von Menschen, die nicht gerne Mails schrieben oder kein Internet hatten. Themen wie Jubilarehrungen, Ausstellungseröffnungen und Benefizveranstaltungen dominierten. Nichts, was heute bearbeitet werden musste, und schon gar nicht von mir.

Die Redaktionsmails hatte ich schon zu Hause gesichtet. Die Sportmeldungen schaute ich nur kurz durch. Von einer Schlägerei bei einem Jugendfußballspiel zwischen konkurrierenden Mannschaften abgesehen, gab es auch hier nichts Weltbewegendes.

Im Radio spielte der Grönemeyer-PR-Sender WDR zum gefühlten hundertsten Mal die Woche den Song *Sekundenglück*.

> *... und du denkst, dein Herz schwappt dir über, fühlst dich vom Sentiment überschwemmt, es sind die einzigartigen tausendstel Momente, das ist, was man Sekundenglück nennt, hey ...*,

nuschelte Herbert.

Ich stellte das Radio leise, kochte mir einen Kaffee und druckte die Mails aus, die ich für meinen Artikel brauchte.

Ich rief Moreck an, vielleicht hatten er oder Adrian noch zusätzliche Infos.

Und tatsächlich. »Utze wird in das Untersuchungsgefängnis Bierstadt überstellt«, wusste Moreck. »Rena kommt zurück und wird hier bei uns wohnen. Den Anwalt habe ich besorgt. Es wäre doch gelacht, wenn wir ein Lebenslang nicht verhindern können.«

Der Kampfgeist des Gummikönigs gefiel mir. Ich spürte eine Sekunde lang Glück. So etwas wie *Sekundenglück*?

Es war der *Bordoll*-Geschäftsführer:
Sonnenkönig-Mörder gesteht grausame Tat
Fast einen Monat lang suchte die Polizei fieberhaft nach dem Mörder von Adalbert Engels (66), dem Ex-Intendanten der Sommerfestspiele in Bierstadt. Nach zwei Festnahmen, die sich als falsch entpuppten, jetzt der Erfolg und ein Geständnis. Der Geschäftsführer des Puppen-Puffs *Bordoll,* Udo Z., gab den Mord zu. Um das Motiv des Täters einordnen zu können, muss man in die Vergangenheit eintauchen.

Ich schilderte die erschreckenden verwandtschaftlichen Zusammenhänge zwischen Engels, Kleinert und Liane. Dabei bemühte ich mich, für Zorns Gründe gute Argumente zu finden, aber es gelang mir nur halb. Die Art und Weise, in der er Engels abgeschlachtet hatte, war nur schwer schönzuschreiben.

Ich speicherte den Artikel ab und schickte ihn Damm.

»Gute Arbeit, Frau Grappa«, lobte er. »Aber ich bin erleichtert, dass diese üble Sache endlich ein Ende hat.«

Neutraler Mediator

»Es ist nicht mein Verdienst«, sagte ich am Morgen in der Konferenz, als mich die Kollegen mit Applaus empfingen.

»Gib zu, dass du Zorn auf kleiner Flamme weichgekocht hast«, foppte Bärchen Biber.

»Du liegst völlig daneben«, widersprach ich. »In diesem Fall war die Polizei besser als ich. Ich hätte den Mörder am liebsten laufen lassen.«

»Hat er wenigstens einen guten Anwalt?«, fragte Damm.

»Ja. Olli Moreck hält weiter zu ihm, obwohl Zorn ihm durch seine Tat das Geschäft im *Bordoll* ruiniert hat. Jetzt will Moreck den Laden aufgeben und seine Silikonpuppen an

Alte, Behinderte und männliche Flüchtlinge abgeben. Der Staat soll das bezahlen.«

Damm lachte los. »Der Kerl hat Humor. Vierzig Zeilen auf der Eins.«

»Flüchtlinge sollen die Gummipuppen ... äh ... bearbeiten?«, fragte Harras. »Find ich gut. Dann können unsere Mädels abends wieder auf die Straße und werden nicht ...«

»Dann treffen die Frauen auf dich«, unterbrach ihn Stella. »Und kommen vom Regen in die Traufe.«

»Was willst du damit sagen?«, brauste Simon auf und schlug mit der Hand auf den Tisch.

»Nicht schon wieder«, stöhnte ich. »Eure vertrauensbildenden Maßnahmen waren offensichtlich ein voller Erfolg.«

Gemurre. Der Dauerstreit zwischen Simon und Stella nervte nicht nur mich.

Simon wollte etwas erwidern. Ich versetzte ihm unterm Tisch einen Tritt und er hielt den Mund.

Damm fragte nach weiteren Themen. Bärchen Biber schlug das Porträt einer siebzigjährigen Bierstädter Rentnerin vor, die sich nach Tunesien abgeseilt hatte.

»Die Frau hat mehr als vierzig Jahre als ausgebildete Kinderpflegerin gearbeitet und bekommt nur achthundertfünfzig Euro Rente. Nach Abzug der Fixkosten hatte sie noch knapp über hundert Euro zum Leben. Jetzt lebt sie auf Djerba und es geht ihr blendend.«

»Schönes Thema«, freute sich Damm.

»Ich müsste dazu nach Djerba fliegen«, sagte Biber. »Um ganz nah dran zu sein.«

»Zu teuer. Telefonieren Sie mit der Frau und lassen sich ein paar Fotos mailen. Wie es auf Djerba aussieht, können Sie sich im Netz ansehen«, meinte Damm ungerührt. »Oder mich fragen. Ich habe dort mal Jagdurlaub gemacht. Fotos kann ich Ihnen zur Verfügung stellen, wenn die aus dem Internet nicht reichen. Und achten Sie aufs Copyright.«

Bärchen gab nicht auf. »Ich könnte zusätzlich einen Bericht über Djerba für unsere Seite *Aus deutschen Landen* schreiben«, schlug er vor.

»Seit wann gehört Nordafrika zu Deutschland?«, fragte Damm.

»Bei uns leben sehr viele Nordafrikaner«, antwortete Biber.

»Die wissen, wie es da aussieht«, blieb Damm auf Kurs. »Wenn das mit der Migration so weitergeht, gehört Deutschland allerdings bald zu Nordafrika. Aber lassen wir das. Keine Reise nach Djerba, Herr Kollege.«

Biber setzte sein Niemand-versteht-mich-Gesicht auf. Die Stimmung war schon wieder im Eimer.

Wie zu erwarten, griff Simon das Thema kurze Zeit später im Großraumbüro wieder auf. »Hat wohl mit der Urlaubsreise auf Verlagskosten nicht geklappt?« Die Schadenfreude war ihm anzusehen. »Djerba soll ja auch ein Paradies für Homos sein.«

Biber reagierte: »Halt einfach deine dumme Fresse, sonst hau ich dir eine rein.« Das war deutlich.

»Ich halte diesen Ton nicht mehr aus.« Mäggi knallte ihre Handtasche auf die Tastatur ihres Rechners, packte ihre Jacke und verließ den Raum.

Stella grinste boshaft.

»Mach doch was, Grappa«, piepste Susi.

»Ich bin Polizeireporterin und keine Friedenstante«, wehrte ich ärgerlich ab. »Aber ich werde Damm vorschlagen, einen neutralen Mediator einzuschalten. Was sich hier seit einigen Wochen abspielt, geht selbst mir auf den Zeiger.«

Öffentliche Versteigerung

***Bordoll* macht dicht: Sexpuppen fürs Asylbewerberheim?**
Olli Moreck (66), der Inhaber der Puppen-Puffs im Süden, ist ein Mann mit Ideen. Nachdem der Sonnenkönig-Mord in seinem Haus sein Geschäft fast völlig zum Erliegen gebracht hat, hat er jetzt einen neuen Plan: Die Dolls sollen umziehen. Moreck will die rund dreißig gebrauchten Silikonpuppen auf Altenheime, Behinderteneinrichtungen und Flüchtlingsheime verteilen. Sein Motiv: »Auch diese Menschen haben das Recht auf Sex.« Vollkommen uneigennützig ist sein Plan jedoch nicht. Er schlägt vor, dass der Staat oder die Krankenkassen die lebensgroßen Sexspielzeuge bezahlten. »Die Menschen fühlen sich entspannt, sind glücklicher und weniger aggressiv.«
Eine Unterschriftensammlung zur Unterstützung seines Vorschlags an die Landesregierung wird vorbereitet. Falls der Plan scheitert, will Moreck die Puppen öffentlich versteigern. Angeblich gibt es schon ehemalige Kunden, die sich ihre Leila, Tanja oder Madeleine in die eigenen vier Wände holen wollen. Wir berichten weiter.

Nachdem ich den Artikel abgespeichert hatte, suchte ich das Gespräch mit Damm. Im Chefbüro bekam ich sogar einen Espresso und einen Keks. Der Mann ließ sich nicht lumpen.

Am Ende fand er die Idee gut, einen Mediator mit der Klimapflege in der Redaktion zu beauftragen. Erst war er der Meinung, dass das Problem mit einer fristlosen Kündigung von Simon Harras erledigt sein könnte, aber ich machte ihm klar, dass er dann auch Stella rausschmeißen müsste, die seit Jahren gegen Simon stichelte.

»Mein letzter Versuch, Frau Grappa«, seufzte er. »Ein Mediator kostet eine Menge Geld.«

»Die haben Sie doch schon eingespart, weil Biber nicht nach Djerba fliegen darf.«

»Wie meinen Sie das?«

»Ganz einfach. Wenn Sie hundert Euro haben, Biber davon fünfzig haben will und Sie Nein sagen, haben Sie weiterhin hundert Euro. Richtig?«

»Richtig.«

»Dann schlagen Sie eine Mediation vor, die auch fünfzig Euro kostet.«

»Ja und?«

»Jetzt komme ich und behaupte, Sie hätten dieses Geld ja schon eingespart.«

»Ich bezahle den Mediator und die hundert Euro, die ich mal hatte, haben sich halbiert. Wo liegt denn da ein Spareffekt?«

»Da Sie Biber nicht nach Tunesien fahren lassen, können Sie den Mediator bezahlen und haben immer noch fünfzig Euro vom Grundkapital.«

Er überlegte, was er von meinen Erklärungen halten sollte, kam aber zu keinem Ergebnis.

Stella hatte eine Erleuchtung. »Grappa meint, Sie bezahlen den Mediator mit den fünfzig Euro, die Sie Biber nicht geben.«

Jetzt konnte ich das zum Abschluss bringen. »Gut, dass wir beide wissen, dass Sie nicht nur hundert Euro besitzen. Laut *Wirtschaftswoche* gehören Sie zu den zehn Prozent der reichsten Unternehmer im Land.«

»Sie lesen die falschen Zeitungen, Frau Grappa.«

Da war noch jemand

Heimlich und ohne Aufsehen kam Udo Zorn am nächsten Tag in der Stadt an – begleitet von vier italienischen Justizvollzugsbeamten. Sie übergaben den Verdächtigen an die deutschen Ermittler.

Schon zwei Stunden später wurden die Medien zu einer Pressekonferenz ins Präsidium eingeladen, die mit einer Überraschung begann.

»Der geständige Täter hat uns mitgeteilt, dass er schwer erkrankt ist, und dies durch ein ärztliches Attest untermauert«, erklärte Oberstaatsanwalt Beyer. »Da nach Ansicht des Richters keine Fluchtgefahr besteht, befindet sich Zorn auf freiem Fuß, bis ihm der Prozess gemacht wird. Der Beschuldigte muss sich allerdings einmal pro Woche bei einer Polizeidienststelle melden und hat seinen Reisepass abgegeben. Da er geständig ist und nach Ansicht des Haftrichters keine Wiederholungsgefahr besteht, haben wir als Staatsanwaltschaft keine Einwände gegen diese Regelung.«

»Wo befindet er sich?«, fragte ein Kollege.

»Dazu möchte ich mich nicht äußern.«

»Was hat er denn für eine schwere Krankheit?«, setzte der Reporter nach.

»Das fällt unter den Datenschutz.«

»Warum geben Sie eine Pressekonferenz, wenn Sie nichts mitzuteilen haben?«

»Der Beschuldigte hat von der Tat einen Videofilm angefertigt und an eine Bekannte verschickt«, antwortete Beyer. »Zuerst sind wir davon ausgegangen, dass Zorn – den Namen kennen Sie ja ohnehin schon – diesen Film allein angefertigt hat. Wir haben aber einen Fachmann hinzugezogen, der sich mit Aufnahmetechnik auskennt. Der hat jetzt zweifelsfrei festgestellt, dass noch eine zweite Person bei dem Mord anwesend gewesen sein muss.«

»Woran kann man denn so was erkennen?«, fragte ich.

»Die Handykamera wurde bewegt. Es gibt Schwenks, Ranfahrten und Close-ups, was gegen eine feste Installation der Kamera spricht. Wir suchen also den Helfer oder die Helferin, der oder die eine gewisse Erfahrung mit Mobiltelefonen hat.«

»Die hat doch heute jedes Kind«, stellte ein TV-Reporter fest.

»Was sagt Zorn dazu?«, rief ich.

»Er schweigt, will niemanden belasten«, antwortete Beyer. »Ich kann Ihnen mitteilen, dass wir für die Ergreifung des zweiten Täters eine Belohnung von fünftausend Euro ausgesetzt haben. Immerhin handelt es sich um Beihilfe zum Mord. Bitte teilen Sie das in Ihrer Berichterstattung mit.«

»Können wir das im O-Ton haben?«

Die Radio- und Fernsehreporter machten ihre Gerätschaften bereit. Wayne knipste ein Foto des Oberstaatsanwaltes und wir verließen den Raum.

»Wir zwei überlegen jetzt, wer den Film gedreht haben könnte«, sagte ich. »Und zwar beim Italiener. Mir geht die Kantinenkost im Verlag auf die Geschmacksnerven.«

Zwei rattenscharfe Peperonipizzen später hatten wir eine Liste mit den Namen möglicher Helfer erstellt. Ganz oben stand Olli Moreck, gefolgt von Adrian Schmaus. Dumm nur, dass Moreck ein Alibi und Schmaus nachweislich das *Bordoll* nie betreten hatte. Auch Renate Kleinert war nicht in der Stadt gewesen, sondern in Berlin, um sich beim Jazzinstitut als Gesangslehrerin vorzustellen.

»Was ist mit dem Ex-Mann von Liane Licht?«, fragte Wayne. »Der Kerl aus Kleinknubbelkow auf Rügen oder wie das Kaff heißt?«

»Groß-Kubbelkow«, korrigierte ich. »Kann ich mir nicht vorstellen. Liane ist doch schon lange für ihn kein Thema mehr.«

»Und diese aufdringliche Spanierin aus dem Chor?«

Ich überlegte. »Skrupellos genug wäre sie. Aber Engels war ihr Mäzen. Sie hat ja nie einen Hehl daraus gemacht, dass sie nur mit ihm vögelt, weil er sie groß rausbringen wollte. Warum sollte sie also mithelfen, ihn umzubringen?«

»Stimmt auch wieder«, meinte Wayne resigniert. »Es sei denn ...« Er stockte.

»Es sei denn?«

»Vielleicht wurde sie ihm zu anstrengend und er hat sie in die Wüste geschickt. Oder sie singt nicht so gut, wie sie glaubt, und Engels hätte sie im Chor versauern lassen. Zuzutrauen wäre es ihm.«

Ich kratzte mich am Kopf. »Keine schlechte These. Hinzu kommt, dass sie jetzt als Hausdame im *Bordoll* arbeitet. Aber leider hat auch sie ein Alibi, sie war bei ihren Eltern in Berlin.«

»Meine Eltern würden auch für mich lügen, wenn ich in Schwierigkeiten wäre.«

5.000 Euro Belohnung:

Komplize im Sonnenkönig-Mord gesucht

Udo Z., der geständige Mörder von Adalbert Engels, hatte Hilfe bei seiner grausamen Tat. Davon sind die Ermittler der Mordkommission ›Sonnenkönig‹ überzeugt. Der Grund: Eine Untersuchung des Videofilms von der Tat ergab, dass die Handykamera von einer zweiten Person bedient worden sein muss. Oberstaatsanwalt Beyer: »Wir setzen für die Ergreifung des zweiten Beteiligten eine Belohnung von fünftausend Euro aus.«

Abends erfuhr ich per Zettel, dass Kleist für einige Tage verreist war. Das Forschungsprojekt zur Clankriminalität wurde jetzt doch fortgeführt, die korrupten Beamten waren ermittelt und beurlaubt worden.

Ich machte mir einen gemütlichen Abend vor dem Fernseher mit Wein, Oliven und Brot. In einem Fernsehmagazin gegen Mitternacht – ich dämmerte schon weg – hörte ich eine Stimme, die mir bekannt vorkam. Kleist gab ein Interview zu dem Projekt und erwähnte nebenbei, dass er bereits Morddrohungen von Clanmitgliedern erhalten habe, die er »aber nicht so ernst nehme«.

Schön, dass ich das jetzt auch erfuhr.

Ich schaltete den Fernseher aus. Auf dem Weg ins Bett schaute ich aus dem Fenster auf die Straße. Warteten dort schon die Clankiller auf Kleist?

Ein Wagen näherte sich dem Haus, blendete die Scheinwerfer ab. Eine Autotür öffnete sich, ein Mann stieg aus und kam auf den Eingang zu.

Er trug etwas in der Hand.

Mein Herz pochte. Panisch schaute ich nach meinem Handy, fand es nicht.

Ich hörte die Klappe des Briefkastens scheppern. Hatte der Mann Sprengstoff eingeworfen? Der Kerl entfernte sich vom Haus, stieg ins Auto, dessen Motor leise brummte, und fuhr los.

Sollte ich die Polizei rufen?

Spinn nicht rum, Grappa, ermahnte ich mich.

Ich schlich zum Briefkasten und zog das *Bierstädter Tageblatt* heraus. Der Zeitungsbote hatte geliefert.

Keine Dolls für Migranten

Dafür, dass ich knapp einen terroristischen Anschlag überlebt hatte, schlief ich hervorragend. Am Morgen tat ich dem braven Zeitungsboten des *Tageblattes* insgeheim Abbitte. Herr Nottmeier bezog nur eine kleine Rente und war Aufstocker mit Minijob. Für vierhundertfünfzig Euro im Monat sorgte er dafür, dass unsere bildungs- und sensationshungrigen Abonnenten ihr Blatt pünktlich zum Frühstück lesen konnten. Das hieß: jeden Tag gegen Mitternacht die Zeitungsexemplare am Verlag abzuholen und sie in die Briefkästen zu werfen. Bei jedem Wetter.

Nach dem ersten Kaffee rief ich Adrian Schmaus an.

»Es geht um Francesca Romero«, kam ich gleich zur Sache. »Könnte sie diejenige sein, die den Film vom Mord an Engels gedreht hat?«

»Sie war doch seine Geliebte!«, rief er aus. »Wie kommen Sie darauf?«

»Engels hatte ihr versprochen, sie zu fördern. Was wäre, wenn er das doch nicht mehr machen wollte, weil sie fachlich einfach zu schlecht ist?«

Schmaus überlegte. »Sie ist wirklich nicht besonders begabt. Für den Chor reicht es. Aber sie hat ihn verteidigt, als Liane die Vorwürfe gegen ihn erhob, und auch nach seinem Tod war sie noch auf seiner Seite.«

»Das kann vorgetäuscht gewesen sein. Romero ist sehr temperamentvoll«, sagte ich. »Ich kann mir sehr gut vorstellen, dass sie ausgerastet ist, weil sie sich von Engels betrogen gefühlt hat.«

»Vorstellen kann ich mir das auch«, räumte er ein. »Aber … sie war doch bei ihren Eltern in Berlin.«

»Sie musste bestimmt einen Personalbogen ausfüllen, bevor sie im *Bordoll* als Hausdame anfangen konnte. Dem müsste ihre letzte Adresse zu entnehmen sein.«

»Warum wollen Sie die wissen?«

»Ich möchte ihr Alibi überprüfen.«

»Gut, ich schaue in den Unterlagen nach. Olli ist da sehr genau. Ich melde mich.«

Ich machte mich fertig und fuhr zum Verlag. In der Konferenz teilte Damm mit, dass sich ein Mediator um das Betriebsklima in der Redaktion kümmern würde. Begeisterung brach nicht aus.

»Der Mann ist Psychologe und sehr erfahren. Er wird mit jedem von Ihnen ein intensives Gespräch führen und uns dann Vorschläge machen, wie wir die atmosphärischen Störungen in den Griff bekommen. Und jetzt zu den Themen des Tages. Frau Grappa!« Er reichte mir eine Pressemitteilung des Flüchtlingsbeirates: *Wir sagen Nein: keine Sexpuppen für Flüchtlinge – Integration geht anders!*

Ob das die Migranten auch so sehen?, schoss es mir durch den Kopf. Immerhin schaffte es Moreck einmal mehr, mit einer verrückten Idee Schlagzeilen zu produzieren.

»Sechzig Zeilen plus Fotos«, entschied der Verleger. »Bilder von den Puppen und diesem Gummikönig haben wir ja im Archiv.«

Die Ehre der Dolls

»Dieser Typ stellt die männlichen Flüchtlinge als dauergeile Monster dar«, wetterte die Vorsitzende des Flüchtlingsbeirats am Telefon.

»Er kennt die Männer eben«, entgegnete ich. »Er macht seit Jahren jede Menge Kohle im Rotlichtmilieu.«

»Eben. Er stellt sich als Menschenfreund dar und dabei geht es ihm nur ums Geld. Er tut so, als würde er den Migranten einen Gefallen tun.«

»Ja und? Er bietet ihnen ein probates Mittel gegen ihren Triebstau.«

»Verteidigen Sie diesen Kerl etwa?«, zischte meine Gesprächspartnerin.

»Nein, ich mache Sie nur auf die Widersprüche in Ihrer Argumentation aufmerksam«, antwortete ich.

»Die Ehre der Frau wird in den Dreck gezogen!«

»Eine Puppe aus Silikon hat keine Ehre«, widersprach ich. »Hier geht es um das Angebot eines Geschäftsmannes an eine Gruppe von jungen, potenten Männern, ihre Sexualität auszuleben, ohne jemandem zu schaden. Ich will es mal ganz deutlich sagen: Wer mit einer Doll Verkehr hat, belästigt keine Mädchen und Frauen auf der Straße oder im Schwimmbad.«

»Das sind alles Einzelfälle, die von den Medien aufgebauscht werden.«

»Wie Sie meinen«, seufzte ich. »Die Dolls sind eine einmalige Anschaffung und immer verfügbar. Sie machen alles einfacher und sind unter dem Strich preiswerter.«

»Das Gespräch ist beendet«, schrie die Frau und knallte den Hörer auf.

Auch gut.

Mäggi prustete los. Sie hatte meinem Interviewversuch gelauscht. »Hast du wirklich ›unter dem Strich‹ gesagt?«, fragte sie.

»Was für eine bornierte Frau!«, regte ich mich auf.

Ich fasste die Aussagen der Flüchtlingsbeirats-Tussi knapp zusammen.

Haben Sexpuppen eine Ehre, die verletzt werden kann?
Flüchtlingsbeirat gegen Dolls für männliche Flüchtlinge

Ich stellte den Artikel ins Netz und hatte kurz darauf Moreck an der Strippe.

»Einen größeren Gefallen hätten mir diese Gutmenschen nicht tun können«, freute er sich. »Ich hab Anfragen aus vielen Asylantenheimen. Sie alle wollen meine Mädchen – gegen Cash. Ich bin mit den Preisen runtergegangen. Es funzt, Frau Grappa! Demnächst bin ich bei *stern TV* und bei *RTL Explosiv*.«

»Besser als bei *XY ... ungelöst*. Sonst noch was?«

»Ich gebe den Hörer mal an Adrian weiter. Schönen Tach noch.«

»Hallo, Frau Grappa?«

»Ja.«

»Sie wollten doch die Adresse von Francesca haben«, sagte Schmaus. »Ich hab sie Ihnen soeben per Mail geschickt. Viel Glück bei Ihren Ermittlungen.«

»Das heißt Recherche«, korrigierte ich ihn. »Aber vielen Dank.«

Francesca Romero war in Berlin bei einer Familie namens Strunzkötter gemeldet. Ich rief dort an, gab mich als Francescas alte Freundin aus.

Strunzkötters entpuppten sich als die Eltern. »›Romero‹ hat sich die Franzi nur auf der Bühne genannt«, erzählte Erika Strunzkötter.

»Wo ist die Franzi denn jetzt?«

»Im Westen. Sie hat dort eine Hauptrolle bei einem Festival.«

»Wann war sie denn das letzte Mal bei Ihnen?«

»Vor einem halben Jahr oder so.«

»Das ist aber lange her«, sagte ich mit Bedauern in der Stimme.

»Ach, was. Das Mädchen ist erwachsen. Sie hatte schon immer Hummeln im Hintern.«

Franzi Strunzkötters Alibi und ihr Name waren also falsch und eine feurige Spanierin war sie auch nicht. Das musste ich erst mal verdauen. Kleist hatte mir häufiger den Rat gegeben, heiße Informationen nicht sofort rauszupusten, sondern über ihre Verbreitung nachzudenken und mit jemandem, dem ich vertraute, darüber zu reden.

Ich rief ihn auf dem Handy an und sprach eine kurze Nachricht auf die Mailbox. Wenig antwortete er per SMS. *Bin im Einsatz, melde mich später.*

Kleist meldete sich nicht, sondern erschien persönlich.

»Was ist mit den Morddrohungen gegen dich?«, fragte ich.

»Alles halb so schlimm.«

»Ist dir jemand hierher gefolgt?«

»Ja«, gestand er. »Die Polizei.«

»Du hast Personenschutz?«

»Nein. Ich bin zu schnell gefahren und sie haben mich gestellt. Hundert Euro.«

Er lachte sich schlapp, als ich ihm vom Terroranschlag des Zeitungsboten auf meinen Briefkasten erzählte.

»Sehr aufmerksam, Maria«, lobte er. »Wer mit dir zusammenlebt, braucht keinen Personenschutz und auch keinen Wachhund.«

»Herzlichen Dank«, schmollte ich. »Lass uns nach draußen gehen. Ich nehme Wein und Wasser mit.«

»Hast du keine Angst, dass jemand hinterm Busch lauert?«

»Heute nicht, aber es gibt Neuigkeiten im Sonnenkönig-Fall, die ich mit dir besprechen muss.«

Auf der Terrasse berichtete ich von Franzi Strunzkötters falschem Alibi und meinem Verdacht.

»Deshalb muss sie nicht automatisch an dem Mord beteiligt gewesen sein«, stellte er fest. »Der einfachste Grund für ihre Lüge wäre, dass sie nicht in Verdacht geraten wollte.«

»Und dann zieht sie ihre Eltern da mit rein?«

»Warum nicht? Du hältst sie doch sowieso für skrupellos und karrieregeil.«

»Ich frage sie einfach«, entschied ich. »Mehr als schiefgehen kann es nicht.«

»Du könntest auch die Polizei informieren, das wäre der einfache Weg. Und wenn du recht hast, bekommst du noch die Belohnung.«

»Ich will aber lieber die Geschichte.«

Das *Bordoll* öffnete erst am Nachmittag, so hatte ich Zeit zum Nachdenken.

Dem Ablauf der Konferenz konnte ich nicht wirklich folgen. Interessant wurde es erst, als es an der Tür klopfte. Ein älterer Mann mit wuscheligem grauem Haar und einer John-Lennon-Brille trat ein. Damm stellte ihn als Mediator Dr. Gosewinkel vor.

»Herr Gosewinkel ist in der Mediation sehr erfahren«, erklärte Damm. »Zum Beispiel hat er die Belegschaft von Nokia in Bochum beraten.«

»Ach, sind die deshalb von Microsoft geschluckt worden?«, fragte Simon.

»Das hatte in erster Linie wirtschaftliche Gründe«, antwortete Gosewinkel freundlich. »Aber Sie haben recht – ich hätte nicht die Belegschaft, sondern die Führungsetage coachen sollen.«

Simons Provokation war abgetropft.

Gespräch gegen Schlagzeilen

Nach dem Mittagessen fuhr ich ins *Bordoll.* Nur Wayne wusste, wohin ich wollte.

Francesca Romero öffnete mir die Tür. Sie war ungeschminkt, hatte fettige Haare, ihre Lippen waren aufgesprungen und auf der Stirn prangte ein Pickel kurz vor der Explosion. Die Arbeit im *Bordoll* bekam ihr nicht. Oder es war nur das Nichtstun.

»Hallo, Frau Strunzkötter, wie ist das werte Befinden?«

Sie sagte nichts und versuchte, die Tür zuzudrücken. Mein Fuß stand längst dazwischen.

Sie trat wütend gegen die Tür. »Was wollen Sie?«

»Ich will Ihnen einen Vorschlag machen, wie Sie auf die Titelseiten der Zeitungen kommen.«

Ein kleiner Blitz erhellte ihre müden Augen. »Kommen Sie rein.«

Wir gingen an den Räumen vorbei, in denen die Silikon-Dolls auf Arbeit warteten. Auch meinen Freund Diego sah ich. Es schien fast so, als ob mir der Frauenbeglücker zuzwinkerte. Ich schickte ihm einen Kussmund, immerhin waren wir alte Freunde. Wenn auch nur platonisch.

»Hier können wir reden«, sagte Franzi und öffnete die Tür mit dem Milchglas.

Die Küche kannte ich schon von meinem ersten Besuch. Die Maschine quengelte, der Kaffee war lange durch, in der Glaskanne hatten sich schwarze Kristalle gebildet.

»Kaffee?«

»Nein, danke.«

»Was wollen Sie?«

»Ich habe mit Ihren Eltern gesprochen«, antwortete ich. »Die haben Sie seit einem halben Jahr nicht mehr gesehen. Also ist Ihr Alibi falsch und Ihre Eltern haben für Sie gelogen.«

»Und wenn? Ich wollte nicht in die Geschichte reingezogen werden.«

»Fangen wir von vorne an«, sagte ich und setzte mich auf einen Stuhl. »Wo waren Sie, als Engels getötet wurde?«

Sie antwortete nicht, nahm mit zitternden Händen die Kaffeekanne und schüttete das ungenießbare Nass in den Ausguss.

»Engels hat Sie verarscht. Er wollte Sie nie groß rausbringen, und das hat er auch gesagt, als er von Ihnen die Nase voll hatte.«

»Spinnen Sie weiter!«, schnaufte sie.

»Gerne. Ich stelle es mir so vor ...«, antwortete ich. »Engels war geschockt, dass sein Opfer Liane Licht Selbstmord begangen hatte, und wollte seine Ruhe. Sie haben ihn aber angenervt, weil Sie die Hauptrolle im Musical haben wollten. Er hat Ihnen klar und deutlich gesagt, dass Sie zu schlecht singen, um die Rolle der *Belle* zu bekommen. Sie waren sauer und wollten es ihm heimzahlen. Irgendwann lernten Sie Zorn kennen, vielleicht, weil Sie nach der Absage der Festspiele einen neuen Job suchten. Ihnen wurde klar, dass Zorn mit Engels noch eine Rechnung offen hatte, und Zorn wurde klar, dass es Ihnen auch so ging. Also haben Sie beide sich zusammengetan.«

»Sie sollten Krimis schreiben, Frau Grappa. Ihre Fantasie ist sehr ausgeprägt.«

»Danke für den Tipp, ich werde darauf zurückkommen«, lächelte ich. »Zorn bestätigte Sie in Ihrer Wut und am Tag des Mordes holte er Sie dazu und forderte Sie auf, die Bestrafung von Engels zu filmen.«

»So ein Quatsch. Sie gehen jetzt besser.«

Sie rappelte sich von ihrem Stuhl hoch und öffnete die Tür. Gegenüber im Raum zwei Dolls, die uns gespannt zuhörten.

»Ich biete Ihnen Folgendes an: Sie sagen mir die Wahrheit und ich sorge dafür, dass Sie in die Schlagzeilen kommen. Das wollten Sie doch immer. Dafür, dass Sie den Film gedreht haben, können Sie nicht besonders hart bestraft werden. Zorn hat Sie gezwungen, bedroht und unter Druck gesetzt. Irgendwas wird Ihnen schon einfallen. Ein guter Anwalt haut Sie da raus. Danach kriegen Sie jedes Engagement, das Sie sich vorstellen können. Jetzt sind Sie Franzi Strunzkötter, aber danach sind Sie wirklich Francesca Romero, die mitgeholfen hat, einen notorischen Sexualstraftäter zur Strecke zu bringen. Eine Heldin der Me-too-Bewegung.«

»Engels war eine Drecksau.« Sie stapfte durch die Küche. Viel war da nicht zu laufen, denn der Raum hatte höchstens eine Fläche von neun Quadratmetern.

»Er hat mich wie eine Nutte behandelt. Bekam allein keinen mehr hoch. Soff wie ein Loch und haute sich Viagra rein. Diese Liane jedoch, die hat er vergöttert. Er hat geheult wie ein Kleinkind, nachdem sie sich umgebracht hatte.«

»Hat er gewusst, dass sie seine Tochter war?«

»Am Anfang nicht. Er hat es am Schluss erfahren.«

»Als er getötet wurde?«

»Ja, Zorn hat es ihm ins Gesicht gesagt.«

»Wie hat er reagiert?«

»Er war entsetzt und behauptete, er habe von nichts gewusst und so weiter. Als seine Jammerei zu viel wurde, hat Zorn ihn gefesselt und geknebelt.«

»Warum wollte Zorn diesen Film?«, fragte ich.

»Er war für die Mutter von Liane bestimmt.«

»Und Sie hatten keine Skrupel, dabei mitzuspielen?«

»Ich wusste doch gar nicht, dass Zorn Adi töten wollte. Außerdem war ich wie in Trance«, behauptete Franzi. »Ich hab getan, was Zorn wollte, und war froh, als er fertig war. Anschließend hat er mir das Handy weggenommen und mich in die Pension gefahren.«

»Waren Sie nicht voller Blut? Und er auch?«

»Er trug einen Schutzanzug und ich war weit genug entfernt von Engels.«

»Jemand hätte Sie im *Bordoll* sehen können!«

»Ja, damit hat Zorn gerechnet«, entgegnete sie. »Ich sollte dann sagen, dass ich ein Bewerbungsgespräch als Hausdame habe.«

»Warum hat keiner der Gäste Engels' Schreie gehört?«, wunderte ich mich.

»Die Zimmer sind schallisoliert. Die Kunden wollen sich gegenseitig nicht hören, wenn sie die Dolls benutzen.«

Das klang logisch.

»Ich brauche ein aktuelles Foto von Ihnen für meinen Artikel.«

»O Gott«, stieß sie erschrocken hervor. »Darauf bin ich gar nicht eingestellt. Kommen Sie mit. Ich mach mich eben ein bisschen zurecht.«

Ich folgte ihr in eine Art Requisitenraum. Kleider, Stöckelschuhe, Perücken und Desinfektionssprays lagen in einem Regal. An der Wand lehnten Jessica und Pam, die beiden Dolls, zwischen denen Engels ermordet worden war. Ein echtes Horrorkabinett!

Franzi setzte sich vor eine Frisierkommode und pimpte sich auf. Aus der ungeschminkten, bleichen Franzi Strunzkötter wurde im Handumdrehen die rassige, männermordende Spanierin Francesca Romero. Während ihrer Verwandlung erzählte sie mir aus ihrem Leben. Ich ließ es über mich ergehen.

Vertraulichkeit des Wortes

Zurück im Verlag informierte ich Damm. Wir vereinbarten einen kurzen Onlineartikel zunächst ohne Namensnennung des Mittäters und einen größeren Bericht für die Samstagsausgabe. Damm beriet sich mit einem ihm bekannten Strafverteidiger und dem Verlagsanwalt, der prüfen sollte, ob wir uns korrekt verhalten hatten. Letzterer riet dazu, kurz vor Erscheinen des Onlineanreißers die Staatsanwaltschaft über die Neuigkeiten in Kenntnis zu setzen. Der Strafverteidiger würde Kontakt mit Romero aufnehmen, um ihr ein paar Verhaltenstipps zu geben und sie später zu vertreten.

»Hoffentlich bleibt die Frau bei ihrer Aussage. Sie hätten sie was unterschreiben lassen sollen«, meinte Damm.

»Das hätte alles gefährdet und die Plauderstimmung zerstört«, entgegnete ich. »Aber ich habe das Gespräch mit dem Handy aufgenommen – für alle Fälle.«

»Sie wissen, dass das verboten ist, oder?«

»Klar weiß ich das. Vertraulichkeit des gesprochenen Wortes. Paragraf 201 Strafgesetzbuch«, antwortete ich. »Schon die Aufnahme ist verboten, aber nur, wenn der Betroffene einen Strafantrag stellt. Es gibt Ausnahmen, zum Beispiel die Beweissicherung für eine Straftat oder bei Gefahr in Verzug.«

»Dann sollte die Existenz dieser Aufnahme unter uns bleiben, Frau Grappa.«

»Aye, aye, Sir.«

Ich setzte mich an den Rechner und legte los.

Tageblatt findet Augenzeugin im Sonnenkönig-Mord:
»Ich habe den Mord gefilmt.«
»Er gab mir ein Handy und befahl mir, draufzuhalten. Ich war wie in Trance und habe getan, was er verlangte.«
Es fällt der jungen Frau schwer, über den Mord an Adalbert Engels zu sprechen – zu grauenhaft war die Bluttat, die sie live miterlebte und sogar filmte. Wir treffen sie im *Bordoll*, jenem Etablissement, in dem Ex-Festspielleiter Engels zu Tode kam. Der Mörder hat gestanden, er ist der Geschäftsführer des Puppen-Puffs im Süden der Stadt. Das Motiv: Rache.
Was die Zeugin sonst noch zu sagen hat, lesen Sie am Samstag in der Printausgabe dieser Zeitung. Wir werden gegenüber den Ermittlungsbehörden die Identität der Zeugin offenlegen.

Wayne begutachtete meine Fotos. Am besten gefiel ihm Franzi Strunzkötter vor dem Regal mit den Perücken, den Klamotten und den beiden Puppen.

»Cool, Grappa!«, schwärmte er. »Nosferatus Werkstatt. Wie in einem Horrorstreifen aus den Zwanzigern.«

Er pixelte das Gesicht und nahm etwas Farbe heraus.

Ich stellte den Artikel auf die Homepage und rief die Staatsanwaltschaft an. »Ich habe die Zeugin gefunden, die Sie suchen.«

Am späten Abend hatten die Kollegen von der Boulevardpresse Witterung aufgenommen und sie belagerten das *Bordoll*-Gebäude. Francesca Romero hatte gerade noch Zeit, sich in Szene zu setzen und ein paar Statements abzugeben, bevor die Polizei sie abholte. Ihr Bild würde in allen Blättern zu sehen sein. Endlich war sie berühmt.

Am Morgen meldeten die Nachrichtenagenturen, dass Francesca Romero gestanden hatte, das Video von dem Mord gedreht zu haben. Unter Zwang natürlich und voller

Angst, selbst Opfer des Killers zu werden. Ob die Ermittler ihr Glauben schenkten, blieb zunächst offen.

Ich schrieb den angekündigten Artikel für die Printausgabe und hielt ihn sehr persönlich.

Francesca Romero auf dem Weg nach oben? – Mordzeugin packt aus

Eigentlich heißt sie Franzi Strunzkötter, doch dieser Name passt nicht zu einer Karriere auf der großen Bühne. Also gibt sich die 32-Jährige, die sich jahrelang mit Minijobs über Wasser gehalten hat, einen neuen Namen und nennt sich Francesca Romero. Sie will Sängerin werden, denn gesungen hat sie schon immer gern. Sie passt sich ihrem neuen Namen an, legt sich einen spanischen Akzent zu, färbt sich die Haare schwarz und kauft ein Abo für die Sonnenbank. In dem Glauben, dass es im Kunstbetrieb nicht nur aufs Können, sondern auch auf die Verpackung ankommt.

Und der Erfolg scheint ihr Recht zu geben, sie singt im Opernchor, arbeitet als Komparsin und ergattert schließlich ein Engagement bei den Bierstädter Sommerfestspielen *Summer-Pott*. Sie hofft, den Intendanten von ihren gesanglichen Fähigkeiten überzeugen zu können, doch auch er steckt sie in den Chor. Verzweifelt sucht sie nach einem Weg, den Intendanten doch noch umzustimmen. Den findet sie, aber nicht mit ihrem Gesang, sondern mit ihren sexuellen Fähigkeiten. Sie wird seine Geliebte.

Als die Festspiele abgesagt werden, steht Francesca Romero wieder vor dem Nichts. Die Abfindung aus dem Engagement ist schnell aufgebraucht. Engels will sie nicht mehr sehen. Sie kann ihr Zimmer in der Pension nicht mehr bezahlen. Dann liest sie einen Bericht über das *Bordoll,* bewirbt sich als Hausdame und lernt dort den Geschäftsführer kennen.

Dann kommt der Tag, an dem Romero von Udo Z. in ein Zimmer gerufen wird. Engels liegt gefesselt auf einem Sofa. Z. bietet ihr Geld, wenn sie ein Video dreht. Und droht, ihr etwas anzutun, wenn sie nicht mitspielt oder ihn verrät. Dass es um Mord geht, ahnt sie da noch nicht – sagt sie. Aus Angst filmt sie das Schreckliche, das dann geschieht.

Erster Ausklang

Während der nächsten Tage nutzte Franzi Strunzkötter das Medieninteresse, so gut sie konnte.

Ich gönnte es ihr. Wer Klos geputzt und mit Engels geschlafen hatte, durfte kurzzeitig mal auf der Sonnenseite des Lebens stehen.

Die Staatsanwaltschaft verzichtete auf eine Anklage wegen Beihilfe zum Mord gegen sie und stufte sie als Kronzeugin ein. Zorn bekam aufgrund seines Gesundheitszustandes weiterhin Haftverschonung, musste sich aber jeden Tag in einer Polizeiwache melden. Wie ich nun erfuhr, litt er an einer schweren Nierenkrankheit, die nur noch durch eine Transplantation überwunden werden konnte.

Er wohnte weiterhin im *Bordoll,* das nicht wieder öffnete, und wartete dort auf seinen Prozess vor dem Schwurgericht. Olli Moreck und Adrian Schmaus unterstützten ihn, auch Renate Kleinert kam häufig zu Besuch.

Olli Moreck gab seine Pläne auf, mit seinen Dolls Behinderte, Alte und Flüchtlinge beglücken zu wollen. Er versteigerte seine Puppen erfolgreich im Internet.

Eines Tages meldete ein Boulevardblatt, dass Francesca Romero eine Hauptrolle in der Daily Soap *Ein Chef zum Verlieben* bekommen hatte. Ob der Chef in der Serie den Namen Engels trug? Ich wollte es nicht wirklich wissen.

Mediator Dr. Gosewinkel kümmerte sich derweil um die atmosphärischen Störungen in der Redaktion. Er lungerte stundenlang im Großraumbüro herum, beobachtete uns und machte sich Notizen.

Irgendwann waren wir die Fragerei leid und wurden wortkarg und unwillig. In einer Leichenhalle war mehr Stimmung als in der Redaktion. Hätte ich Damm bloß nicht den Vorschlag gemacht, einen Mediator zu holen!

Nachdem Dr. Gosewinkel uns alle zum Schweigen gebracht hatte, bevorzugte er Einzelinterviews. Mich erwischte er an einem Tag, an dem ich Zahnweh hatte und entsprechend gelaunt war.

»Frau Grappa, Sie arbeiten schon sehr lange mit Ihren Kollegen zusammen und kennen sie besser als jeder andere. Wer ist Ihnen besonders ans Herz gewachsen?«

»Niemand.«

»Was bedeutet das?«

»Dass mir niemand ans Herz gewachsen ist.« Heimlich tat ich Wayne und Mäggi Abbitte.

»Es würde Ihnen also nichts ausmachen, wenn Sie ab sofort keinen der Kollegen mehr sehen würden?«

»Richtig.«

»Ich weiß von Ihren Kollegen, dass Sie ein offenes Wort lieben«, versuchte er es weiter. »Dann sagen Sie mir bitte, was Sie von dieser Mediation halten.«

»Sie ist ein Versuch zur Deeskalation ohne Erfolgsgarantie«, antwortete ich. »Wir alle sind erwachsene Menschen, die sich auch mal streiten oder sich verbal raufen. Das muss man aushalten können in diesem Job. Wir sind keine traumatisierte Krabbelgruppe, sondern eine Redaktion, die an einem gemeinsamen Produkt arbeitet. Und das tun wir gern und gut.«

»Es gab erhebliche Störungen zwischen Herrn Harras und den Sekretärinnen, ganz besonders mit Frau Stella. Finden Sie das so unerheblich?«

»Harras hat das Cowboy-Gen und Stella ist eine frustrierte Schnepfe, die sich sehr gut wehren kann. War's das?«

»Herr Damm macht sich aber Sorgen«, machte er weiter. »Haben Sie dafür kein Verständnis?«

»Er ist noch nicht lange unser Chef und weiß nicht, dass der Zusammenhalt dieser Redaktion sehr ausgeprägt ist, wenn Angriffe von außen kommen. Das sollte ihm reichen.«

»Danke, Frau Grappa.«

»Da nicht für.«

Zweiter Ausklang

Zwei Monate später wurde Zorn der Prozess gemacht. Er wiederholte sein Geständnis und nannte seine Gründe. Die Richter der Großen Strafkammer schienen von seiner ruhigen und freundlichen Art beeindruckt. Renate Kleinert schilderte unter Tränen die unselige Bekanntschaft mit Engels und das dramatische Ende der Geschichte Jahre später.

Manche Zuhörer konnten ein Schluchzen nicht unterdrücken.

Francesca Romeros Aussage war nur noch am Rande interessant. In einer Gerichtspause gab sie Fernsehinterviews – immerhin war sie inzwischen ein täglich gesendeter Soap-Star.

Nach sechs Tagen Prozessdauer wurde Udo Zorn wegen Mordes zur Mindeststrafe von zehn Jahren Haft verurteilt. Er nahm das Urteil an. Sein Anwalt beantragte Haftverschonung aufgrund seines Gesundheitszustandes.

Letzter Ausklang

An einem schönen Sommertag – Gosewinkel war längst weg – kam Stella zu mir.

»Sag mal, Grappa, Simon wird in einer Woche fünfzig und wir – also Susi, Sarah und ich – sammeln für ein Geschenk. Vielleicht willst du dich ja auch beteiligen.«

»Och, das ist ja nett«, meinte ich gerührt. »Klar, ich mach mit.«

Sarah und Susi standen im Hintergrund und hatten die Ohren gespitzt.

»Wir haben auch schon eine Idee«, lächelte Stella und reichte mir ein Papier. Es war ein Ausdruck von der *Bordoll*-Homepage. *Dolls im Sale – Holen Sie sich Ihre Gespielin ins Heim.*

»Ihr wollt Simon eine Sexpuppe schenken?«, fragte ich ungläubig.

Sarah und Susi kicherten.

»Ja«, strahlte Stella. »Sie heißt Olga. Wie findest du sie?«

Ich las:

> *Olga. Haare dunkelblond, Augen braun, Haut hell, Größe 140 cm, Cup D, Maße 71-51-79 cm, Gewicht 18 kg, ohne Intimbehaarung. Mit Gebrauchsspuren.*

Der Startpreis lag bei fünfzig Euro.

»Hübsch«, sagte ich. »Wie viel habt ihr denn schon zusammen?«

Stella reichte mir einen Umschlag. »Wir Assistentinnen haben zusammengelegt, den Rest musst du beisteuern.«

Ich öffnete ihn: drei Euro!

Spezieller Ausklang

Eine Woche, nachdem das Urteil gegen Udo Zorn rechtskräftig war, bekam ich ein flaches Paket. Kein Absender. Kleist war misstrauisch, weil er noch immer mit seinen Clanfreunden zu tun hatte.

Ich fand die Sorge übertrieben und riss das Papier auf.

Das wilde Meer an einer Steilküste auf Rügen! Das Bild

aus Zorns Büro, das mir so gefiel, geschaffen von Sven Janotta, dem Malerfürsten von Rügen.

Ich suchte nach einer Nachricht, aber da war keine. Doch ich wusste ja, wer es mir geschickt hatte.

Dank an

Evelyn Schwarz, der Inhaberin des *borDolls* in Dortmund, die mir sehr offen und freundlich begegnete,

Jutta Geißler-Hehlke, Ex-Chefin der Dortmunder Mitternachtsmission, die sich im Milieu gut auskennt,

und an den ›Malerfürsten von Rügen‹, Sven Janotta, der mich auf der Insel mit seinen wilden, schönen Bildern inspirierte.
www.sven-janotta.de

Alle Grappa-Krimis von ...

Grappas Versuchung
ISBN 978-3-89425-034-8, eISBN 978-3-89425-980-8
1. Fall: Reporterin umkreist charmanten Bösewicht

Grappas Treibjagd
eISBN 978-3-89425-981-5
2. Fall: Wer ist der geheimnisvolle Onkel Herbert?

Grappa macht Theater
ISBN 978-3-89425-042-3, eISBN 978-3-89425-982-2
3. Fall: Geheimbund kontrolliert Kulturleben in Bierstadt

Grappa dreht durch
eISBN 978-3-89425-983-9
4. Fall: Nackte Tatsachen in einem Bierstädter Filmstudio

Grappa fängt Feuer
eISBN 978-3-89425-984-6
5. Fall: Eine Reisegruppe in Griechenland verliert ihre Teilnehmer ...

Grappa und der Wolf
eISBN 978-3-89425-985-3
6. Fall: Ein charmanter Auftragskiller und Plutoniumschmuggel

Killt Grappa!
eISBN 978-3-89425-986-0
7. Fall: Schönheitschirurgie und Satanismus

Grappa und die fantastischen Fünf
eISBN 978-3-89425-987-7
8. Fall: Toter Teppichhändler und tückische Erpresserbande

Grappa-Baby
eISBN 978-3-89425-988-4
9. Fall: Die menschliche Reproduktion zwischen Himmel und Hölle

Zu bunt für Grappa
eISBN 978-3-89425-989-1
10. Fall: Ein Toter im Melonenfeld und ein unbekannter van Gogh

Grappa und das große Rennen
eISBN 978-3-89425-990-7
11. Fall: Wer meuchelte die drei prominenten Sozis?

Flieg, Grappa, flieg!
eISBN 978-3-89425-991-4
12. Fall: Wilde Tiere, tote Callboys und aggressive Neonazis

Grappa und die acht Todsünden
ISBN 978-3-89425-267-0, eISBN 978-3-89425-992-1
13. Fall: Tödliches Festmahl für sieben Männer und Frauen

Grappa im Netz
ISBN 978-3-89425-278-6, eISBN 978-3-89425-993-8
14. Fall: Der OB ist verschollen und untreue Ehemänner werden gemeuchelt

Grappa und der Tod aus Venedig
ISBN 978-3-89425-290-8, eISBN 978-3-89425-994-5
15. Fall: Grappa und ein Mörder auf den Spuren Thomas Manns

grafit

... Gabriella Wollenhaupt

Rote Karte für Grappa
ISBN 978-3-89425-318-9, eISBN 978-3-89425-995-2
16. Fall: Wer killte den brasilianischen Stürmerstar Toninho?

Grappa und die Nackenbeißer
eISBN 978-3-89425-996-9
17. Fall: Die Welt der Kitschromane – da bleibt kein Auge trocken!

Es muss nicht immer Grappa sein
eISBN 978-3-89425-845-0
18. Fall: Eine zu früh verstorbene Rentnerin und 35 kg Kaviar

Grappas Gespür für Schnee
ISBN 978-3-89425-359-2, eISBN 978-3-89425-846-7
19. Fall: Wer bezahlt die Kokspartys im Bierstädter Rathaus?

Grappa und die keusche Braut
ISBN 978-3-89425-372-1, eISBN 978-3-89425-812-2
20. Fall: Amokläufer tötet eine ganze Klasse – die Lehrerin überlebt ...

Grappa und die Seelenfänger
ISBN 978-3-89425-385-1, eISBN 978-3-89425-850-4
21. Fall: Der Chef einer Castingshow wird erst entführt, dann erleuchtet

Grappa lässt die Puppen tanzen
ISBN 978-3-89425-395-0, eISBN 978-3-89425-861-0
22. Fall: Ein Karussell des Elends – von Plovdiv nach Bierstadt in den Tod

Grappa und die Toten vom See
ISBN 978-3-89425-418-6, eISBN 978-3-89425-886-3
23. Fall: Brauner Sumpf in Bierstadt – alte und neue Nazis

Grappa sieht rosa
ISBN 978-3-89425-436-0, eISBN 978-3-89425-155-0
24. Fall: Ein Coming-out mit fatalen Folgen

Grappa und die stille Glut
ISBN 978-3-89425-455-1, eISBN 978-3-89425-181-9
25. Fall: Eine Rentnerin stalkt Pfarrer – dann ist er tot

Grappa greift durch
ISBN 978-3-89425-468-1, eISBN 978-3-89425-196-3
26. Fall: Terror in Bierstadt: Wie viel Wahrheit verträgt die Öffentlichkeit?

Grappa und die Venusfalle
ISBN 978-3-89425-487-2, eISBN 978-3-89425-722-4
27. Fall: Saubere Hunde und eine schmutzige Familiengeschichte

Grappa in der Schlangengrube
ISBN 978-3-89425-579-4, eISBN 978-3-89425-737-8
28. Fall: Verdient der entlassene Straftäter seine zweite Chance?

Grappa und der Sonnenkönig
ISBN 978-3-89425-593-0, eISBN 978-3-89425-752-1
29. Fall: Der Puppenpuff wird dem Sonnenkönig zum Verhängnis ...

grafit

Das PEGASUS-Team erfindet sich neu

Christiane Bogenstahl & Reinhard Junge

Seelenamt

ISBN 978-3-89425-586-2
Auch als E-Book erhältlich

Hochspannung und
bissiger Ruhrpottcharme!

Jahre nach ihrer Vergewaltigung fühlt sich Lea Bennsdorf plötzlich wieder verfolgt. Niemand nimmt ihre Ängste ernst – denn ihr einstiger Peiniger Paul Kehlmann sitzt noch im Knast.

Dennoch engagiert ein Freund des Opfers Kalle Mager von der Detektei PEGASUS als Bodyguard. Lea soll sich sicher fühlen. Während die aber bereits an ihrem Verstand zweifelt, kommt Kalle trotz anfänglicher Bedenken ins Grübeln. Denn über dem Dortmunder Phönixsee stürzt ein Flugzeug ab. Mit an Bord: ein Exdoktorand und Feind Kehlmanns. Kann das wirklich Zufall sein?

»›Seelenamt‹, das zweite Gemeinschaftswerk von Christiane Bogenstahl und Reinhard Junge, setzt die beliebte Reihe um das Dortmunder Ermittlerteam Pegasus schwungvoll fort. Die Symbiose von Familienaufstellung und Psychothriller funktioniert.« Joachim Feldmann, CrimeMag

»Umfänglicher, durchweg spannender Krimi, erfindungsreich und aussagekräftig.« Gerd Kriebisch, ekz Informationsdienst

grafit

Start der Eddie-Beelitz-Trilogie

Lucie Flebbe

Jenseits von Wut

ISBN 978-3-89425-587-9
Auch als E-Book erhältlich

Ihr verhasster Job ist ihre neue Chance …

Knall auf Fall steht Edith ›Eddie‹ Beelitz mit ihrer kleinen Tochter Lotti auf der Straße: Ehemann Philipp war eindeutig die falsche Wahl. Weil bei der Bochumer Polizei Personalnotstand herrscht, kann Eddie kurzfristig in ihren ungeliebten Beruf zurückkehren, und das sogar in Teilzeit bei den Mordermittlern. Die haben gut zu tun: Vor dem Jobcenter liegt die Leiche der arbeitssuchenden Ronja Bleier – sie wurde brutal erschlagen. Eddie, die gehofft hatte, nur Schreibarbeiten übernehmen zu müssen, ist überfordert. Wie soll ausgerechnet sie dabei helfen, einen Mord aufzuklären?

»Ich bin gespannt wie die Reihe mit Eddie weitergeht. Eine Frau, die zeigt was sie kann.«
Karin Stallmeister, Thalia Universitätsbuchhandlung

»So ist ›Jenseits von Wut‹ unterhaltsame, manchmal etwas rauhe Krimi-Unterhaltung. Hoffentlich gibt es noch mehr davon.«
Silke Schröder, hallo-buch.de

»Lucie Flebbe spielt virtuos mit vertrauten Handlungsmustern und versteht es, Leseerwartungen auf elegante Weise zu unterlaufen.«
Joachim Feldmann, culturmag

»Ich war von Kapitel zu Kapitel immer gefesselter von Eddies Geschichte. ... Und dann, Wow, was für ein Ende! Das hat mich wirklich begeistert.« https://inasbuecherregal.wordpress.com

Drei Frauen, drei Generationen, ein Mord

Christiane Antons

Yasemins Kiosk –
Zwei Kaffee und eine Leiche

ISBN 978-3-89425-582-4
Auch als E-Book erhältlich

Ein Toter im Altpapiercontainer –
und das ist nicht Yasemins einziges Problem …

Das Leben muss man nehmen, wie es kommt – das haben alle drei gelernt: Dorothee Klasbrummel, Besitzerin eines Bielefelder Mehrfamilienhauses, hat seit fünfzehn Jahren ihre Wohnung nicht verlassen. Polizistin Nina Gruber wurde suspendiert und die junge lebensfrohe Kioskbesitzerin Yasemin Nowak sieht sich den zunehmend unheimlicher werdenden Liebesbeweisen eines Stalkers ausgesetzt.

Als im Altpapiercontainer des Kiosks eine Leiche gefunden wird, tun sich die ungleichen Frauen zusammen und ermitteln auf eigene Faust. Primär, um sich von den eigenen Problemen abzulenken. Doch diese Rechnung geht nicht auf …

»Ja! Das hat Klasse! Das hat Charme! Und spannend ist es auch noch.« Ute Spangenmacher, www.bookola.de

»Flott geschriebener Krimi mit einem sympathischen Frauentrio, das man sofort ins Herz schließt.« Günter Keil, Freundin

»Eine sympathische Geschichte mit viel Lokalkolorit und Humor.« Stefan Keim, WDR 4

»Ein Debüt ganz nach meinem Geschmack, spannend und mit großartigen Figuren, auch eine gute Prise Humor fehlt nicht.« Eva Hüppen, www.leser-welt.de

»Eine raffiniert zusammengesetzte Geschichte … – mit viel Alltagscharme und Witz.« Julia Gass, Ruhr Nachrichten